Histoires à n'en pas revenir

Dans Le Livre de Poche :

ALFRED HITCHCOCK

présente :

HISTOIRES A NE PAS LIRE LA NUIT.

HISTOIRES A FAIRE PEUR.

HISTOIRES DIABLEMENT HABILES.

HISTOIRES MACABRES.

HISTOIRES ANGOISSANTES.

Cette édition de *Histoires à n'en pas revenir*
est publiée par les Éditions de la Seine
avec l'aimable autorisation de la Librairie Générale Française

Alfred Hitchcock

présente

Histoires à n'en pas revenir

IL Y A UN ASSASSIN PARMI NOUS

par Douglas Farr

Rex Huntley regretta presque dès le début d'avoir rencontré *la femme*. C'est ainsi qu'il la nommait : *la femme*, ou *cette femme*. Car les histoires de meurtre ne l'intéressaient guère, et il ne voulait rien avoir à faire avec ce sujet. Or le meurtre et la femme avaient été étroitement mêlés presque dès le début.

Un début innocent, tout à fait anodin. Mais la plupart des situations désastreuses ne commencent-elles pas d'une façon aussi anodine, aussi innocente ?

Rex Huntley poursuivait une carrière plutôt heureuse de célibataire à marier ; il était de cette espèce charmante d'hommes de trente ans qu'on aime à inviter parce qu'ils sont célibataires et bons à marier. Mais il s'était trouvé si lié avec le couple Stewart et le couple Lister, ils « sympathisaient » tellement tous les cinq, qu'il avait progressivement abandonné la plupart de ses autres amis.

Ils se retrouvaient entre eux généralement dans l'appartement des Lister, au dernier étage de leur immeuble. Ils étaient tous bohèmes. Jordan Lister avait une magnifique collection de microsillons. Sheila Stewart faisait de la peinture et de la poésie. Tod, son mari, était éditeur. Quant à Jan Lister, elle était toujours très attentive aux événements mondains, mais se contentait surtout d'être « décorative ». Comme une belle œuvre d'art à laquelle Jordan consacrait une bonne part de son argent. Et bien sûr, ils buvaient tous pas mal.

Rex Huntley les aimait tous. Il était presque aussi amusant que Tod, réussissait à être aussi esthète que Sheila, appréciait la musique qu'aimait Jordan et, évidemment, ne se lassait pas d'admirer Jan. Mais malgré tout, il faisait toujours un peu figure de « cinquième roue ».

— Cela ne me fait rien que tu viennes seul, lui disait souvent Jordan Lister, mais pourquoi n'amènes-tu pas de fille, Rex ? Il me semble qu'un type comme toi devrait connaître un tas de filles.

— Pourquoi ? répliquait en général Rex. Pourquoi faut-il que les gens aillent deux par deux ?

Mais parfois il cédait, et amenait quelque femme avec lui chez les Lister. Une femme différente chaque fois. Et souvent, il essayait délibérément de les amuser par son choix. Comme avec cette brune qui prétendait être une comtesse russe. Ou la strip-teaseuse aux cheveux oxygénés. Ou la « beatnik » échevelée dont la conversation les avait tellement déconcertés.

C'était probablement pour cela — pour l'amusement général — qu'il avait amené un soir *cette femme*. Un de ses vieux amis de collège les avait présentés l'un à l'autre et il s'était dit, cinq minutes après avoir fait sa connaissance : voilà un spécimen à montrer aux Lister. C'est ainsi qu'il l'invita à venir chez eux.

Iris Blue (elle prétendait que c'était vraiment son nom) était une belle fille, dans son genre. Elle avait une jolie silhouette, quoique un peu mince comme celle d'un mannequin. Ses cheveux noirs étaient coiffés en une immense queue de cheval. Ses yeux verts, légèrement en amande, semblaient témoigner de quelque ascendance orientale. Ses traits étaient un peu durs, mais intéressants, sa peau brune, et elle s'habillait de façon fort présentable.

C'est avec une certaine fierté qu'il exhiba sa trouvaille ce vendredi soir, dans l'appartement des Lister.

— Iris Blue, dit Sheila Stewart. C'est un nom fascinant. Presque un poème.

Jordan Lister voulut immédiatement connaître la boisson préférée de leur invitée, et fut quelque peu choqué d'apprendre qu'elle ne buvait rien d'alcoolisé.

— Je croyais que votre espèce était aussi rare que le *dodo*[1].

— Je ne peux pas me laisser troubler l'esprit, lui expliqua-t-elle.

— Pourquoi ? répliqua Jordan. C'est la meilleure façon de traverser la vie sans se rendre compte de ses dures réalités.

— Mais si j'avais l'esprit troublé, dit Iris Blue, je risquerais de ne pas percevoir certains messages.

— Iris est extra-lucide dit Rex.

Il donna cette explication avec une pointe de sarcasme. Il éprouvait à l'égard de l'intangible, de l'inconnaissable, la même incrédulité que la plupart de ses contemporains. Pour lui, Iris Blue n'était qu'une bizarrerie, un oiseau exotique que l'on remarque dans une cage simplement parce qu'il est un peu différent des rouge-gorges ou de vulgaires moineaux.

Ils s'assirent tous ensemble au coin du feu, et Iris consentit à boire du ginger ale.

1. Dodo : genre d'oiseau de l'île Maurice dont les derniers représentants s'éteignirent au XVIIIe siècle.

— Qu'est-ce que c'est que ces messages ? lui demanda Tod Stewart.

Iris ne parut pas gênée de parler d'elle.

— Je ne devrais peut-être pas les appeler « messages ». Cela me donne l'air d'être un médium, n'est-ce pas ? Mais c'est la meilleure façon de décrire mes expériences. Voyez-vous, quelque chose surgit subitement dans ma tête. Quelque chose qui est en train de se produire ailleurs, ou qui s'est produit dans le passé à mon insu, ou qui se produira dans l'avenir. Il n'y a pas de processus constant. Et d'habitude, ces choses que je vois ou que je découvre ne me concernent pas personnellement.

Jusqu'alors la petite assemblée n'était guère impressionnée, et Rex eut tout à coup le sentiment qu'Iris Blue allait se révéler ennuyeuse. Tout compte fait, on pouvait lire les mêmes choses dans les journaux du dimanche. Mais ce qu'ajouta Iris chassa l'ennui et fit cesser le désappointement de Rex.

— Par exemple, lorsque j'ai pénétré dans cette pièce, déclara Iris, j'ai nettement senti que je percevais un message. Je ne peux pas l'identifier exactement. Je n'ai pas vu une scène passée, présente, ou future. Mais j'ai cependant senti la présence du mal.

— Ce n'est pas très aimable, fit remarquer Jan. Nous sommes tous très respectables...

Cette remarque, évidemment, fut faite sur le mode de la plaisanterie mais Iris Blue semblait très sérieuse.

— Non, vous n'êtes pas respectables, répliqua-t-elle, ou du moins, pas tous.

Les autres, gênés, s'entre-regardèrent à la dérobée. Ils avaient tous la dent dure et s'insultaient fréquemment pour le plaisir de faire un bon mot. Mais une étrangère...

— Avez-vous en tête quelque chose de précis ?

demanda finalement Jordan. Je suppose que nul d'entre nous n'est parfait.

Les yeux félins d'Iris brillèrent soudain.

— Oui, il y a quelque chose de précis, dit-elle. Quelqu'un, dans cette pièce, est un assassin.

Un silence s'ensuivit — un silence très long, inconfortable. D'abord, chacun examina son voisin. Puis, tous évitèrent de porter les yeux sur les autres, de crainte de paraître accuser ou soupçonner.

— Rex, dit enfin Jan, où avez-vous déniché cette personne ? Dans un asile d'aliénés ?

Jan était fâchée. Elle montrait rarement ses émotions. Mais présentement son fin visage, au coloris délicat, avait perdu sa sérénité accoutumée. C'était une blonde sculpturale aux manières glaciales qui ne laissait filtrer aucun sentiment extérieur. Mais là, le rouge lui montait aux joues et semblait gagner jusqu'à ses pendants d'oreilles en or.

— C'est une plaisanterie, n'est-ce pas, Rex ? intervint Tod Stewart.

Pour Rex, cela avait été une plaisanterie, en effet. Mais pas pour Iris Blue, visiblement. Elle fermait les yeux, et ils virent tous le frisson qui courut sur ses épaules nues. Elle répéta son oracle, tristement, craintivement, comme le chant de Cassandre.

— Il y a un assassin parmi nous.

Jan se leva et se dirigea vers la fenêtre la plus proche. Elle portait un pantalon de toréador collant et doré, mais à cette minute elle ne marchait ni ne posait pour personne.

— Rex, ordonna-t-elle, voulez-vous faire sortir cette femme de ma maison ?

Jordan aurait pu dire quelque chose pour compenser la rudesse de son épouse, mais il n'en eut pas besoin : Iris Blue ne tenait pas non plus à rester.

— Oui, Rex, raccompagnez-moi, dit-elle. Je ne veux pas rester ici.

Rex ne pouvait pas faire grand-chose d'autre. Il y eut quelques formalités d'adieu prononcées du bout des lèvres, puis il prit l'ascenseur avec Iris Blue.

Ce fut la première fois qu'il se maudit d'avoir rencontré *cette femme*, Iris Blue. Mais pas la dernière, à coup sûr.

Le reste de la soirée et le lendemain, il se dit qu'il était complètement en disgrâce auprès des Lister et des Stewart. Jan Lister ne lui pardonnerait sans doute jamais et ceci le peinait particulièrement. Les autres penseraient probablement qu'il avait un sens de l'humour assez particulier, à tout le moins.

Le lendemain samedi, il reçut dans l'après-midi un appel téléphonique de Jordan Lister. Jordan marmonna quelques excuses maladroites, puis en vint au vif du sujet.

— Rex, penses-tu pouvoir persuader Iris Blue de revenir à la maison ce soir, avec toi ?

— Pour quoi faire, mon Dieu ?

— Eh bien, après votre départ, hier soir, Rex, nous nous sommes remis du choc — nous avons même un peu calmé Jan — et nous avons conclu que ton amie Iris était vraiment sincère, et n'avait pas voulu nous insulter. Et... Heu... Nous sommes devenus curieux. A notre propre sujet, bien sûr. Qu'y avait-il, en nous, qui a évoqué le meurtre pour cette Iris ? Non que nous l'ayons prise au sérieux, comprends-tu... Mais nous avons dû la frapper comme étant des gens terriblement dépravés ou anormaux et... Heu... Cela excite notre curiosité. Crois-tu qu'elle reviendra, maintenant que Jan l'a chassée de cette manière ?

— Franchement, Jordan, je n'en ai pas la moindre idée.

— Eh bien, essaie, veux-tu ? Disons vers neuf heures... ou n'importe quelle heure...

A contrecœur, Rex téléphona à Iris Blue. Ce fut

la deuxième surprise de la journée : elle accepta. « Ces gens » l'intéressaient.

Le soir, il amena donc pour la seconde fois *cette femme* à l'appartement haut perché des Lister. Jordan les accueillit à la porte, et commença aussitôt à s'excuser pour la veille.

Iris accepta les excuses avec cordialité.

— Je sais exactement ce que vous éprouviez tous, fit-elle. Vous étiez choqués. C'était de ma faute, j'ai été trop directe.

Ils s'assirent de nouveau tous côte à côte. Les Stewart et les Lister buvaient déjà. Jordan apporta à Iris son ginger ale. Rex prépara son propre breuvage : un triple scotch.

Tout en y trempant les lèvres il regarda Jan. Ce soir-là, elle avait un pantalon rose de toréador, mais il ne pouvait guère l'apprécier car elle était assise sur ses jambes repliées, dans un angle du grand divan. Elle était redevenue calme, impénétrable. Il ne put savoir si elle appréciait ou pas le retour d'Iris Blue. Elle sirotait sa vodka et semblait très calme, très attentive.

Pendant ce temps Jordan, comme les Stewart, était un peu moins serein. Il ne quittait pas Iris des yeux. Il semblait s'interroger à son sujet.

— Mademoiselle Blue, commença-t-il finalement, quel était donc ce « message » psychique d'hier soir, qui vous a fait dire que l'un de nous était un meurtrier ?

Elle tourna ses yeux verts dans sa direction, et chacun eut l'impression que, même si elle était folle, elle était absolument sincère.

— Ce n'était pas un message très clair, dit-elle.

— Mais vous l'avez expliqué très nettement, insista-t-il. Et vous l'avez répété. L'un de nous était un assassin. Maintenant vous dites que ce n'était pas clair...

— Oh ! pour cela, c'était clair. Mais voyez-vous,

je n'ai pas reçu d'image mentale d'un meurtre en train de s'accomplir. Pourtant le message était puissant, malgré tout. C'était une sensation, si vous voulez. Comment pourrais-je la décrire ? Par exemple, vous êtes-vous déjà réveillé en pleine nuit avec la certitude qu'il y avait chez vous un danger, un cambrioleur peut-être, ou quelqu'un venu pour vous tuer ? Comprenez-vous ce que je veux dire, quand je déclare que le message était puissant, mais pas clair ? Vous savez *qu'il y a* quelque chose, vous ne savez pas exactement *quoi*, ni *où*.

Sheila Stewart l'avait écoutée avec attention. Elle était, de beaucoup, d'un point de vue purement physique, la femme la moins attirante de l'assemblée. Ses traits étaient grossiers et elle était fortement charpentée, mais elle avait un esprit alerte et une curiosité dévorante.

— Cela signifie-t-il, demanda-t-elle, que vous ignorez lequel d'entre nous est un assassin ?

— Oui, je l'ignore...

— Mais vous étiez absolument sûre, continua Tod Stewart, que l'un de nous *en est un*.

— J'en suis toujours certaine, corrigea Iris. J'avais cette impression hier soir. J'ai cette même impression aujourd'hui.

Rex entra dans le cercle, et s'assit au bout opposé du sofa de Jan.

— Je ne comprends pas, objecta-t-il.

Il était encore gêné d'avoir amené Iris Blue, et il voulait instinctivement la minimiser ou la déprécier.

— Pourquoi n'avez-vous pas l'impression que l'un de nous est un menteur, ou que l'un de nous écrit des poèmes, ou boit trop ? Pourquoi le meurtre ?

Iris était rigide au bord de son fauteuil. Elle le regardait pendant qu'il parlait, et cela le gênait encore plus. Mais elle lui répondit.

— Le meurtre, expliqua-t-elle, est un acte beaucoup plus violent que ceux que vous venez d'évoquer. La violence tend toujours à émettre de puissantes ondes psychiques. Par exemple, j'ai eu des visions psychiques d'un déraillement de chemin de fer, ou d'une mort par noyade. Toujours des choses terriblement violentes, vous voyez.

Tod Stewart éclata subitement d'un rire forcé.

— Je pense qu'Iris a été très convaincante, dit-il. Maintenant, l'assassin n'a plus qu'à avouer et mettre fin à cette attente.

— Tu impliques, chéri, dit sa femme, que tu n'es pas l'assassin.

— Non, bien sûr !...

Tod avait quarante ans et le crâne un peu dégarni ; il commençait à s'empâter et, d'habitude, était enclin à tout interpréter le moins sérieusement possible. Mais il était sérieux en ce moment.

— Ciel ! Sheila, tu ne penses tout de même pas que j'aurais pu commettre un crime !

Sheila ne répondit pas immédiatement.

— Qu'est-ce que j'en sais ? dit-elle au bout d'un long moment. Tu avais plus de trente ans quand je t'ai connu.

— Mais je suis ton mari. Tu vis avec moi. Tu devrais savoir...

Il s'arrêta, se leva, et s'éloigna d'elle.

— Vous voyez tous comme ça devient ridicule ! C'est ça, le pouvoir de la suggestion !...

— Eh bien, as-tu commis un assassinat, Tod ? coupa Jordan Lister.

— Non ! Pourquoi tout le monde me tombe-t-il dessus ?

Il était pâle et transpirait. Il les dévisagea l'un après l'autre. « Je sais ce que vous êtes en train de penser, tous ! » Il était sur le point de crier. Finalement, il vint se planter devant le fauteuil d'Iris Blue.

— Savez-vous ce qu'ils sont tous en train de penser ? la défia-t-il. Le savez-vous ?

— Non, pourquoi ? dit-elle.

— Ils pensent à ma mère. Je suis dans l'édition, voyez-vous, et j'ai hérité mes capitaux de ma mère. Elle est morte subitement d'une crise cardiaque. Les médecins l'ont dit. Mais dans cette pièce, chacun se demande si je ne l'ai pas tuée... Vous parlez des émanations psychiques de la violence, Mademoiselle Blue. Je suis là, tout près de vous. Recevez-vous de moi ces émanations de violence ?

Elle aurait pu le rassurer, mais elle était trop ingénue pour mentir.

— Ces flux ne sont pas simplement une question de distance, dit-elle. Aussi j'ignore, Monsieur Stewart, s'ils émanent ou non de vous.

Il encaissa mal. Il se mordit les lèvres et des larmes de dépit lui vinrent aux yeux. Mais ensuite il riposta méchamment :

— Bon, eh bien, puisque nous parlons de meurtre, écoutez bien ceci : ma mère est morte *après* mon mariage avec Sheila ! Pourquoi Sheila ne l'aurait-elle pas empoisonnée ? Elle avait autant de motifs que moi !

Il se retourna pour affronter sa femme qui le regardait, les yeux écarquillés. Ils restèrent ainsi un moment, pendant lequel Sheila parut se ressaisir. Puis elle parla, avec une colère froide, peut-être avec haine.

— Depuis quand me soupçonnes-tu d'être une tueuse de belles-mères ? lança-t-elle.

Il s'approcha du guéridon et se servit un verre à la hâte.

— Je n'ai pas dit que je te soupçonnais, dit-il. C'est seulement cette damnée bonne femme...

— Allons, du calme, intervint Jordan. En invitant Mlle Blue ici, nous avons tous accepté de ne pas prendre ceci trop au sérieux. Il serait vraiment ridicule de croire que l'un de nous puisse être un assassin.

Jan posa doucement cette question inattendue :

— Vraiment ?

Rex fut aussi stupéfait que Jordan. Assise tranquillement sur ses jambes roses, elle paraissait avoir parlé en sachant ce qu'elle faisait. Son beau visage était presque inexpressif, et cependant il y avait une expression dans l'immobilité absolue de ses traits classiques. Au contraire de la soirée précédente, sa figure était mortellement pâle.

— Que veux-tu dire au juste ? demanda Jordan.

— Tod venait de sous-entendre que mari et femme se connaissent très bien. Mais est-ce exact ?

Jordan n'avait pas cessé de sourire fixement.

— Chérie, quel chapitre de ma vie cacherait un si noir secret, selon toi ?

Apparemment à l'aise, avec son sourire opiniâtre, il était immobile. Un gros chat, se dit Rex, grisonnant mais assez séduisant bronzé artificiellement, conservé par les massages, les bains de vapeur et le reste... Mais que se passait-il en lui ?

Jan se détourna de son mari, et s'adressa à Iris Blue.

— Je suis la deuxième femme de Jordan, dit-elle.

— Ah ! bon ? dit Iris, dans un murmure.

— Il a eu son argent par sa première épouse. Ils étaient mariés depuis dix ans quand elle est devenue infirme, incurable. Le coup fut aussi rude pour Jordan que pour elle. Car il aimait mener joyeuse vie, et il n'avait plus de compagne pour partager ses plaisirs. Ce fut alors qu'il me rencontra. Je suis certaine de ne rien trahir en disant que j'ai été très proche de Jordan pendant une année entière avant la mort de sa femme.

— Comment est-elle morte ? demanda Iris.

— Une trop forte dose de somnifère. Suicide.

Jordan ne perdit pas son assurance.

— Chérie, dit-il, tu ne m'avais jamais dit que tu pensais que j'avais pu la tuer.

— Je n'y avais jamais songé auparavant, dit-elle, sans le regarder. Et elle se tourna vers Iris, comme si elle en attendait un signe.

— Moi aussi, j'ai pensé à quelque chose, dit paisiblement Jordan. Tout à l'heure, chérie, pendant que tu dévoilais nos secrets intimes... Tu aurais pu assassiner ma femme aussi facilement que moi.

Jan, sans ciller, porta les yeux sur son mari qui finit par détourner les siens. Puis, s'étant débarrassée de son mari, elle dirigea son regard d'azur vers Rex.

— Maintenant nous savons à quoi nous en tenir, fit-elle légèrement, sauf en ce qui vous concerne, mon cher Rex.

Rex comprit que c'était à lui de sauver la situation. Il reprit la légèreté du ton de Jan.

— Eh bien, je vais peut-être vous désappointer, déclara-t-il. Tout d'abord, je n'ai pratiquement pas d'argent ; donc je n'ai tué personne pour mettre la main sur sa fortune. Je suis orphelin depuis l'âge de neuf ans, et je ne me suis jamais marié. Tout cela me disculpe, n'est-ce pas ?

Personne ne rit.

— Je n'avais pas idée que vous étiez si *terriblement* innocent, dit Sheila. Vous êtes un véritable agneau parmi les loups.

Personne d'autre ne réagit. Rex, décontenancé, les regarda. Amener Iris avait été une erreur au départ. Écouter Jordan et la faire revenir ce deuxième soir avait été une erreur encore plus grande. Il aurait dû prétendre qu'Iris était invitée ailleurs, à perturber la vie d'autres gens.

— Écoutez, dit-il, n'en avez-vous pas assez ? Je pense que nous devrions conclure qu'Iris Blue est une sorcière, la brûler en effigie, et puis oublier toute cette histoire...

— Pourtant c'est étrange... dit tout à coup Jordan.

— Qu'est-ce qui est étrange ?

— Eh bien, supposons qu'Iris s'est trompée quelque part, et que son « message » soit erroné. Mais nous avons tous découvert quelque chose, non ? Nous tous, sauf toi peut-être, Rex. Mais tous les autres ont eu dans leur vie une occasion et un motif de tuer, même s'ils ne l'ont pas réellement fait. Mais nous *voulons* peut-être commettre un meurtre. Qui sait ? Ce qu'Iris a découvert était peut-être ce désir de violence, cette potentialité qui émet ces ondes psychiques, aussi bien que l'acte criminel lui-même. Prenons mon cas par exemple. Certainement, j'ai souhaité écarter ma première femme de mon chemin. Elle était pour moi un fardeau, et j'aimais Jan. Mon subconscient *voulait* peut-être commettre un meurtre.

— Qu'en dites-vous, Iris ? demanda Rex avec espoir. Acceptez-vous cette explication ?

Voilant de ses longs cils noirs ses yeux de chat, elle regarda à ses pieds et parut réfléchir.

— Peut-être, dit-elle finalement.

— Alors buvons un autre verre, proposa Jordan.

Rex regarda Jordan jouer son rôle d'hôte. Il regarda les autres qui essayaient de retrouver leur attitude normale. Et il regarda Iris qui tentait de sourire pour cacher son mensonge quand elle avait dit ce « peut-être ».

Quelque chose venait de changer. Lui aussi se sentit atteint par un sentiment bizarre. Les choses ne seraient plus jamais les mêmes. Une menace semblait suspendue au-dessus de leurs têtes. Comme une épée...

***

Le lendemain soir, il ramena Iris pour la troisième fois au logis des Lister. Jordan avait de nouveau insisté, et les autres s'étaient laissé faire.

Cela ressemblait maintenant à une séance de spiritisme, ou d'inquisition. Trop de doutes avaient été soulevés, trop de fantômes évoqués. Il fallait mettre les choses au point. Et Iris Blue était la clef qui ouvrirait les mystérieux « cabinets noirs » éventuels.

Rex se sentit nerveux dès qu'il pénétra avec Iris dans l'appartement. Les Stewart s'étaient visiblement querellés au cours de la journée. Autour des yeux de Sheila, des cernes trahissaient le manque de sommeil, et Tod avait manifestement bu plus que de raison.

En ce qui concernait les Lister, la situation était plus difficile à apprécier. Mais une certaine froideur était néanmoins apparente, comme si une suspicion s'était élevée entre eux. Jordan fut moins chaleureux dans son accueil. Jan était toujours aussi belle, mais elle avait de nouvelles petites lignes autour des yeux et aux coins de la bouche.

— Écoutez, commença Rex quand ils furent réunis, ceci n'est-il pas allé suffisamment loin ? Toutes ces tortures sado-masochistes, auto-infligées ou réciproques ? D'habitude, nous nous réunissions pour le plaisir.

— Tu n'es pas du genre sérieux, Rex, hein ? dit Jordan.

— Non, et je croyais que vous autres ne l'étiez pas non plus.

Jordan sourit.

— Nous nous surprenons toujours, les uns les autres, n'est-ce pas ? dit-il. Non, à vrai dire, c'est de ma faute. C'est moi qui ai insisté pour que Mlle Blue revienne. C'est moi le fâcheux, Rex, mais souviens-toi que c'est toi qui as tout déclenché. C'est toi qui as découvert Mlle Blue, et c'est toi qui l'as conduite ici. Tu voulais nous amuser, je le sais. Comme tu l'avais fait si souvent déjà, avec tes excentriques amies. Tu as été un excellent bouffon pour notre petite cour, Rex, mais cette fois tu t'es heurté à quelque chose de différent, et tu devras en subir les conséquences. On ne rigole pas ce soir, mon cher. On va faire des investigations sérieuses, très sérieuses.

Jordan est ivre, se dit Rex. C'était la seule explication. Ivre et imprévisible.

Mais Jordan avait pris la parole, il n'était pas près de la céder. « A mon point de vue, il n'y a plus aucun intérêt à nous accuser mutuellement, et à nier — ne serait-ce qu'implicitement — ces accusations. Allons jusqu'au fond des choses, voulez-vous ? Qu'en dites-vous, Mademoiselle Blue ? »

Iris fit « oui » de la tête. Subitement, Rex s'aperçut qu'elle était effrayée. Elle n'avait pas eu peur la veille, ni l'avant-veille. Mais elle avait peur à présent.

— Oui, et je voudrais en finir, répondit-elle. Après, je ne veux plus jamais remettre les pieds ici.

Rex se leva pour protester mais, d'un geste, Jordan le fit rasseoir. Ce soir, c'était un nouveau Jordan Lister. Ivre ou à jeun, il avait pris les choses en main.

— Je comprends ce que vous ressentez, Mademoiselle Blue, dit-il. Et je vous fais une promesse solennelle. Vous n'aurez jamais à revenir. Nous allons tout régler ce soir.

— Très bien ! applaudit Rex.

Jordan parut l'ignorer.

— A présent, procédons par ordre. Par élimination. Nous pouvons commencer avec notre ami Rex, si nerveux. Regardez-le, vous tous, vous aussi, Iris... Il a fermement nié avoir commis un meurtre. Le croyez-vous ? Bien sûr. Je vois que vous le croyez, Iris. Notre ami peut avoir ses petits défauts. Il est ce qu'on pourrait appeler un parasite social. Le bouffon de notre cour, comme je l'ai dit. Mais un assassin, ça, jamais ! Rex, tu es absous.

— Merci.

Tout en parlant, Jordan Lister faisait son devoir

de maître de maison, servait la glace, le scotch, et le ginger ale d'Iris Blue.

— Maintenant, passons aux Stewart, poursuivit-il. Quand la question du meurtre a été mentionnée pour la première fois, Tod a songé à sa chère mère disparue. Il a même imaginé que nous le soupçonnions de l'avoir tuée. Voilà qui est ridicule, n'est-ce pas ? Pour tuer sa mère, il faut être un véritable monstre. Tod Stewart est-il un monstre ? Je ne peux pas le croire. Et Sheila n'aurait pas cru une chose pareille en temps normal. C'est simplement parce que vous nous avez effrayés, Iris. Vous avez effrayé Sheila. Je pense à présent qu'elle regrette sa bêtise. Exact, Sheila ?

Sheila Stewart hocha la tête d'un air hébété.

— Très bien. Nous pouvons absoudre Tod. Et, par la même occasion, absolvons Sheila. Elle aime son mari. Elle n'aurait pas pu tuer la mère de Tod. Tod aussi a été effrayé et troublé. Il ripostait aveuglément en accusant sa femme. Il le regrette maintenant.

Heureux que Jordan soit son porte-parole, Tod Stewart contemplait le tapis.

— Cela ne laisse que deux personnes, poursuivit Jordan, presque triomphalement. Deux personnes qui pourraient légitimement être suspectées d'assassinat. Moi et mon adorable Jan. Ma première femme étant la victime possible. Considérons d'abord le cas de Jan.

Rex jeta un coup d'œil vers Jan. Elle regardait son époux avec fascination. Soudain, il découvrit pourquoi elle semblait différente ce soir-là. Elle ne portait pas un de ces pantalons de toréador collants qu'elle affectionnait, mais une robe, une robe noire montante, au-dessus de laquelle son cou paraissait étonnamment blanc. Il se demanda pourquoi elle avait sa robe noire. Modestie subite, réticence ? Ou bien s'habillait-elle pour l'événement ?

— Jan, rappelez-vous, a été plutôt franche en ce qui concerne ses relations avec moi avant le décès de ma première femme. Voyons, pourquoi aurait-elle tué ma femme ? Elle avait très peu à y gagner, et elle aurait dû endosser tous les risques inhérents aux assassinats. De plus, elle ne craignait pas de me perdre, car elle savait parfaitement que j'étais terriblement amoureux d'elle. Et je le suis toujours.

Iris avait écouté avec une grande concentration. Elle semblait encore plus agitée qu'avant.

— Il ne reste donc que vous, Monsieur Lister, dit-elle.

— Oui, admit Jordan. Rien que moi.

Il marcha jusqu'au centre de la pièce et se tint devant elle.

— Regardez-moi, lui dit-il. Écoutez vos voix, analysez vos émanations ou ce que vous voudrez. Et répondez-moi franchement. Suis-je un assassin ?

Vacillant dans son fauteuil, Iris ferma les yeux et, pendant un instant, Rex craignit de la voir tomber. Mais au bout d'un moment une convulsion subite la saisit, un tremblement qui lui parcourut tout le corps. Cela parut durer plus d'une minute. Puis, aussi subitement, elle retrouva son calme. Elle ouvrit les yeux, regarda en face Jordan Lister et dit :

— Oui, vous êtes un assassin.

Il hocha la tête, guère surpris apparemment. Il ne souriait plus. Son attitude de semi-ébriété semblait l'avoir quitté. Il était soudain aussi calme que l'étrange fille qui lui faisait face.

— Merci, dit-il, vous avez répondu à une question importante à mes yeux.

C'est alors que Jan se mit à crier. Ce ne fut qu'un petit cri qu'elle réprima vivement de la main. Ses yeux s'étaient agrandis, son visage avait cessé d'être inexpressif, tandis qu'elle dévisageait son mari.

Il s'adressa à elle.

— C'est ce que tu as toujours pensé, n'est-ce pas,

ma chérie ? dit-il avec douceur. Et maintenant tu es sûre que tu avais raison.

— Tu l'as tuée, murmurait Jan. Tu as tué Margaret....

Mais Jordan secouait la tête.

— Non, chérie, je n'ai jamais tué Margaret. J'aurais peut-être pu le faire, parce que je t'aimais à en perdre la raison. Mais deux choses s'y opposaient. Margaret était sans défense, et Margaret était tellement innocente...

— Mais tu as avoué...

— Qu'ai-je avoué ? Que je suis un assassin ? Oh ! oui, je l'admets. C'est ce qu'a découvert en moi cette étonnante jeune Iris. Je suis capable d'assassiner. D'assassiner à cause de toi, chérie. Mais pas de tuer — j'insiste là-dessus — une personne sans défense et innocente. C'est là une chose qui m'intriguait depuis longtemps, chérie : étais-je un meurtrier, aurais-je l'audace nécessaire ? Je me le demande tous les jours depuis que j'ai découvert que tu as un amant...

Rex Huntley était debout, à mi-chemin de Jordan, quand la vue du pistolet dans la main de ce dernier l'arrêta net.

— Rex, mon vieux, je dois te remercier pour Iris Blue. Elle a été très amusante. Pourtant il est curieux, n'est-ce pas, que nous songions tous au passé alors que ses ondes psychiques provenaient, en fait, du futur. Ou plutôt, de ce qui *était* le futur. Et qui est maintenant le présent.

Jordan Lister tira une fois... deux fois... Finalement il vida le chargeur entier dans le corps de sa femme.

Is there a murderer here ?
Traduction de P.J. Izabelle.

L'ART D'ÊTRE PÈRE

par DION HENDERSON

Après l'agitation de la journée, la maison reprenait peu à peu son calme. Dans la cheminée en pierres du Tennessee, les bûches de bouleau rougeoyaient en dégageant une agréable chaleur ; le chat dormait sur la console, les pattes et la queue négligemment étalées au milieu des poupées de Suzy. L'âge de la collection de poupées est le dernier âge de l'enfance qui laisse la paix aux parents, se disait Andrew Davidson avec une petite grimace. Après les poupées viennent les chanteurs exotiques, sans danger, bien sûr, mais bruyants ; puis vient l'époque (moins bruyante mais très éprouvante) où la jeune fille cherche à charmer, à plaire, puis la période de la comédie quand la moindre remontrance des parents déchaîne une grande tirade théâtrale. Période à la fois bruyante et pénible. Après... Andrew Davidson s'enfonça dans son fauteuil avec satisfaction : la maison était douillette et silencieuse, à part le ronron du chat et le joyeux pétillement du feu dans l'âtre.

En savourant son plaisir à l'avance, Davidson

s'empara d'un livre qu'il avait depuis longtemps envie de lire.

Le téléphone sonna.

La sonnerie était extrêmement aiguë ; sans doute sa femme avait-elle dévissé le timbre, pendant qu'elle s'habillait pour aller à son bridge, et oublié de le revisser. Sur la console, la queue du chat s'agitait dangereusement parmi les poupées. Andrew Davidson se leva vivement pour répondre avant que le téléphone ne se remît à sonner et ne réveillât la maisonnée ; dans sa hâte, il renversa le cendrier sur le tapis. La sonnerie grelotta de nouveau bruyamment, avant qu'il pût atteindre l'appareil. Il décrocha le combiné et aboya un « allô ? » furieux.

— Enfin, te voilà, père ! dit la voix de Suzy. Tu as l'air de bien mauvaise humeur !

Elle était chez des amis dont elle gardait le bébé.

— Excuse-moi, dit Andrew Davidson d'une voix tout aussi bourrue qu'auparavant, je viens de renverser le cendrier en allant répondre au téléphone.

— Mon pauvre père ! dit gaiement Suzy, je suis *tellement* désolée ! Mais tu serais un *amour* de regarder si je n'ai pas laissé mon livre de maths sur la table de la cuisine. Nous avons demain une colle terrible et je suis *complètement* fichue si je n'ai pas mon livre.

— Un instant.

Andrew Davidson se leva avec un soupir, méditant sur cette habitude qu'ont les jeunes lycéennes de parler en italiques. Il se dirigea vers la cuisine, mais s'arrêta à mi-chemin, la mine maussade, et retourna au téléphone :

— Tu l'as emporté, ton livre de maths. Je me rappelle l'avoir vu sur la pile de munitions diverses dont tu as besoin pour te soutenir pendant ton safari de trois heures.

— Tu es *sûr*, père ? demanda gaiement Suzy.

— Absolument certain, répondit Andrew Davidson. Tu n'es sans doute pas encore descendue assez bas dans la pile. Il doit être avec tes revues de cinéma, ajouta-t-il d'un ton aigre-doux.

— Ah ! *merci,* dit Suzy, il est *bien* là, en effet.

Elle ne dit plus rien. Le silence s'installa et Andrew Davidson ressentit un léger pincement d'inquiétude : cet appel téléphonique devait avoir un autre but que la recherche d'un livre. Il demanda vivement :

— Tout va bien, Suzy ?

— Mais oui, *bien sûr,* dit Suzy toujours gaiement.

Elle se tut un moment, puis reprit :

— C'est seulement que j'éprouve une drôle d'impression...

— Quel genre d'impression ?

L'inquiétude prenait corps, maintenant.

— Qu'est-ce qui se passe ?

— Oh ! des bruits bizarres, répondit Suzy avec insouciance. J'ai tout le temps l'impression que j'entends du bruit à la porte de service ; mais, quand je vais voir, il n'y a personne.

— Ah ! bon, dit Andrew Davidson.

Il demeurait perplexe. Encore des idées, du théâtre, des réminiscences d'Hitchcock...

— Dis-moi, demanda-t-il à voix haute, quel film à suspense es-tu en train de regarder à la télé ?

Il y eut une petite pause, puis Suzy dit, d'un ton distant :

— Ça ne fait rien, père, oublie que je t'ai parlé de ça.

— Mais pas du tout, dit Davidson, repris par l'inquiétude malgré l'idée réconfortante que Suzy jouait peut-être la comédie. S'il se passe vraiment quelque chose d'anormal, je veux savoir. Il ne me faudra pas longtemps pour aller jusqu'à toi.

Suzy resta glaciale :

— Je préférerais de *beaucoup* que tu n'y penses

plus, tout simplement. Je vais essayer *toute seule* de faire face à mes problèmes.

— Très bien, dit Andrew Davidson, voilà une belle héroïne de Bergman.

Il resta debout quelques minutes, la main sur l'appareil, serrant les lèvres. Cette inquiétude était ridicule. Il connaissait sa fille... il était certain de très bien la connaître. Mais, pourtant...

Il lui fallut un bon moment pour mettre de l'ordre dans ses pensées. D'abord, était-elle ce soir chez Al et Sally ou bien chez Stephen ?... Non, décidément, c'était chez Al. Il se rappela que, le lundi précédent, dans le train, Al lui avait demandé si Suzy était prise ce vendredi, et il lui avait conseillé de le faire demander directement à Suzy par sa femme : la jeune fille tenait à prendre elle-même ses engagements. Davidson l'avait appris à ses dépens, peu de temps après que Suzy eut atteint ses treize ans et fut devenue une garde d'enfants chevronnée. Davidson s'était porté garant qu'elle irait, un soir, garder les enfants Parson. Quand il l'avait dit à Suzy, celle-ci l'avait regardé avec des yeux tragiques en s'écriant :

— Comment, père, mais tu es *fou* ! Ils n'ont même pas de tourne-disques !...

Cela, entre parenthèses, situait le souvenir dans le temps : on en était aux musiciens aux cheveux longs.

Ce soir, c'était décidément chez Al qu'elle était. En fait, Davidson se souvenait que sa femme avait crié « hello, Sally ! » quand la voiture était venue prendre Suzy. Sans nul doute, Suzy se trouvait chez Al et Sally. Davidson s'empara de l'annuaire de banlieue. Il ne savait pas exactement où habitait Al : dans le quartier nord, lui semblait-il, ou nord-ouest plutôt. Ce ne devait pas être bien loin, mais il ne serait pas mauvais de vérifier la distance, à tout hasard. Il ouvrit l'annuaire et s'assit, très calme d'abord, mais peu à peu il sentit les couleurs s'effacer de ses joues et le sentiment d'inquiétude irraisonnée s'emparer à nouveau de lui.

C'était absurde, absolument absurde : il faisait tous les jours, depuis deux ans, le même trajet en chemin de fer avec Al et quelques autres compagnons de voyage, toujours les mêmes. Les veilles de congés, ils s'offraient une petite fête dans le train, chacun apportant sa part : lui, Davidson, se chargeait du Martini ; Al apportait des olives fourrées aux anchois, qu'il se procurait dans un magasin de comestibles de son quartier. Joe Kenneman faisait préparer les cocktails dans une bouteille par un barman du Club de la Presse, et Peter Johnson achetait le fromage près de la Bourse. Mais Davidson ne connaissait pas le nom de famille d'Al : aussi absurde que cela paraisse, il ne le connaissait pas !

Andrew Davidson avait conscience d'avoir pâli ; il n'éprouvait plus seulement un léger malaise dû à l'inquiétude, mais bien un début de panique. Il remit l'annuaire à sa place, prit le téléphone et composa avec décision, sur le cadran, le numéro de son voisin Bob Appleby. Lui aussi prenait ce train-là et pourrait donner le renseignement demandé. Ma mémoire me joue des tours, pensa Davidson, agacé par ce petit fait qui sortait un peu de l'ordinaire. Je suis trop nerveux, sans réflexes, se dit-il sévèrement. Le train-train quotidien m'abrutit...

Quand il eut Bob Appleby au bout du fil, il demanda d'un ton ferme :

— Bob, tu connais Al Machin Chose qui prend le train avec nous ?

— Al ? Oui. Il ne serait pas mal, sans ses éternels costumes de tweed...

— C'est bien ça : celui qui apporte les olives. Quel est son nom de famille ?

Il y eut une pause. Puis Davidson dit, d'un ton plus pressant :

— Je voudrais le joindre, et je n'arrive pas à me rappeler...

— C'est drôle ! dit Bob Appleby. Moi non plus. Je sais que sa femme s'appelle Sally. Elle est charmante.

— Je sais, répondit Davidson avec impatience, mais ça ne me sert à rien ! Tu connais des amis à eux ?

— Tu me prends au dépourvu... Attends une minute... Nous sommes allés récemment à une soirée où ils se trouvaient aussi. Quelqu'un m'a dit que la femme de Jim Connolly était une ancienne camarade de classe de Sally. (Il eut un petit rire amusé.) Tu pourrais essayer d'appeler Jane Connolly.

— Oh ! là ! là ! Mon Dieu ! Jane Connolly ?

— Il se peut que tu sois obligé d'aller prendre un verre chez elle avant qu'elle te dise quoi que ce soit, mais Jane saura te renseigner.

— Je la connais, dit Davidson.

Les Connolly avaient leur nom dans l'annuaire. Il composa le numéro, espérant que ce serait Jim qui répondrait. Mais une voix de femme, un peu gutturale, se fit entendre.

— Allô ?

— Allô, Jane ! dit vivement Davidson. Ma fille est allée ce soir garder le bébé d'Al et de Sally et j'ai besoin de lui téléphoner chez eux. Quel est leur nom de famille ?

— Oh ! dit la voix gutturale, Andy ! que c'est gentil à vous ! Mais je ne sais pas au juste où ils habitent maintenant. La dernière fois que je les ai vus, ils se faisaient construire une maison, dans le quartier ouest, je crois, ou nord.

Elle eut un rire de gorge.

— La belle-mère de Sally doit avoir lâché les cordons de la bourse !

— Sans doute, dit Davidson. C'est seulement pour leur téléphoner...

— Ah ! oui, c'est vrai !... Vous m'avez demandé leur nom, pas leur adresse. Je ne connais pas leur adresse.

— Jane...

— Ah ! j'y suis ! Smith !... C'est trop facile pour qu'on y pense ! Vous êtes sûr que vous ne voulez pas venir prendre un verre ?

— Non, dit Davidson, mais merci tout de même, Jane. Merci.

Il raccrocha, gardant un moment la main sur l'appareil. Il transpirait.

Bon, pensa-t-il. Tout va bien, maintenant. Détends-toi. Il s'appelle Al Smith. Dans l'annuaire de banlieue, il y avait plusieurs Smith ; deux d'entre eux avaient un « A » comme première initiale. Alfred Smith et A.W. Smith. Davidson appela le domicile d'Alfred Smith, mais ce fut une domestique qui répondit. Il appela chez A.W. Smith, et la sonnerie du téléphone retentit interminablement à son oreille. Personne ne répondit ; la sonnerie continua inlassablement et Davidson se sentit de nouveau en proie à la panique. L'écouteur contre son oreille, il consulta encore une fois la liste des Smith, et s'aperçut que la maison de A.W. Smith se trouvait juste à deux rues de chez lui. Il connaissait cet A.W. Smith, pour l'avoir rencontré plusieurs fois dans le quartier ; c'était un homme d'une soixantaine d'années, et ce n'était certainement pas chez lui que Suzy était allée garder un bébé. La panique céda un peu et Andrew Davidson se prit à sourire, d'un sourire forcé. « Sans réflexes, sans réflexes... » pensa-t-il : « Je perds mes moyens dans les cas d'urgence. »

Il appela les Renseignements et demanda quel était le numéro de téléphone d'Al Smith.

La voix lointaine et métallique de la téléphoniste questionna :

— L'adresse ? je vous prie.

— Je ne la connais pas.

La voix lointaine et métallique trembla un peu. La téléphoniste demanda :

— C'est une plaisanterie, Monsieur ? Il y a sept pages de Smith dans l'annuaire !

— Ça ne fait rien, dit Davidson, je vais chercher moi-même : j'ai le nouvel annuaire.

Comment n'y avait-il pas pensé plus tôt ! L'annuaire de banlieue était vieux de deux ans, et Al et Sally venaient de faire construire leur villa. Il ouvrit l'annuaire de la ville et parcourut les sept pages de Smith. Il y avait deux pages d'« Albert » et d'« Alfred », puis des « A.B. », des « A.C. », des « A.D. », des « A. Albert », etc.

Andrew Davidson sentit sa vue se brouiller. Il transpirait de nouveau.

La sonnerie du téléphone retentit, toujours aussi stridente ; il fit un bond, laissa tomber l'annuaire et saisit l'appareil :

— Allô ?

— Mon Dieu, papa ! dit la voix de Suzy, tu n'as pas besoin de crier !

Il fut d'abord extrêmement soulagé ; puis il réalisa après coup qu'elle avait appelé « papa » au lieu de « père », contrairement à son habitude. Cela voulait dire quelque chose ! Suzy était plutôt froide, en général, et ce petit nom d'affection avait sûrement une signification.

— Suzy, demanda-t-il, est-ce que tout va bien ?

— Je ne sais pas, papa.

La voix était toujours froide, mais il était maintenant certain qu'elle avait peur.

— Je crois que quelqu'un a essayé d'ouvrir la porte de service, il y a un moment.

— Est-elle fermée à clef ? Tu te rappelles ce que je t'ai toujours dit ?

— Oui, papa, M. Smith m'a dit la même chose. « Toutes les portes sont fermées à clef et personne ne peut entrer. » Mais est-ce que ça t'ennuierait beaucoup, papa... de ?...

— Mais non, bien sûr, dit Andrew Davidson, je vais venir. Peux-tu me dire comment arriver jusqu'à toi ?

Il y eut une nouvelle pause. Andrew Davidson commençait à éprouver un réflexe conditionné : à chaque silence, son estomac chavirait.

— Je ne sais pas exactement, dit Suzy, mais ce n'est pas loin : nous avons mis environ dix minutes pour venir. C'est une petite rue et il n'y a pas beaucoup de maisons. La villa est toute neuve et très jolie.

— Mais tu ne connais pas l'adresse ?

— Non, papa, je regrette : je n'y ai pas fait attention.

— Bon, reprit calmement Davidson, mais le numéro de téléphone est inscrit sur l'appareil, devant ton nez. Donne-le-moi, veux-tu.

Il l'inscrivit sur un papier et poursuivit :

— Très bien. Maintenant, Suzy, ne te monte pas la tête, reste calme. Je vais peut-être mettre un peu de temps à trouver la maison, mais je la trouverai.

— Papa... (la voix de Suzy s'était faite très douce) il y a, tout près d'ici, une maison éclairée. Crois-tu que je pourrais...

— Non, répondit Davidson, laisse les portes bien fermées et reste où tu es.

Il reprit l'annuaire et recommença à parcourir la liste des Smith, comparant les numéros de téléphone avec celui que Suzy lui avait donné. Il parcourut les deux pages de « A. » Smith sans le trouver. Il secoua la tête avec dépit et reprit la liste à son début, vérifiant soigneusement chaque nom, appuyant si fort son doigt humide sur le papier de mauvaise qualité, que l'encre s'étala. Il se rendit compte qu'il transpirait à grosses gouttes, car la sueur qui coulait de son front lui picotait les yeux.

Il découvrit le numéro de téléphone à la troisième page. Le prénom d'Al Smith était Elwood. Davidson, le doigt posé à l'endroit où se trouvait le nom, se prit à rire tout haut, dans son soulagement. L'adresse était là : 900 Shady Lane. Il l'inscrivit sur le bloc-notes placé à côté du téléphone, puis saisit un plan des rues, le déplia, le parcourut des yeux en suivant les noms de l'index... Il s'y reprit même à deux fois... En vain : il n'y avait pas de Shady Lane...

Andrew Davidson prit son mouchoir et s'essuya soigneusement les mains, puis le front et le visage. Il alluma une cigarette. Voyons ! Il fallait réfléchir. Dix minutes en voiture ? La villa des Smith ne pouvait guère se situer à plus de trois kilomètres. Il trouverait un plan en ville. Bien sûr : c'était la chose à faire. En attendant...

Il appela les Renseignements. Une autre voix lointaine et métallique répondit :

— Je voudrais parler à quelqu'un qui habite Shady Lane, près du n° 900, dit Andrew Davidson d'un ton décidé.

— Le nom, s'il vous plaît ?

— Je ne cherche pas quelqu'un en particulier. N'importe quelle personne habitant près de la villa de M. Elwood Smith, 900 Shady Lane.

La voix lointaine et métallique répondit :

— Je peux vous donner le numéro de M. Elwood Smith.

— Je l'ai déjà, dit Davidson, merci, mais il me faut quelqu'un d'autre, un voisin...

— Je regrette, dit la voix, je ne puis vous donner ce renseignement.

— Voyons, reprit Davidson, vous avez sous la main un annuaire téléphonique des rues. Donnez-moi seulement le nom de quelqu'un qui habite dans le pâté de maisons dont je vous parle. Ma fille garde un bébé dans cette villa, et il faut absolument que je prenne contact avec quelqu'un qui habite près de là et qui puisse aller lui donner un coup de main.

— Je regrette, redit la voix métallique, encore plus lointaine, il faudra que vous appeliez le bureau principal, demain matin.

Andrew Davidson s'assit un moment, regardant fixement le téléphone d'un air hébété. Son mégot lui brûlait les doigts. Il le laissa tomber, puis le ramassa précipitamment et étala les cendres en les faisant pénétrer dans le tapis, du bout de son pied, d'un mouvement expérimenté. Heureusement que sa femme était en train de jouer au bridge : la situation était assez délicate sans qu'il y eût besoin d'une femme en larmes pour la compliquer ! Laissé à lui-même, il pouvait se concentrer et s'efforcer d'élaborer une tactique. Il s'essuya de nouveau les mains. Il était temps, maintenant, d'appeler la police. Il avait suffisamment de renseignements pour qu'elle pût l'aider. La police de ce petit coin de banlieue n'était pas très importante, mais elle était pleine de bonne volonté. C'était là un des avantages de la banlieue : ses services publics exceptionnels. Il forma le numéro de la police, qui était inscrit, en noir, sur le cadran téléphonique avec le numéro des pompiers qui, lui, était en rouge.

Un certain lieutenant Klecka lui répondit. Le service de police se composait du chef, d'un lieutenant et de deux agents. Le chef travaillait de jour, le lieutenant de nuit, et chacun d'eux avait une équipe d'un seul agent pour conduire l'unique voiture de police qui leur était affectée. Le lieutenant Klecka se mit, sans trop se presser, à prendre des notes au fur et à mesure que Davidson lui exposait la situation, et cela prit un certain temps.

— Très bien, Monsieur Davidson, dit-il enfin, je n'ai jamais entendu parler de Shady Lane, mais je vais chercher où cela se trouve et y envoyer Olson, quand il se manifestera. C'est l'enfance de l'art.

— Merci, dit Davidson, d'une voix que le soulagement et la gratitude avaient un peu altérée, merci infiniment, lieutenant.

— Ne vous faites pas de souci.

Andrew Davidson se dirigea vers la cuisine : il éprouvait le besoin d'un peu de mouvement, et il avait faim, tout à coup. Il ouvrit le réfrigérateur pour en inventorier les ressources.

Dans le salon, la sonnerie stridente recommença. Trois coups avant que Davidson ait le temps d'atteindre le téléphone. C'était le lieutenant Klecka.

— Je suis navré, Monsieur Davidson, il y a un petit ennui : il n'existe pas de Shady Lane dans ce quartier.

— Je sais.

— J'ai consulté tous les plans : il n'y a rien qui ressemble à ça...

— Je sais bien.

Davidson se sentait de nouveau baigné de sueur.

— Avez-vous regardé dans un autre quartier ?

— Oui, Monsieur, dit le lieutenant. Nous avons ici toute une collection de plans, de tous les quartiers entre Spring Valley et Wedgewood. Ce Shady Lane ne figure nulle part.

— Mon Dieu ! s'exclama Davidson sur un ton de prière. Je suppose qu'il s'agit d'une nouvelle rue, ajouta-t-il.

— C'est probable, Monsieur Davidson. On a beaucoup construit, au-delà de Briarcroft, et il se peut que notre Shady Lane se trouve dans un de ces quartiers neufs.

— Mais comment le trouver ?...

— Je ne sais pas, répondit tristement le lieutenant, nous n'avons pas encore de plan de ce coin-là.

Andrew Davidson ne dit rien, et ce silence agaça le policier :

— Je vais vous dire ce que nous allons faire,

Monsieur Davidson : dès que j'aurai pu entrer en contact avec Olson, qui effectue en ce moment une patrouille, je viendrai vous voir et nous essaierons ensemble de trouver une solution.

— Oui, dit Davidson d'une voix bizarre. Merci.

Quand le lieutenant eut raccroché, il forma le numéro de téléphone d'Elwood Smith. Suzy répondit immédiatement.

— C'est toi, mon chou ? dit Davidson.

— Oui, papa.

— Ça va ?

— Oui, dit-elle.

Puis elle ajouta, d'une voix douce :

— Papa, tu ne peux donc pas me trouver ?

Un changement était en train de s'opérer en Davidson. Sa voix, d'abord, avait changé, puis lui-même...

— Si, ma chérie, répondit-il, je vais te trouver. Tâche de tenir bon un moment encore, et je vais te trouver.

Il y a un temps pour la méthode et la pondération, et un temps où méthode et pondération ne signifient plus rien. Andrew Davidson prit son pardessus dans la penderie. Il allait sortir en voiture, regarder chaque poteau indicateur au coin des rues nouvelles, et ce serait bien le diable s'il ne découvrait pas Shady Lane ! Il mit son pardessus, son chapeau, mais, en passant au pied de l'escalier, il entendit tousser un de ses enfants, à l'étage supérieur. Il s'arrêta, glacé par le sentiment de sa responsabilité. Mais il devait faire face maintenant à une responsabilité plus grande que celle de veiller sur ses deux plus jeunes enfants endormis. Pour ceux-ci — Tim, cinq ans et Jean, huit ans — tout allait bien. Il aurait pu réveiller Jean et lui expliquer qu'il avait à sortir. Mais non ! Réflexion faite, cela lui ferait peur, mieux valait la laisser dormir. Davidson se vit entouré par les spectres du désastre, et secoua vigoureusement la tête, cherchant à se ressaisir. Son imagination lui faisait voir ses enfants endormis dans la villa en flammes... Mais il secoua de nouveau la tête et enfila ses gants : qu'il fût avec ou sans réflexes, il fallait prendre une décision.

Ne cherchant plus à entendre les bruits qui pourraient venir de l'étage supérieur, il traversa la salle à manger, la cuisine, et posait la main sur la poignée de la porte pour sortir, lorsqu'il se rappela que la voiture n'était pas au garage. Sa femme l'avait prise pour se rendre à son bridge. Où avait lieu ce bridge ? Il l'ignorait ! Il resta immobile, la main toujours posée sur la poignée. Il ne savait pas où était sa femme ni même avec qui elle jouait au bridge. Emma, Jackie ou Kate, sans doute... mais il ne connaissait d'elles que ces prénoms.

— Mon Dieu ! se reprit-il à dire à voix haute, personne ne connaît donc plus personne ?

Mais si, bien entendu, il connaissait des gens, il en connaissait même beaucoup : il y avait les Spencer, qui habitaient en face de chez lui. Il pouvait emprunter leur voiture. Davidson alla, devant la maison, regarder dans la rue. La villa des Spencer était plongée dans l'obscurité. Il y avait aussi les Morgan, ses voisins de droite ; ils accepteraient sûrement de lui prêter leur voiture. Davidson était sur le point de leur téléphoner, lorsqu'il se rappela que les Morgan étaient en vacances. Il vit de la lumière dans la villa des Erickson, mais ceux-ci, il s'en souvint en même temps, avaient déménagé au printemps et Davidson ne connaissait pas, même de nom, les nouveaux locataires.

Dans le salon, le téléphone fit entendre sa sonnerie discordante. Davidson, lorsqu'il répondit, reconnut à peine sa propre voix.

— Papa, dit Suzy, je tiens à ce que tu saches que je ne faisais pas qu'imaginer des choses.

— Je ne le pensais pas, mon petit.

— Il y avait bien deux hommes.

Davidson se sentit repris de panique :

— Pas dans la maison ?...

— Non, mais ils ont sonné à la porte de service et, quand j'ai refusé de les laisser entrer, ils ont essayé de forcer la porte.

— Ma chérie...

— Écoute, papa. (Sa voix était très ferme.) J'ai éteint et rallumé plusieurs fois la lumière de la véranda ; ça ne leur a pas plu et, au bout d'un moment, ils sont partis en courant.

— Ils vont peut-être revenir...

Ce n'était pas la chose à dire : il s'en rendit compte aussitôt après l'avoir dite. Mais Suzy ne parut pas effrayée.

— Je sais. Et je voulais te dire quelle allure ils avaient, pour le cas où tu aurais besoin de le savoir par la suite.

— Ma chérie...

La panique faisait place à la nausée.

— Écoute, papa, reprit Suzy presque brusquement, le premier était assez âgé, il avait les yeux très clairs et de vilaines dents. L'autre, plus jeune, était très brun et portait une petite moustache...

Andrew Davidson, assis au téléphone, luttait contre la nausée, et la voix de sa fille continuait inexorablement à donner le signalement des deux hommes. Lorsqu'elle eut achevé sa description, Suzy dit :

— Je t'aime bien, papa. Adieu.

Davidson eut un sanglot dans la gorge.

Le téléphone se remit à sonner, assourdissant, tout près de lui. Il saisit le récepteur d'un air hébété.

— Monsieur Davidson, dit gaiement le lieutenant Klecka, je viens de prendre contact avec Olson. Il surveillait une bagarre entre ivrognes du côté du jardin public, mais il va revenir d'une minute à l'autre. Je serai chez vous dans quelques instants et nous tâcherons de repérer l'endroit où se trouve votre fille.

— Il sera peut-être trop tard, dit sombrement Davidson.

Et il rapporta au lieutenant Klecka la description que lui avait faite Suzy.

— Ce doit être une fille épatante ! remarqua le lieutenant avec enthousiasme. Voilà ce que nous allons faire : je vais demander par radio si une des voitures de police du comté se trouve dans les parages. Il doit bien y avoir, dans le bureau du shérif, un plan détaillé qui indique même les nouvelles rues.

— D'accord, répondit Davidson.

— Reprenez courage, dit le lieutenant, nous arrivons.

Davidson resta assis près du téléphone, qui se mit de nouveau à sonner. Mais, cette fois, la sonnerie ne le fit même plus sursauter. C'était un représentant d'une firme de revêtements en aluminium, qui aurait voulu prendre rendez-vous avec Davidson pour lui montrer des échantillons.

— Je vous en prie, dit Davidson, pas maintenant.

— Cela ne vous prendra que quelques instants, Monsieur Davidson, et c'est un véritable placement dont vous vous féliciterez pendant tout le reste de votre vie.

— Peut-être, répondit Davidson.

Il s'étonnait lui-même de son calme ; mais était-ce bien du calme ? N'était-ce pas plutôt de l'hébétude ?

— Mais j'ai une maison en briques...

Le vendeur abandonna la partie. Davidson ne se souvint pas d'avoir raccroché l'appareil. Il aurait voulu rappeler Suzy : il avait l'impression, en lui parlant, de la protéger et il cherchait le mot qui, à lui seul, aurait suffi à la mettre à l'abri de tout mal. L'idée l'effleura qu'il devrait dire à Suzy d'allumer toutes les lumières en guise de signal, ou de mettre le feu au toit, n'importe quoi qui fît repérer la villa. Mais il était incapable de dire quoi que ce soit, ou même de rassembler deux idées. Il ne pouvait penser qu'à sa fille, aux différentes époques de sa vie. Il la revoyait en imagination, dans sa petite robe de cretonne bleue, allant pour la première fois à l'école ; il revoyait l'expression de son visage lorsqu'il lui avait fait cadeau d'un petit chat, pour l'un de ses anniversaires ; son air d'extraordinaire dignité le soir de son premier bal. Il n'y avait pas si longtemps...

Une auto remontait rapidement la rue, tous phares allumés, et ses pneus crissèrent tandis qu'elle tournait dans l'allée qui menait à la villa. Davidson se dirigea vivement vers la porte d'entrée : un policier en uniforme pénétra dans la maison d'un pas martial et se présenta :

— Sergent Torrio. Nous allons tirer d'affaire cette pauvre petite fille. Où est-elle ? ajouta-t-il d'un ton cordial.

Andrew Davidson se mit en devoir d'expliquer la situation, mais l'explication était difficile à comprendre pour quelqu'un qui n'habitait pas la banlieue. Le sergent Torrio habitait le centre de la ville et il se serait fait fort de retrouver, en moins de vingt minutes, n'importe laquelle des cinq millions de personnes qui vivaient dans la ville même, sans posséder d'autre renseignement que le nom et une brève description de cette personne. Pour la banlieue, c'était une autre affaire... Or, il devenait d'autant plus difficile à Andrew Davidson d'expliquer la situation que, plus il allait, moins il comprenait la situation. Si bien que, lorsqu'il en arriva, tant bien que mal, à la conclusion de son exposé des faits, le sergent Torrio le regarda avec un air bizarre et moins de cordialité.

Mais, au même moment, une autre voiture s'engagea rapidement dans l'allée, ses pneus crissant, et le lieutenant Klecka fit bientôt son entrée. Les deux policiers échangèrent quelques mots à mi-voix, dans la cuisine. Davidson resta assis, immobile, près du téléphone. Il portait encore son pardessus, son chapeau et ses gants. Au bout de quelques minutes, les policiers revinrent dans la pièce.

— Téléphonez pour obtenir ces numéros, dit le sergent Torrio au lieutenant, moi je vais demander par radio qu'on cherche notre rue sur le plan.

Les policiers prenaient de rapides décisions, avec le détachement que donne l'expérience. Il ne fallut que quelques minutes au lieutenant pour avoir au bout du fil l'un des directeurs de la Compagnie des Téléphones, lui expliquer qui il était et ce qu'il voulait, et pour inscrire les numéros de téléphone des autres personnes habitant Shady Lane, que le directeur venait de lui donner.

— Il n'y a que deux autres villas, Monsieur Davidson, déclara-t-il, la rue doit être très courte.

De dehors, le sergent Torrio dit quelques mots que Davidson ne put saisir, et le lieutenant Klecka se dirigea vers la voiture, dans laquelle le sergent avait pris place. Andrew Davidson sentit briller une lueur d'espoir, à l'idée qu'il allait enfin pouvoir faire quelque chose. Il forma sur le cadran téléphonique l'un des numéros que le lieutenant de police avait inscrits. Une voix d'enfant répondit à son appel.

— Je voudrais parler à ton père, dit brièvement Davidson.

— Mon père est en bas, à la cave, dit la voix de l'enfant, il ne veut pas que je réponde au téléphone.

— Passe-le-moi, je te prie, reprit Davidson.

— Maman ne veut pas non plus que je réponde au téléphone.

— Voyons, dit Davidson, appelle ton père, s'il te plaît.

— Maman est dans la salle de bain, expliqua

l'enfant, impitoyable, elle est en train de prendre un bain.

Andrew Davidson remit doucement le récepteur en place. Puis il le releva et composa le deuxième numéro. La sonnerie retentit pendant un long moment, à l'autre bout du fil. Enfin, on décrocha, et une voix d'homme dit, sur un ton de colère :

— Allô ?

— Enfin ! s'écria Davidson, vous répondez ! J'avais peur que vous ne répondiez pas !

Il se rendit compte qu'il bafouillait, s'arrêta court puis reprit, d'une voix plus assurée :

— C'est très important pour moi de savoir où vous habitez ou, plus exactement, comment on peut se rendre chez vous. Voyez-vous...

— Gros malin ! rugit la voix d'homme.

Andrew Davidson demeura assis, contemplant fixement d'un air incrédule le récepteur qu'il tenait encore à la main, après avoir entendu le déclic annonçant que la communication était coupée. Puis, avec emportement, il refit le numéro. Il y eut une longue sonnerie. Enfin, on décrocha, mais, comme Davidson essayait désespérément de parler, le correspondant inconnu reposa le récepteur avec colère.

Dehors, dans l'allée, on entendit soudain ronfler le moteur de la voiture de police. La porte d'entrée s'ouvrit et, du seuil le lieutenant Klecka s'écria :

— Nous avons repéré l'endroit, Monsieur Davidson, et nous y allons.

Il ferma la porte, puis la rouvrit pour dire :

— Détendez-vous. Tout ira bien.

Davidson ne répondit pas... S'ils arrivent à temps, pensait-il, si seulement ils arrivent à temps.

Il se retourna et, d'un geste décidé, composa le numéro de téléphone que Suzy lui avait donné. Réponds, Suzy, priait-il en lui-même, réponds, je t'en supplie ! Que tout aille bien !...

Il n'y eut pas de réponse.

Davidson se refusait à imaginer ce qui pouvait être en train de se passer. Son cerveau était vide de toute pensée. Au bout d'un moment, il reposa le récepteur, se leva et traversa le salon, avec l'allure d'un vieillard. Il enleva ses gants, dont il remit soigneusement chaque doigt en place, et les posa sur une planche de la penderie, avec son chapeau. Il retira son pardessus et le suspendit sur un cintre. Puis, marchant lentement, précautionneusement, il alla dans la salle à manger, prit dans le buffet un carafon et se versa un verre de liqueur. Il s'était à peine rendu compte qu'une voiture venait de s'engager dans l'allée. Elle ne roulait pas à l'allure habituelle aux voitures de police et se dirigeait vers le garage. Sa femme était de retour. Il allait falloir la mettre au courant. Davidson s'assit devant la table de la salle à manger pour réfléchir à la façon dont il devrait lui parler.

La porte s'ouvrit et Mme Davidson dit gaiement :

— Bonsoir !

Mais on entendait des pas dans la cuisine, le bruit de hauts talons sur le carrelage.

Andrew Davidson leva la tête : sa femme se tenait dans l'embrasure de la porte, les mains sur les hanches, fronçant les sourcils à la vue du carafon et du verre que Davidson avait posés devant lui, mais elle ne lui adressait pas de reproche parce que, debout derrière elle, se trouvait Suzy. *Suzy !*

Enfin Mme Davidson parla, d'un ton toujours gai et désinvolte, mais avec un léger sous-entendu qui laissait prévoir que l'heure des explications sonnerait plus tard :

— Tu as l'air d'avoir passé une soirée paisible, chéri, remarqua-t-elle.

— Suzy ! dit Davidson d'une voix étranglée, où l'as-tu trouvée ?

— Mais chez les Smith, naturellement.

Sa femme le regardait d'un air inquisiteur.

— Je suis passée chez Sally pour voir comment cela allait et, comme elle et son mari venaient juste de rentrer, j'ai ramené Suzy avec moi.

Andrew Davidson allait se lever et chercher à exprimer en mots les sentiments de soulagement, de gratitude et d'amour qui l'envahissaient, quand, derrière sa femme, il vit sa fille qui le regardait comme elle ne l'avait jamais regardé auparavant, et il comprit que Suzy avait l'intention de se taire, qu'elle ne dirait pas un mot des heures dramatiques qui venaient de s'écouler. Davidson eut même l'affreux pressentiment que, s'il en parlait à sa femme, Suzy démentirait toute l'histoire.

Il se rassit lourdement.

— Pauvre père, dit gentiment Suzy, il semble avoir passé une soirée rudement décevante.

— En un sens, oui, répondit-il.

Il ne trouva rien d'autre à dire. Suzy lui était devenue inaccessible. Il ne savait pas si elle s'était vraiment trouvée en face d'un danger d'adulte qu'elle avait surmonté seule, ce qui lui donnait maintenant le droit de regarder son père avec froideur et pitié parce qu'il ne lui avait pas porté secours. Ou si elle n'était qu'une enfant frivole et désœuvrée capable par ennui d'une méchanceté gratuite pour satisfaire sa fantaisie. A travers un léger brouillard, il la vit qui le regardait d'un air entendu, avec des yeux impénétrables de femme. Jamais il ne saurait la vérité.

Le téléphone sonna dans le salon. Le chat, qui avait dormi sans interruption sur la console, sursauta, cette fois, et, dans un mouvement de frayeur, fit tomber une poupée qui se brisa sur le tapis.

Mme Davidson alla répondre au téléphone et revint en disant à son mari :

— C'était Bob Appleby. Il voulait te dire qu'il avait fini par se rappeler où habite Elwood Jones, si cela t'intéresse toujours. Tu connais un Elwood Jones ? ajouta-t-elle.

— Non, répondit Davidson d'une voix un peu sourde, mais il me semble parfois qu'il y a beaucoup de choses que je ne connais pas.

Il se leva et mit son pardessus. Il avait besoin de prendre l'air et, surtout, il devait aller au-devant de la voiture de police avant qu'elle ne revînt. Il fallait expliquer aux deux policiers qu'il y avait eu une ridicule erreur. Quelle sorte d'erreur, il ne le dirait pas. Ce serait très embarrassant à dire, mais les policiers comprendraient : ils devaient être habitués à rencontrer des gens comme lui, des gens qui se laissent déborder par les événements.

Babysitter.
Traduction de Denise Hersant.

ADIEU, MÉMOIRE !

par JACK RITCHIE

— Je suis atteint d'une amnésie totale, déclarai-je.

— Si vous étiez atteint d'amnésie totale, vous ne sauriez plus ni marcher ni parler.

— Bon ! alors, mettons que je sois atteint d'amnésie partielle.

Pour un psychiatre, le Dr Brenner était joliment agité ! Il arpentait la pièce de long en large.

— Voyons, reprit-il, vous ne *voulez* donc pas chercher à connaître votre identité ?

— Non.

Il continuait à considérer cette attitude comme affligeante.

— Mais *tout le monde* veut connaître son identité !

— Pas les gens qui, comme moi, souffrent de véritable amnésie.

Il pointa vers moi un index coléreux :

— Mon avis personnel est que, dans les cas d'amnésie, neuf sur dix des prétendues victimes sont de simples simulateurs.

— Voilà que vous vous fâchez de nouveau.

Il fixa sa cigarette d'un air maussade :

— Cette nuit, vers deux heures, un agent vous a découvert sur le pont de Lincoln Avenue. Vous aviez l'air hébété et vous regardiez fixement le fond de l'eau. Que faisiez-vous là ?

— Je suppose que j'étais sur le point de me jeter à l'eau.

— Pourquoi ?

— Je ne sais pas et je ne veux pas le savoir. Il semble que j'avais le choix entre sauter de ce pont ou perdre la mémoire. J'ai préféré perdre la mémoire.

Brenner reprit haleine avant de poursuivre :

— Quand l'agent vous a demandé votre nom, vous avez répondu que vous l'ignoriez.

Je l'admis.

— Alors il a demandé à voir votre portefeuille. Qu'avez-vous fait ?

— J'ai tiré l'objet de ma poche et l'ai jeté à l'eau.

— Pourquoi ?

— Apparemment, je ne voulais pas apprendre qui j'étais.

Mon plus ancien souvenir était celui d'un pont duquel je fixais l'eau sombre teintée de reflets verdâtres, et je me demandais avec un certain malaise pourquoi je me trouvais là. Mais je devais plus ou moins le savoir.

Je ne m'étais aperçu que j'ignorais qui j'étais seulement au moment où l'agent m'avait demandé mon nom. J'avais jeté mon portefeuille dans le fleuve par réflexe. C'est plus tard seulement, lorsque l'examen médical auquel je fus soumis eût éliminé l'éventualité d'un choc physique que j'en arrivai à mon point de vue actuel : quand un homme perd la mémoire par suite d'un traumatisme, il a en quelque sorte donné son adhésion à cette perte. Elle ne lui a pas été imposée.

— Peut-être avez-vous une famille ? Des enfants ?

— Non, pas d'enfant, répondis-je, me demandant comment je pouvais en être aussi certain.

— Un jour, vous recouvrerez la mémoire.

— Pas si je résiste. (J'essayais de me montrer patient envers lui.) Nous avons admis qu'il existe deux sortes de véritable amnésie : l'une produite par des blessures physiques, l'autre résultant d'un choc moral. Vous avez examiné mon crâne et vous êtes assuré qu'il ne présentait pas la moindre bosse. Je ne suis pas tombé sur la tête. Par conséquent, l'amnésie dont je souffre a été provoquée par une émotion trop violente et que je n'ai pu supporter.

— Il faut que vous ayez le courage de regarder en face la cause de cette amnésie, quelle qu'elle puisse être.

— Pourquoi donc ?

Il eut un geste de la main :

— Eh bien... c'est ainsi que doit se comporter un homme mûr.

— S'infliger une souffrance à soi-même ne constitue pas une preuve de maturité : c'est du masochisme. Si je me souviens de mon problème et que je veuille y faire face, qui me prouve que je ne retournerai pas aussitôt sur ce pont pour donner suite à mon premier projet ?

Il se frotta la nuque :

— Bon ! Alors, qu'avez-vous l'intention de faire ?

— Aussitôt que vous m'aurez rendu la liberté — et j'exige que ce soit immédiatement — j'ai l'intention de quitter cette ville, de m'en aller à des milliers de kilomètres d'ici. Je ne veux garder aucun contact avec qui que ce soit qui puisse contribuer à me rendre la mémoire.

— Comment pensez-vous voyager ? Vous n'avez pas d'argent.

C'était là un point douloureux et qui valait d'être pris en considération.

Le téléphone placé sur son bureau sonna et le

docteur prit l'écouteur. Après avoir écouté parler son interlocuteur, il dit dans l'appareil, avec un sourire :

— Darwin ? Faites-le venir immédiatement.

— Qui est-ce ? demandai-je d'un air soupçonneux.

Le sourire de Brenner devenait béat :

— Vous allez voir, répondit-il.

L'homme qui entra quelques minutes plus tard était âgé d'une cinquantaine d'années et avait un peu l'aspect d'un épagneul.

— Oswald ! s'écria-t-il, c'est donc *vous* ! Je pensais bien vous avoir reconnu d'après la description que m'avait faite la police !

Oswald ! Quel nom révoltant ! Je ne pus m'empêcher de demander :

— C'est mon nom de famille ou mon prénom ?

— Votre prénom. Votre nom de famille est...

— Peu importe, dis-je vivement, je ne veux pas le savoir.

— Nous avons trouvé, dans la poche de votre pardessus, un papier portant l'adresse de M. Darwin, expliqua le Dr. Brenner. Nous l'avons mis au courant de votre situation et nous lui avons demandé de venir. Nous pensions qu'il pourrait peut-être vous identifier.

— Ce monsieur est Oswald Harrison, dit Darwin, je suis son conseil et son homme d'affaires.

Mon homme d'affaires ? Je décidai de donner un léger coup de sonde dans le passé :

— J'ai de l'argent ?

— Bien sûr, Oswald. Vous possédez plus d'un million de dollars.

— J'ai *vraiment* autant que ça ? Je veux dire... je n'ai pas été escroqué ou cambriolé récemment ? Tout récemment ?

— Mais non, Oswald.

Je n'entendais pas aller plus avant dans mes investigations.

— Je vais le ramener chez lui, dit Darwin. Je veillerai à ce qu'il reçoive les meilleurs soins des meilleurs médecins.

— Je ne veux pas rentrer chez moi et je ne veux pas des meilleurs médecins, dis-je fermement. Je veux simplement encaisser un chèque et quitter cette ville. Je vous ferai savoir par la suite où m'envoyer d'autres fonds.

Darwin s'éclaircit la gorge :

— Oswald, souffrez-vous *vraiment* d'amnésie ?

— Certainement. Avez-vous un chèque en blanc que je puisse utiliser ? Je crois que cinq mille dollars devraient me suffire pour le moment.

Darwin semblait mal à l'aise.

— J'ai votre procuration légale, déclara-t-il, et je regrette de vous dire que je devrai faire opposition sur tous les chèques que vous pourriez signer dorénavant.

Je lui lançai un regard furibond :

— Et pourquoi ?

— Uniquement dans le but de vous protéger contre vous-même, Oswald. Si vous êtes réellement atteint d'amnésie, eh bien, pour toutes les opérations juridiques, vous êtes... euh... un incapable.

Je crains d'avoir élevé considérablement la voix.

— Un incapable ?... Darwin, vous êtes licencié !

— Allons, allons, dit-il d'un ton apaisant, dans votre état actuel vous ne pouvez pas non plus me congédier.

Je regardai le Dr Brenner : il semblait apprécier cette conversation.

— Je ne sais pas quelle est exactement la procédure, reprit Darwin, mais je crois que le tribunal m'instituera votre conseil judiciaire jusqu'au moment où vous aurez recouvré la mémoire, ou jusqu'à ce qu'on puisse prouver que vous êtes mentalement et émotivement responsable de vos actes.

Je me trouvais en face d'un sérieux dilemme : d'une part, j'étais atteint d'une amnésie qui me protégeait et que j'entretenais soigneusement ; de l'autre, j'avais un million de dollars auquel je ne pouvais toucher avant d'avoir recouvré la mémoire.

Fallait-il porter une main à mon front en faisant une grimace de douleur comme si je ressentais un élancement ? Ou marmonner soudain que la mémoire était en train de me revenir ?

Non, ce serait un peu trop cousu de fil blanc. Darwin me croirait peut-être (son visage laissait paraître une certaine candeur) mais le Dr. Brenner, sûrement pas. En fait, le psychiatre, les sourcils levés, paraissait s'attendre à me voir tenter quelque chose de ce genre et il se réjouissait d'avance à l'idée de déjouer ma tentative.

— De quoi vous souvenez-vous au juste, Oswald ? demanda Darwin.

— De rien, dis-je franchement, mais à contrecœur.

Darwin inclina solennellement la tête :

— Vous avez besoin de détente après un tel choc, Oswald. Je vous conseille de rentrer chez vous et de vous reposer pendant quelques jours. Je suis sûr que Francis saura parfaitement s'organiser et faire en sorte que vous ayez tout ce qu'il vous faut.

Qui diable était Frances ? Ma femme ? Ma cuisinière ?

— Qui est Frances ? demandai-je.

— *Francis,* corrigea Darwin, c'est votre valet de chambre.

Et il me regarda d'un air pensif :

— Je crois que, dès que je vous aurai reconduit chez vous, je ferai bien de passer à votre banque pour leur remettre cet avis d'opposition.

Si ma fortune ne s'était élevée qu'à cinquante

mille dollars, je crois que j'aurais volontiers tout laissé tomber et que je serais parti. Mais, après tout, un million c'est un million.

Ne pourrais-je m'arranger pour apprendre sur mon propre compte suffisamment de faits pour convaincre Darwin que j'avais recouvré la mémoire, et pas assez, cependant, pour troubler cette bienfaisante amnésie ? Je ne voulais pas me retrouver sur ce pont, mais il y avait l'argent à considérer. Je poussai un soupir :

— Très bien, Darwin, rentrons.

Darwin me conduisit en voiture, en longeant la rive ouest du lac, jusque dans les faubourgs de la ville. Bientôt, nous tournâmes dans une longue allée menant à une imposante villa, de style colonial, à trois étages.

Darwin passa devant le maître d'hôtel, et me guida vers une vaste pièce dans laquelle se trouvait un autre domestique, occupé à ranger des costumes qui devaient rentrer de chez le teinturier. Il cligna légèrement des yeux en me voyant.

Je me jetai à l'eau :

— Bonjour, Francis, dis-je.

— Bonjour, monsieur.

Darwin était content :

— Vous l'avez reconnu, Oswald ?

— Bien sûr, répondis-je d'un ton détaché.

— M. Harrison a perdu la mémoire, ou, du moins, une grande partie de sa mémoire, dit Darwin à l'adresse de Francis.

Je parcourus la chambre et constatai que les tableaux qui garnissaient les murs étaient des originaux de Pissarro et de Berthe Morisot. Apparemment, mon amnésie n'allait pas jusqu'à m'empêcher de reconnaître une toile de maître.

Darwin prit Francis à part pour lui murmurer quelques mots, sans doute des détails à mon sujet.

Mon attention fut soudain attirée par une photographie posée sur une étagère. La femme qui y était représentée avait le regard pénétrant et un menton volontaire.

Grands dieux ! J'avais donc une femme ! Était-ce elle ?

Je m'approchai de la photographie et fus extrêmement soulagé d'y lire cette courte dédicace : *Ta sœur, Violette.*

Je remarquai, dans la cheminée, les restes à demi carbonisés de ce qui semblait avoir été des cadres et des photographies.

Darwin cessa de chuchoter à l'oreille de mon valet de chambre et, dans le but d'éprouver ma mémoire, il me demanda en désignant du doigt la photo :

— Qui est-ce ?

— Ma sœur. Je la reconnaîtrais n'importe où.

Il fut impressionné :

— Et Beverley ? Savez-vous qui est Beverley ?

Il y a des hommes qui s'appellent Beverley, mais je décidai de jouer le tout pour le tout :

— Bien sûr, je sais qui est Beverley. Je *la* connais depuis des années.

Darwin ne parut pas convaincu.

— C'est votre femme, dit-il en boutonnant son pardessus. Eh bien, je me sauve. Comptez sur moi pour m'assurer du bon ordre de vos affaires jusqu'à ce que vous ayez recouvré la mémoire.

— Où est ma femme ? questionnai-je.

— Je vous avoue que je n'en sais rien, répondit Darwin, elle est peut-être allée faire des courses.

Francis parut sur le point de dire quelque chose, mais il se ravisa.

Après le départ de Darwin, je me mis à explorer la maison plus à fond. Les apparences donnaient à croire que Beverley et moi faisions chambre à part, ce qui expliquait qu'elle ne se fût pas encore aperçue de mon absence et eût décidé d'aller faire des courses sans s'occuper de moi.

Je ne pus trouver aucune photo d'elle.

Pourquoi y avait-il une photo de ma sœur dans le salon, et aucune photo de ma femme, nulle part ?

Je descendis prendre un verre.

A onze heures, la sonnette de la porte d'entrée retentit et ma sœur, Violette, entra dans la pièce.

D'après la coupe de ses vêtements, j'eus l'impression très nette qu'elle devait passer une grande partie de sa vie à cheval et à participer à des gymkhanas. Elle enleva son manteau, mais garda son chapeau : j'en conclus qu'elle n'habitait pas chez moi.

— Eh bien, Oswald, dit-elle, Darwin m'apprend que tu as de nouveau perdu la mémoire !

Je fronçai les sourcils :

— Pourquoi *de nouveau* ?

Elle se dirigea vers le petit bar et se prépara un whisky-soda.

— Tu ne te rappelles pas, bien entendu ! C'est une vieille histoire : tu avais vingt et un ans la dernière fois que ça t'est arrivé.

J'hésitai un peu avant de demander :

— Est-ce qu'il y avait une raison... spéciale... pour que je l'aie perdue à ce moment-là ?

Elle m'examina un moment par-dessus son verre :

— Tu t'es toujours cru très intelligent, n'est-ce pas ?

— Ma chère sœur, si on demande sa taille à un homme d'un mètre quatre-vingt-cinq, il ne voûte pas les épaules en murmurant modestement qu'il ne mesure qu'un mètre quatre-vingts.

Elle eut un petit sourire avant de poursuivre :

— Le jour de tes vingt et un ans, Père t'a donné cinquante mille dollars. Il voulait voir ce que tu en aurais fait au bout d'un an.

— Et alors ?

— Tu as investi aussitôt le tout dans une société qu'un de tes camarades de classe était en train de fonder.

— Et j'ai tout perdu ?... demandai-je, mal à l'aise.

Elle se mit à rire :

— Tu as été complètement refait. Il n'y avait pas de société. Ton ami a tout simplement filé en Amérique du Sud sans te laisser un sou.

Je ne me rappelais *absolument* pas cet incident. J'étais en nage.

— Tu as mis six mois à recouvrer la mémoire. D'après le psychiatre que Père a consulté alors, s'il y a une chose au monde que tu ne puisses supporter, c'est qu'on se moque de toi. Tu as préféré oublier qui tu étais plutôt que de devoir constater que tu avais été ridiculisé.

— Quelle absurdité ! lançai-je d'un ton bref.

Elle posa son verre sur la table.

— Où est Beverley ? demanda-t-elle.

— Je ne sais pas.

Je m'éclaircis la voix avant d'interroger à mon tour :

— Comment nous entendons-nous, Beverley et moi ?

— Mais très bien. Je ne crois pas que vous ayez jamais eu une querelle.

Quelque chose me tracassait vaguement, depuis un moment. Je finis par questionner :

— Quel âge a-t-elle ?

Violette sourit :

— Vingt-trois ans.

Je savais qu'elle attendait la question suivante :

— Et moi ?

— Cinquante-deux.

— Je vois, dis-je sèchement.

Violette retint un sourire :

— Elle t'a épousé pour ton argent, bien sûr, Oswald. Mais il n'y a rien là qui doive t'inquiéter maintenant : tu l'as toujours su et tu as décidé d'accepter la situation telle qu'elle était.

— Je l'aimais ?

Cette fois, Violette se mit à rire franchement :

— Bien sûr que non ! Beverley n'est pour toi qu'un objet de plus à posséder et c'est comme telle que tu la considères. Tu es disposé à payer généreusement pour obtenir ce que tu veux, et c'est tout à ton honneur. Mais, lorsque tu as ce que tu désires, c'est à toi une fois pour toutes, et tu ne t'en séparerais pour rien au monde.

Je remarquai une ombre sur le seuil de la porte et reconnus la silhouette du valet de chambre.

— Francis, dis-je d'un ton calme, vous n'avez donc rien d'autre à faire que d'écouter aux portes ?

La silhouette disparut. Je me tournai de nouveau vers Violette.

— Quand ai-je fait cette acquisition-là ?

— Francis est chez toi depuis dix ans et je crois qu'il a détesté chaque minute de ces dix années. Tu l'as toujours impitoyablement rabroué.

— Alors, pourquoi ne me quitte-t-il pas ?

— Tu le paies assez bien. Peut-être, d'ailleurs, y es-tu plus ou moins contraint : tu n'as jamais pu garder qui que ce soit d'autre pendant plus d'un an.

Après le départ de Violette, Francis vint me trouver. Il semblait effrayé, mais poussé par un important mobile.

— Est-il vrai, demanda-t-il, que Monsieur souffre d'amnésie ? Qu'il ne peut rien se rappeler ?

— Est-ce que cela vous regarde ?

Il hocha nerveusement la tête :

— Oui, Monsieur, parce que je voudrais bien toucher les cinquante mille dollars.

— *Quels* cinquante mille dollars ?

— Les cinquante mille dollars que Monsieur m'a promis pour ne pas aller trouver la police.

Je le regardai avec une stupéfaction indignée.

— Pourquoi vous aurais-je, *moi*, promis cinquante mille dollars si vous n'alliez pas trouver la police ?

Il avala sa salive :

— Monsieur ne se rappelle pas ? La nuit dernière, Monsieur a tué Madame.

Je le regardai fixement. Il sembla s'enhardir :

— Monsieur et Madame ont eu une dispute hier soir, Monsieur. Il était environ dix heures et demie. Je ne sais pas à propos de quoi cette dispute a éclaté, mais, juste au moment où j'entrais dans la pièce avec un plateau de sandwiches, Monsieur a pris un tisonnier et en a assené un coup sur la tête de Madame. La mort a été instantanée, Monsieur.

Je dus m'asseoir car mes genoux se dérobaient sous moi. Francis continua :

— Nous avons mis le corps dans la camionnette et l'avons emmené dans la campagne, Monsieur. Nous avons enterré Madame près d'un petit bosquet où je suis certain que personne ne la trouvera jamais.

Je crois que j'avalai assez bien toute cette histoire. Je me demandais si la cause de mon amnésie était à chercher dans la mort de ma femme. Mais alors, maintenant que Francis m'avait dit que je l'avais tuée, pourquoi la mémoire ne me revenait-elle pas ? Était-ce parce que je ne voulais pas savoir *pourquoi* j'avais commis ce crime ?

— Et les cinquante mille dollars, Monsieur ? reprit Francis.

— Vous n'aurez pas un sou.

Le rouge lui monta aux pommettes :

— Alors, je serai forcé de raconter l'histoire à la police.

— Vous ne vous rendez donc pas compte que vous êtes mon complice ?

Il eut un sourire entendu :

— Je n'irai pas personnellement trouver la police.

Je me contenterai de lui adresser une lettre anonyme, dans laquelle j'indiquerai où se trouve le corps de votre femme. Si vous cherchez à m'impliquer dans l'affaire, je nierai catégoriquement. Ce sera votre parole contre la mienne, et je crois que vous avez beaucoup plus à perdre que moi.

Si seulement je parvenais à me rappeler où nous avions enterré Beverley, je pourrais enlever le corps pour l'enterrer ailleurs ! Mais, bien entendu, Francis n'allait pas me le dire, à présent.

Il était manifeste que je devrais en passer par ses exigences, mais, pour pouvoir le faire, j'avais un obstacle à surmonter.

— Je ne peux pas vous donner les cinquante mille dollars maintenant, dis-je : Darwin a fait en sorte que je ne puisse toucher un sou de ma fortune avant d'avoir recouvré la mémoire.

Il dut croire que je mentais :

— Alors, je vais envoyer ma lettre à la police, dit-il d'un air entêté.

— Francis, vous travaillez chez moi depuis dix ans, n'est-ce pas ?

Il approuva d'un signe de tête circonspect, se demandant sans doute si j'avais l'intention de faire appel à la sympathie.

— Dans ce cas, puisque vous êtes mon ombre, je suppose que vous en savez sur moi et sur mes relations, tout autant que moi-même... enfin... tout autant que j'en savais moi-même...

— C'est possible.

— Très bien. Alors, asseyons-nous : vous allez me raconter tout ce que vous savez à mon sujet et au sujet de mes amis, de mes ennemis, de mes intérêts, de mes activités.

Il ne comprenait toujours pas où je voulais en venir.

— Vous ne saisissez donc pas ! dis-je avec impatience. Nous allons faire *croire* que j'ai recouvré la mémoire. Quand nous aurons convaincu les gens, je serai à même de retirer de la banque les cinquante mille dollars pour vous les donner.

Ses yeux brillèrent l'espace d'un moment, puis son regard s'assombrit de nouveau.

Je croyais savoir ce qui le préoccupait. Supposons que je recouvre *réellement* la mémoire, sans le lui faire savoir : je pourrais alors déterrer en secret le corps de Beverley et l'ensevelir ailleurs. Et Francis, du même coup, perdrait son emprise sur moi.

— Francis, dis-je, en m'efforçant de donner à mes paroles un ton rassurant, le médecin qui m'a examiné, au poste de police, m'a dit confidentiellement que le genre d'amnésie dont je suis atteint ne peut se guérir qu'avec le temps. Et il estime que, dans mon cas, il faut compter près d'un an. Je vais seulement *faire semblant* d'avoir recouvré la mémoire, et, avec votre aide, je devrais être en mesure d'y parvenir d'ici une semaine ou deux.

Mes mensonges le réconfortèrent considérablement.

Il n'aurait pas été aussi confiant s'il avait pu savoir ce que l'avenir lui réservait. Bien entendu, je ne pouvais lui permettre de me faire chanter éternellement... et c'est cependant l'habitude des maîtres-chanteurs. J'allais être contraint de me débarrasser de lui définitivement, et il faudrait que je me charge moi-même de cette besogne. J'aurais peut-être pu prendre mes dispositions à cet effet en ce moment même, mais j'avais besoin de lui pour reprendre possession de ma fortune.

Francis et moi nous attelâmes méthodiquement à notre tâche. Nous rassemblâmes toutes les photographies de la maison. Il fut difficile de trouver des photos de ma femme, mais je finis par en découvrir plusieurs dans le tiroir de sa coiffeuse.

Elle était ravissante, même sur ces petits instantanés d'amateur. Ravissante, mais... lointaine, froide.

Nous examinâmes soigneusement toutes les photographies. Francis mit un nom sur chaque visage et me donna, au sujet de l'original, tous les renseignements qu'il possédait mais rien de ce qu'il me dit n'éveilla en moi le moindre souvenir authentique. Cependant, j'appris beaucoup de faits me concernant personnellement.

Darwin et Violette me faisaient chaque jour une petite visite. Quand ils s'informèrent de ma femme, je forgeai de toutes pièces une histoire : Beverley était allée rendre visite à une amie qu'elle aimait beaucoup, en Californie... Je comptais bien aller, dans quelques semaines, signaler sa disparition à la police, mais je ne tenais pas à ce qu'on parlât d'elle pour le moment.

Au bout d'un peu plus d'une semaine de collaboration avec Francis, je me sentis assez sûr de moi pour déclarer tout de go à Darwin que j'avais complètement recouvré la mémoire.

Darwin avait mis un tel soin à protéger ma fortune de mes éventuelles extravagances, qu'il me fallut comparaître devant un comité de docteurs désignés par le tribunal, pour me soumettre à plus de cent trente questions, préparées par Darwin et destinées à prouver que mon passé m'était redevenu familier. Dans le tas, il y avait, bien entendu, des questions que Francis et moi n'avions pas prévues, mais le comité voulut bien admettre un affaiblissement normal de la mémoire qu'on mit sur le compte de l'âge.

Après cet examen, trois jours s'écoulèrent encore, trop lentement à mon gré, avant que fût démêlé l'écheveau administratif et que je reprisse possession de ma fortune.

Quand Darwin me téléphona l'heureuse nouvelle, je donnai immédiatement congé, pour l'après-midi, à tous les domestiques excepté Francis, et, dès qu'ils furent partis, je sonnai ce dernier.

— Eh bien, Francis, demandai-je, comment aimeriez-vous toucher votre argent ? En espèces, je suppose ?

Ses yeux brillèrent de convoitise :

— En espèces, oui, Monsieur. Et en petites coupures, s'il vous plaît.

J'acquiesçai :

— Très bien. Dans un moment, je vais aller à la banque.

J'allai au buffet et dissimulai avec mon dos le verre que j'avais préparé pour Francis. Il contenait déjà la poudre blanche. J'y ajoutai du whisky et du soda un peu sucré, pour faire passer le goût amer. Puis j'apportai son verre et le mien.

— Buvons un verre à notre succès.

— Je ne bois pas, Monsieur.

— Allons donc ! Je viens de récupérer ma fortune et vous êtes sur le point de posséder cinquante mille dollars. Cela s'arrose ! Et asseyez-vous, mon bon.

Ce n'était pas son confort qui me préoccupait, mais je préférais qu'il fût assis quand les effets de la boisson se feraient sentir.

Il prit son verre en main, goûtant évidemment le plaisir d'être assis en présence de son maître. Je soutins la conversation pendant une dizaine de minutes avant qu'il commençât à dodeliner de la tête.

Il lui fallut encore dix autres minutes pour être tout à fait mort.

Non sans difficulté, je réussis à soulever Francis et à le charger sur mon épaule pour l'emporter, à l'abri des arbres qui bordaient l'allée, jusqu'au garage. Je déposai le corps dans la camionnette et le couvris d'une bâche.

J'ajoutai au chargement une pelle et une pioche : puis je retirai mon complet et enfilai à la place une salopette graisseuse que je trouvai accrochée à une patère.

Francis et moi avions certainement enterré Beverley de nuit et l'un de nous avait dû tenir la lampe électrique pendant que l'autre creusait la terre. Mais, maintenant, j'étais seul et il me semblait beaucoup plus commode de creuser la tombe de Francis pendant qu'il faisait jour. J'étais à peu près certain de trouver, après une ou deux heures de route, un endroit suffisamment écarté pour y arrêter la voiture et y choisir un lieu de sépulture.

Je descendis la Sixième Avenue et m'engageai, en direction du nord, sur la grand-route N° 42. Le trafic était peu intense et je traversai plusieurs petites villes de banlieue sans pouvoir me décider à tourner dans l'un des chemins de traverse, semés de cailloux : aucun d'eux ne semblait offrir la solitude désirée et je décidai de pousser jusqu'à Medlow.

Juste à la sortie de ce village il y avait un embouteillage et je dus m'arrêter.

J'allongeai le cou pour regarder par la portière : six ou sept automobiles étaient à l'arrêt, devant moi, et une voiture de police était rangée sur le bas-côté de la route.

J'eus un moment de panique avant de comprendre qu'il ne s'agissait que d'un contrôle normal de sécurité. L'agent allait simplement s'assurer que mon avertisseur, mes phares et mes feux arrière étaient en bon état de fonctionnement et apposer son visa sur mon pare-brise. Je pourrais reprendre la route dans quelques minutes.

Je jetai un coup d'œil sur l'arrière de la voiture : la raideur de la bâche dissimulait tout contour suspect et Francis était parfaitement recouvert.

Je me ressaisis et fis avancer peu à peu ma voiture jusqu'à ce que vint mon tour de passer à l'inspection.

L'agent trouva mon avertisseur et mes phares en bon état. Il s'approcha de ma vitre :

— Votre permis de conduire, je vous prie.

Mon permis de conduire ! Mais il se trouvait dans le portefeuille que j'avais jeté du haut du pont !

Je fis semblant de fouiller mes poches de fond en comble, puis, avec un petit sourire confus, je dis :

— J'ai dû l'oublier à la maison, monsieur l'agent.

Il me regarda un moment, puis se dirigea vers l'avant de la voiture. Il revint aussitôt et questionna :

— Vous ne vous rappelez pas, par hasard, le numéro de votre permis ?

Mon sourire était toujours plein d'excuse.

— Je n'ai pas la mémoire des chiffres.

Il sourit, lui aussi, mais sans conviction.

— Il se trouve que le numéro de votre permis de conduire est AA100. J'ai l'impression que vous devriez vous en souvenir... *si* c'est bien votre voiture.

Il examina de nouveau l'extérieur reluisant de l'automobile, puis son regard se tourna vers moi :

— De quoi vivez-vous ?

— J'ai des revenus personnels.

Il rit sous cape, et je compris qu'il pensait à la salopette crasseuse que je portais.

— Écoutez, monsieur l'agent, lui dis-je, si vous vouliez bien téléphoner... (Je m'aperçus tout à coup que je ne me rappelais pas le *prénom* de Darwin.) Si vous voulez appeler mon homme d'affaires, continuai-je vivement, il pourra vous donner mon identité. Nous nous connaissons depuis vingt ans. Son nom est Darwin.

L'agent fut sans doute impressionné par le terme « homme d'affaires ». Il arrive rarement qu'un voleur de voiture puisse en citer un comme référence.

Il réfléchit un moment à ma suggestion :

— Très bien, dit-il enfin, on peut essayer. Quel est son numéro de téléphone ?

Je ne le connaissais pas !

Francis et moi avions travaillé dur pendant une semaine. Mais il y a tant de détails qu'on risque de négliger... tant de petits faits qui semblent sans conséquence et qui se révèlent soudain très importants : un permis de conduire... un prénom... un numéro de téléphone.

J'étais couvert de sueur.

— Je n'arrive pas à me rappeler le numéro, mais vous le trouverez dans l'annuaire.

Les yeux de l'agent s'enfoncèrent dans leurs orbites :

— Vous le connaissez depuis vingt ans et vous ignorez son numéro de téléphone ?

Il ouvrit la porte de la voiture.

— C'était du joli bluff, mon vieux, mais, maintenant, poussez-vous : c'est moi qui conduis.

Les trois hommes qui se trouvaient dans la salle avec moi étaient des détectives et le plus grand, un nommé Newell, commença un interminable interrogatoire :

— Pourquoi l'avez-vous tué ?

— Je ne dirai rien tant que je n'aurai pas vu mon avocat. Faites venir Darwin.

— Nous vous avons permis de chercher son numéro de téléphone et d'appeler son bureau. On ne répondait pas.

— Il est plus de cinq heures. Il doit être chez lui.

— Mais vous ne connaissez pas le numéro de téléphone de son domicile, ni son adresse, ni même son prénom. Et il y a vingt-six Darwin dans l'annuaire, plus une douzaine d'autres en banlieue.

— Eh bien, essayez-les tous, lançai-je.

Newell soupira et fit un signe de la tête à l'un des autres détectives. Celui-ci quitta la pièce.

Newell alluma une cigarette :

— Vous admettez pouvoir identifier le cadavre qui se trouve dans votre camionnette ?

Je n'avais pas de raison de le nier.

— C'était mon valet de chambre.

— Quel est son nom de famille ?

— Je n'en sais rien. Je ne l'ai jamais appelé autrement que Francis.

Comment Francis et moi avions-nous pu négliger un point aussi élémentaire ?

Newell tira une bouffée de sa cigarette.

— Pouvez-vous nous dire pourquoi nous avons trouvé une lettre, dans une enveloppe portant votre adresse, dans l'une des poches de ce Francis ?

— Quelle lettre ?

Il sortit une enveloppe de sa poche et la posa sur le bureau. L'ayant regardée, je fus pris d'un tremblement.

Je n'avais *pas* tué ma femme.

Je me rappelais tout. Absolument tout.

Elle était en vie et retrouverait bientôt ce misérable...

Je n'avais pas besoin de lire la lettre. Chacun des mots qu'elle contenait me revenait à la mémoire, comme un coup de poignard :

Cher Oswald,

Je t'ai épousé pour ton argent et tu m'as épousée parce que j'étais quelqu'un d'agréable à avoir en sa possession. Quand nous avons conclu notre accord, je ne pouvais prévoir que je serais amenée, un jour, à le rompre.

Je me suis toujours considérée comme une personne plutôt froide et insensible, et j'en ai même peut-être éprouvé un certain orgueil. Mais, à la longue, je me suis lassée d'avoir de l'argent, et seulement de l'argent. Je suis femme et j'ai découvert, à ma propre surprise, que j'avais besoin d'affection... d'amour.

Tu te rappelles Roger Ferris ? Je crois que lui et toi fréquentez les mêmes clubs.

Il ne possède pas ta fortune, mais je suis sûre que ce qu'il a nous permettra de vivre à l'aise et que nous saurons nous en contenter.

Je vais m'installer dans une autre région et, bien entendu, il ne sera pas question d'arrangement financier entre toi et moi : tout ce que je désire, c'est ma liberté.

Je n'ai parlé de cela à personne qu'à Roger, bien entendu, et je te laisse le soin de fournir à tes amis les explications voulues : quoi que tu dises, je ne le démentirai pas.

Beverley.

Roger Ferris ! Ce type insipide...

J'avais lu cette lettre chez moi et, pris d'une fureur noire, j'avais parcouru chaque pièce de la maison en déchirant toutes les photographies de Beverley qui s'y trouvaient. Je les avais jetées au feu et, jurant et sacrant, les avais regardées brûler.

Roger Ferris !

Qu'allais-je dire à mes amis ?... Au club ?...

Ils se rappelleraient que j'avais souvent joué aux cartes avec Ferris. Sans avoir le moindre soupçon...

Ils chuchoteraient... il feraient des cancans... Ils me montreraient du doigt.

Ils se *moqueraient* de moi !

Je ne pouvais pas supporter d'être tourné en ridicule.

Alors, je me le rappelais à présent, j'avais quitté la maison et marché jusqu'au pont. L'eau était sombre et semblait glacée. Elle me repoussait et m'attirait tout à la fois. J'avais fermé les yeux. Que *pouvais-je* faire, sinon sauter ?...

C'est alors que l'agent m'avait tapé sur l'épaule et que j'avais ouvert les yeux sur un monde qui m'était devenu étranger. Je voulais ne plus connaître aucun des êtres qui le peuplaient. Ne plus être connu d'aucun d'eux.

Puis Francis était entré en action !

Il avait découvert la lettre, l'avait lue et ce vil individu avait profité de mon amnésie pour me faire chanter, pour une faute que je n'avais *pas* commise.

C'en était trop, vraiment trop ! Être ridiculisé par sa femme et par un *domestique* !

Je fermai les yeux et ne les rouvris, plein d'appréhension, que lorsque j'entendis pousser la porte.

Il y avait trois hommes dans la salle, et l'un d'eux dit :

— J'ai téléphoné à une douzaine de Darwin et je crois que j'ai enfin trouvé le bon. Il sera ici dans quelques minutes.

Darwin ? Qui était ce Darwin ? Et que faisais-je dans cette salle ?

Je regardai les trois hommes — trois hommes que je n'avais jamais vus de ma vie — et je fus certain d'une chose : je n'allais pas m'en laisser conter par eux.

Je ne croirais rien de ce qu'ils me diraient.

Rien du tout !

Goodbye memory.
Traduction de Denise Hersant.

LE FANTÔME DERRIÈRE LA PORTE

par Henry Kane

Je ne crois pas aux fantômes. Je n'y crois pas peut-être parce que je refuse d'y croire : mon esprit rejette cette éventualité et cherche une autre explication. Dans le cas de l'affaire Troy, il s'agit pour moi de désir homicide, d'hallucination, de complexe de culpabilité, de châtiment, d'autopunition et de dédoublement de la personnalité, mais là encore je sors de mes attributions : je ne suis pas psychiatre, je suis détective privé. Il y en a qui ne sont pas d'accord avec mes conclusions, et vous serez peut-être de ceux-là. Tant pis. Tout ce que je peux, c'est relater les événements exactement comme ils se sont produits, en commençant par ce bel après-midi neigeux de janvier où ma secrétaire introduisit Mlle Sylvia Troy dans mon bureau.

— Mlle Sylvia Troy, annonça ma secrétaire, puis elle ressortit.

— Je suis Peter Chambers, dis-je. Voulez-vous vous donner la peine de vous asseoir ?

Elle était petite, fort jolie, très féminine, âgée d'une trentaine d'années. Des cheveux roux ondulés et coupés court encadraient une figure ronde et lisse où deux immenses yeux bruns auraient paru merveilleux sans une faille dans l'expression presque impossible à décrire. Un seul mot convient : hantés ! — et ce qualificatif est susceptible d'interprétations bien différentes. Son regard était vague, absent, lointain et perdu, détaché d'elle-même au lieu d'en être l'émanation. Elle resta debout. Moi, toujours assis derrière ma table, je me trémoussais mal à l'aise.

— Asseyez-vous donc, dis-je du ton le plus cordial que permettaient mes efforts pour échapper à l'éclat de ces yeux étrangement effarouchés.

— Merci beaucoup, répondit-elle et elle s'assit dans le fauteuil placé à côté de ma table. Elle avait une voix ravissante, une voix *exercée* au sens qui s'applique à la voix d'une chanteuse professionnelle : elle était pleine, sonore, magnifiquement timbrée, très féminine, mélodieuse. Elle portait un manteau de drap rouge avec un petit col de fourrure noire et tenait un sac à main en cuir verni noir. Elle ouvrit le sac, en sortit trois cents dollars, referma le sac et posa l'argent sur mon bureau. J'y jetai un coup d'œil mais n'y touchai pas.

— Pas assez ? dit-elle.

— Pardon ?

— D'après la façon dont vous l'avez regardé.

— Regardé quoi ?

— L'argent. Vos honoraires. Je suis désolée, mais je ne peux donner plus.

— Je ne le considérais d'aucune manière particulière, Mlle Troy. Je le regardais, simplement. Trois cents dollars représentent une somme acceptable ou non, suivant ce que vous voulez de moi.

— Je veux que vous conjuriez un fantôme.

— *Quoi ?*

— Je vous en prie, Monsieur Chambers. Je ne plaisante pas.

— Un fantôme...

— Un fantôme qui a déjà tué une personne et qui menace d'en tuer deux autres.

Je dirigeai mon agitation vers la recherche d'une cigarette dans mes poches. Je l'allumai et déclarai :

— Mademoiselle Troy, l'exorcisme ne fait pas précisément partie de mes activités. Si votre prétendu fantôme a tué quelqu'un, vous n'avez pas frappé à la bonne porte. Il y a des autorités constituées, la police...

— Je ne peux pas m'adresser à la police.

— Pourquoi donc ?

— Parce que si je raconte mon histoire à la police, ce serait m'incriminer, moi et mes deux frères, de...

Elle hésita.

— De quoi ?

— De meurtre.

Il y eut un silence. Elle assise, abattue ; et moi fumant avec nervosité. Je demandai :

— Avez-vous l'intention de m'expliquer de quoi il s'agit ?

— Oui.

— Cela ne risque-t-il pas d'être aussi dangereux pour...

— Non, non. Pas du tout. Je suis obligée de vous en parler parce qu'il faut faire quelque chose, parce que quelqu'un — vous, j'espère — doit nous aider. Mais si vous répétez ce que je vais vous dire à la police, je refuserai de le reconnaître. Comme il n'y a pas de preuves et comme j'opposerais un démenti à ce que vous répéteriez, personne ne peut en pâtir.

Voilà qui paraissait davantage de mon ressort. Je m'occupais des gens qui avaient des ennuis. S'il n'avait pas été question de fantôme, l'affaire serait même tombée entièrement dans mes attributions. Toutefois elle y entrait suffisamment pour que j'éteigne ma cigarette dans un cendrier, attire l'argent de mon côté et dise :

— Très bien, Mademoiselle Troy, allons-y.

— Cela a commencé il y a un an environ. En novembre de l'année dernière.

— Oui.

— Nous sommes... Nous étions quatre dans notre famille.

— Une famille de quatre personnes.

— Trois frères et moi-même. Adam était l'aîné. Adam Troy avait cinquante ans quand il est mort.

— Et les autres ?

— Joseph avait trente-six ans. Simon en a trente-deux. Et moi vingt-neuf.

— Vous dites que Joseph *avait* trente-six ans ?

— Mon frère Joseph s'est suicidé — ou est censé s'être suicidé — il y a trois semaines.

— Je suis navré...

— Et maintenant si vous permettez... je vous parlerai un peu de notre famille.

— Je vous en prie.

— Étant beaucoup plus âgé, Adam nous a pratiquement servi de père. Adam était célibataire, riche et prospère — il avait le chic pour gagner de l'argent — alors que nous autres... (elle haussa les épaules) en matière d'argent nous n'étions pas des lumières. Joseph était représentant en chaussures, Simon est commis dans une pharmacie et moi, je passe en attraction dans un night-club et ce que je fais, je dois l'avouer, ne vaut pas cher.

— Vous travaillez dans un night-club. Intéressant.

— Je donne un numéro de voix, vous savez ? J'étais ventriloque. Maintenant je suis imitatrice, je fais des imitations, ce genre de choses. Rien de sensationnel. Je me débrouille.

— Et Adam ? questionnai-je. Qu'est-ce qu'il faisait, lui ?

— Il était agent immobilier et il savait jouer à la Bourse. Il était du genre pondéré et avare, ce qui est probablement la raison pour laquelle il ne s'est pas marié. Il était comme un père pour nous, mais, en fait, jamais il ne nous a donné d'argent, sauf en cas d'absolue nécessité. Mais il était prodigue de conseils. Et aussi de critiques. Je ne peux pas dire qu'il ait été *mauvais* pour nous, mais il n'a pas été *bon* non plus. J'espère que je suis claire.

— Oui. Très claire, Mademoiselle Troy.

— Passons aux testaments.

— Aux testaments ?

— Nos dernières volontés. Nous avons tous fait des testaments qu'on appelle réciproques. Si l'un de nous meurt, ce qu'il laisse est réparti entre les autres. Vous devez sûrement connaître cela.

— Oui, naturellement.

— Très bien. Voilà que l'an dernier, Adam a fait un magnifique coup de Bourse et il nous a proposé de passer des vacances ensemble, des vacances d'hiver. Il se chargeait de tous les frais. Une quinzaine de jours à skier, à s'amuser, à vivre au bon air dans le Vermont. Deux semaines dans un site féerique, vous voyez ?

J'acquiesçai d'un signe de tête.

— Nous, c'est-à-dire Joseph, Simon et moi, nous nous sommes arrangés pour nous libérer deux semaines au milieu de novembre et nous sommes tous allés dans un chalet de Mount Killington dans les Vertes Montagnes du Vermont.

Elle frissonna et resta un instant silencieuse, puis elle reprit :

— Je ne sais pas comment cela s'est fait. Peut-être avions-nous tous la même idée en tête, peut-être étions-nous tous contaminés par ce venin, mais c'est Joseph qui en a parlé le premier.

— De quoi, je vous prie ?

— De nous débarrasser d'Adam. Adam dormait

au-dessus, dans sa chambre, et nous étions, nous trois, en bas, à boire devant la cheminée qui ronflait. Peut-être même étions-nous un peu gris, quand Joseph a émis cette suggestion et nous sommes tombés d'accord avec lui si vite que c'était comme si nous avions eu tous ensemble la même idée. Je ne veux blâmer personne en particulier. Nous devons supporter le blâme tous les trois. Aucun de nous n'avait jamais eu d'argent, ce qu'on appelle avoir de l'argent, et soudain nous nous sommes avisés que nous pourrions avoir une fortune pendant que nous étions encore assez jeunes pour en profiter.

Elle frissonna de nouveau et cacha son visage dans ses mains.

— J'aimerais passer très vite sur le reste.

— D'accord...

Ses mains retombèrent sur ses genoux.

— Le lendemain, vêtus de costumes de ski confortables, nous sommes partis en exploration dans les montagnes. Nous avons pas mal monté. A un moment, Adam s'est trouvé au bord d'une crevasse, un ravin, de près de six cents mètres de profondeur, avec un petit torrent au fond. Joseph s'est approché par derrière, l'a poussé et Adam est tombé. C'est tout. Il est tombé. Jusqu'en bas. Il y a eu quelques échos, puis... plus rien. A notre retour, nous avons averti la police. Nous avons dit qu'il avait glissé et avait fait une chute. Les policiers sont montés là-haut, il y a eu enquête judiciaire et voilà.

— Voilà quoi ?

— Le verdict du coroner a été : mort accidentelle.

Je me levai, arpentai mon bureau. Je marchai devant elle, derrière elle, autour d'elle. Elle ne broncha pas. Elle restait là, les mains croisées sur ses genoux. Je lui dis :

— Bon. C'était le récit compromettant. Maintenant, s'il vous plaît, quel fantôme a tué qui ?

Elle était immobile. Seules ses lèvres bougèrent.

— Le fantôme d'Adam a tué Joseph.

— Chère Mademoiselle, il y a seulement quelques minutes, vous m'avez dit que Joseph s'était suicidé.

— Excusez-moi, Monsieur Chambers, ce n'est pas ce que je vous ai dit. J'ai dit *est censé* s'être suicidé.

Je reconnus mon erreur à regret.

— C'est vrai, vous l'avez dit. Cependant, quelle différence cela fait-il ? Comment peut-on le savoir... ?

— Puis-je vous l'expliquer ?

— Je vous en prie.

Je retournai m'asseoir et l'observai tandis qu'elle parlait, mais mon regard ne croisa pas le sien. Je ne sais pourquoi, par ce bel après-midi de janvier normal, dans l'atmosphère familière de mon propre bureau, je n'eus pas le courage de regarder cette femme droit dans les yeux.

— J'habite au 133, 33e Rue Ouest, reprit-elle.

— Hm-hm, fis-je et, en bon homme d'affaires, je notai l'adresse, enchanté d'avoir quelque chose de prosaïque à faire.

— C'est un studio situé au quatrième étage. 4 C.

— Oui, oui, murmurai-je, notant scrupuleusement.

— Il y a deux mois, le 15 novembre, un an exactement après sa mort, Adam est venu me rendre visite.

— Adam est venu, répétai-je en écrivant... puis je rejetai mon crayon. « Une minute, Mademoiselle Troy ! »

Elle questionna d'une voix tout à fait calme :

— Oui, Monsieur Chambers ?

— Adam, c'est bien celui qui est mort, non ? Adam, c'est bien celui que vous avez soi-disant assassiné, n'est-ce pas ?

— Oui.

— Et il est venu vous rendre visite ?

— C'est cela même.

Je soupirai.

— Où ?

— L'après-midi du 15 novembre, je suis allée faire des achats au supermarché. A mon retour, il était là, dans un fauteuil, à m'attendre.

Je récupérai mon crayon et fis semblant de prendre des notes.

— Êtes-vous sûre que c'était Adam ?

— Le fantôme d'Adam. Adam est mort.

— Oui, naturellement, le fantôme d'Adam. Comment était-il ?

— Exactement comme le jour de sa mort. Il portait même les vêtements qu'il avait ce jour-là — les souliers montants, le costume de ski vert avec un bonnet assorti.

— Il vous a parlé ?

— Oui.

— Sur quel ton ?

— Le même que d'habitude. Adam avait une voix grave et bien timbrée. Il avait l'air triste, chagriné, mais pas en colère.

— Et qu'a-t-il dit ?

— Il a dit qu'il était venu pour nous punir ; ce sont ses propres termes... "nous punir". Il a déclaré qu'il allait tuer Joseph d'abord, puis Simon, puis moi. Ensuite, il s'est levé, il a ouvert la porte et il est parti.

— Et vous ?

— J'ai téléphoné à mes frères, ils sont venus chez moi et je leur ai raconté ce qui s'était passé. Naturellement, ils ne m'ont pas crue. Ils m'ont dit que mon imagination m'avait joué un tour, que j'étais d'une nervosité extrême depuis quelque temps. Ils m'ont suggéré d'aller consulter un médecin. Ils ont fini par me persuader que je me montais la tête. Je n'ai donc rien fait... même quand Joseph a été tué.

— Disons : s'est suicidé, même s'il ne s'agit que d'une présomption de suicide.

— Joseph est mort après s'être tailladé les poignets. *Mais il n'y avait pas le moindre objet coupant.* On n'a trouvé aucune arme près du corps ; il n'y avait pas la moindre arme ensanglantée dans l'appartement.

J'allumai une nouvelle cigarette. La flamme de l'allumette tremblait. Je la soufflai vivement et posai l'allumette dans le cendrier. J'aspirai à fond et déclarai :

— Mademoiselle, vous n'avez rien fait à l'époque... pourquoi voulez-vous agir maintenant ?

— Parce qu'Adam est revenu me voir hier soir. Quand je suis rentrée du night-club, il était installé dans le même fauteuil, habillé exactement comme l'autre fois. Il a dit qu'il était parvenu à ses fins avec Joseph... et que ce serait maintenant le tour de Simon. Puis il s'est levé, il a ouvert la porte et il est sorti.

— Et vous ?

— Je me suis évanouie. Puis j'ai repris connaissance et j'ai eu une crise de nerfs. La crise passée, je me suis fardée et je suis allée chez mon frère Simon. La nuit était très avancée, mais cela m'était égal. Simon habite dans la 4e Rue Ouest, tout près de l'endroit où je travaille. J'ai sonné jusqu'à ce qu'il se réveille et m'ouvre. Je lui ai raconté ce qui était arrivé et de nouveau il a refusé de me croire. Il m'a dit qu'il voulait absolument que je consulte un médecin et qu'il demanderait un rendez-vous. Aujourd'hui, moi, j'ai pris la décision de faire quelque chose. J'avais entendu parler de vous... et me voilà. Je vous en prie, Monsieur Chambers, voulez-vous m'aider ? Je vous en prie. S'il vous plaît.

— Je ferai mon possible, répliquai-je. Je demandai et notai noms, adresses, numéros de téléphone, l'endroit où elle travaillait, où son frère travaillait, etc. Puis j'inscrivis mon numéro personnel sur une de mes cartes professionnelles et la lui tendis.

— Vous pouvez m'appeler ici ou chez moi quand vous voudrez, dis-je.

Elle eut son premier sourire, reconnaissant.

— Merci.

Je rangeai ses trois cents dollars dans un tiroir de mon bureau et déclarai :

— Très bien. Partons.

— Partons ? Où ?

— J'aimerais voir votre appartement. Est-ce possible ?

— Oui, bien sûr.

Elle se leva. « Vous êtes très minutieux, n'est-ce pas ? »

— C'est mon habitude, répliquai-je.

***

L'appartement se trouvait au quatrième étage d'un immeuble qui en comportait six, rénové mais sans ascenseur. C'était un studio : une pièce de dimensions modestes avec une minuscule penderie, une minuscule cuisine et une minuscule salle de bain. Il n'y avait pas de fenêtre dans le placard-cuisine, mais il y en avait une dans la salle de bain et deux dans la pièce principale, chacune nantie d'un solide verrou intérieur.

— Excellent, déclarai-je. C'est vous qui avez fait mettre ces verrous ?

— Non. Le précédent locataire.

— Ce sont de bons verrous en parfait état.

Je hochai la tête avec satisfaction, continuai mon inspection.

— Il n'y a pas d'escalier de secours, à ce que je vois.

— Inutile. C'était une horreur qu'on a enlevée quand on a ignifugé la maison.

Mais la serrure de la porte d'entrée était parfaitement insuffisante. Elle était simple et antique et il n'y avait pas besoin d'un expert pour l'ouvrir.

— Ça ne peut pas rester comme ça, marmonnai-je.

— Pardon ?

— Écoutez, je ne sais pas qui vous a rendu visite, fantôme ou non, mais n'importe qui peut s'introduire ici avec une vieille clef et un rossignol fera faire des sauts de carpe à cette serrure. Il faut la remplacer.

— La remplacer ? La remplacer ? répéta-t-elle.

— Où est votre annuaire ?

Elle l'apporta et je relevai les noms de plusieurs serruriers. J'en appelai quelques-uns et en trouvai un qui était libre. Je lui expliquai ce que je désirais. Il promit de venir d'ici une demi-heure. Mlle Troy prépara du café et des sandwiches, nous les mangeâmes en bavardant, mais en évitant toute référence aux fantômes ; elle s'anima et sourit plus souvent, et je découvris que je passais un après-midi très agréable.

— Pourquoi ne viendriez-vous pas me voir au Club, ce soir ? dit-elle. Je vous ai donné l'adresse quand vous preniez toutes ces notes dans votre bureau. Le Café Bella dans la 3e Ouest, au Village.

— A quelle heure passez-vous ?

— Le spectacle commence à neuf heures et il est à peu près permanent. Il y a six numéros — aucun n'est sensationnel et on ne nous paie guère — mais le travail n'est pas pénible et nous avons une loge personnelle, ce qui est beaucoup. Le spectacle dure de neuf heures à deux heures du matin, parfois plus tard, cela dépend de l'affluence. Entre deux passages sur le plateau, je reste dans ma loge. Je n'aime pas me mêler à la clientèle et la direction n'exige pas que nous le fassions. J'aimerais beaucoup que vous veniez me voir.

— J'irai peut-être, dis-je.

Le serrurier arriva et fit ce que je lui demandais. Il installa une robuste serrure moderne et un gros verrou d'acier. Je le payai de ma poche et refusai l'argent que Mlle Troy m'offrait en remboursement.

— C'est compté dans les honoraires et ce sera peut-être suffisant. Il y a des chances pour que vous n'ayez plus de visites fâcheuses.

— Je l'espère, je l'espère. Dieu vous bénisse. Je commence déjà à me sentir mieux. Comme quand on va chez un bon médecin, vous savez, et qu'il vous réconforte. Rien que votre présence et votre attitude... toutes ces choses affreuses sont comme un rêve, un cauchemar, et quand arrive le matin ce n'est plus terrible, c'est idiot, vous comprenez ?

— Oui et j'en suis heureux. Continuez à penser comme ça. Au revoir et merci pour ce charmant goûter.

— Oh ! ce n'est rien. Viendrez-vous me voir ce soir ?

— J'essaierai, dis-je.

***

Simon Troy travaillait dans une pharmacie au coin de la 74e Rue et de Columbus Avenue. C'était une petite boutique encombrée, démodée, qui ne comportait pas de distributeur de limonade comme on en trouve dans tous les drugstores modernes. Elle sentait les simples, les produits pharmaceutiques et les désinfectants. Il y avait de la poussière sur les étagères et la poussière qu'il y avait dans l'air vous donnait envie d'éternuer. Simon Troy, seul employé, était un tout petit bonhomme blond, avec des yeux bruns de chiot éploré, un teint couleur de cuir pâle et de petites dents jaunes. Son sourire, quand il m'accueillit, était celui du professionnel qui accueille un client. Je lui dis qui j'étais et pourquoi je me trouvais là et son sourire s'effaça, remplacé par une expression d'anxiété qui lui crispa le visage.

— Si vous le voulez bien, passons dans l'arrière-boutique, nous serons plus tranquilles.

L'arrière-boutique, séparée du magasin par une glace épaisse, était un espace étroit que dominait un comptoir en bois entièrement garni de tiroirs pour la préparation des ordonnances. Il y avait deux chaises de fer en assez mauvais état et il me fit signe d'en prendre une. Avant de m'asseoir, je demandai :

— Vous êtes bien Simon Troy ?

Il répliqua avec impatience :

— Oui, oui, bien sûr.

Je sortis des cigarettes, lui en offris une qu'il saisit avec des doigts maigres, osseux, jaunis par le tabac. Il alluma ma cigarette, puis la sienne et tira dessus rapidement, à petites aspirations bruyantes. Je parlai et il écoutait. Je lui dis tout ce que Sylvia Troy m'avait raconté et je le mis au courant de la somme qu'elle m'avait payée. Quand j'eus fini, il avait terminé sa cigarette et il en alluma une à lui avec le mégot de celle que je lui avais donnée.

— Monsieur Chambers, déclara-t-il, vous devez comprendre, je pense, à quel point je suis inquiet pour ma sœur.

Je hochai la tête. Sans mot dire.

— Elle est malade, Monsieur Chambers. Je suis certain que vous avez dû vous en rendre compte.

Je hochai de nouveau la tête et je demandai :

— Voudriez-vous m'expliquer ce qui s'est passé à Mount Killington ?

— Ce qui est arrivé à Adam ?

— S'il vous plaît. Il obtempéra.

— Nous n'étions même pas à côté de lui. Il s'était approché pour jeter un coup d'œil dans cet abîme. Nous nous trouvions assez loin, à pas mal de mètres en arrière, tous les trois ensemble. Il a dû avoir une attaque, un vertige. Nous l'avons entendu hurler quand il a glissé, plongé... puis il a disparu. La police est venue inspecter l'endroit quand nous avons signalé l'accident. Il avait commencé à neiger et on ne voyait aucune empreinte sur le bord de la corniche. Mais les enquêteurs ont découvert des fragments d'os, de peau et du vêtement qu'il portait sur les pointes des roches en saillie qu'ils ont pu atteindre. Le corps, bien sûr, n'a jamais été retrouvé.

Il mit le bout de son index droit entre ses dents et je l'entendis faire craquer l'ongle.

— Monsieur Troy, savez-vous pourquoi votre sœur a inventé une histoire pareille ?

— Je crains qu'il n'y ait qu'une explication. A mon avis elle fait de la dépression nerveuse.

— Mais à cause de quoi ? Une hérédité ? Une raison quelconque ?

— Elle vous a certainement parlé de nos testaments réciproques, n'est-ce pas ?

— Oui.

— Eh bien, la fortune d'Adam, déduction faite des impôts, nous a permis d'hériter chacun environ cinquante mille dollars. Mon frère Joseph, veuf et sans enfant, était assez conservateur de caractère, comme moi. Nous avons mis cet argent de côté et nous avons continué à vivre modestement mais il n'en a pas été de même pour Sylvia. Elle a quitté son emploi dans un night-club, elle a voyagé en Europe et en l'espace d'un an, elle a dissipé intégralement son héritage. Je crois qu'elle a été frappée, ébranlée, de se retrouver au bout d'un an à son point de départ. Elle a été obligée de se remettre à travailler pour gagner sa vie et aussitôt, dès le début, elle a commencé à agir de façon bizarre. Elle s'est mise à discourir à propos d'un complot, notre complot, pour tuer Adam. Et maintenant cette affreuse histoire du fantôme d'Adam...

— Et Joseph ? Son suicide ? Pourriez-vous m'en parler ?

— Pas grand-chose à dire. Joseph était un être très doux, simple et méticuleux. C'était un hypocondriaque bien qu'il eût la terreur des médecins. Il y a six mois environ, il a été pris de maux d'estomac, de nausées et de vomissements. Il refusait de voir un médecin, mais je suis parvenu à le traîner en consultation. Une radiographie a révélé l'existence d'une tumeur dans son estomac. Les médecins estimaient qu'elle était bénigne, mais Joseph était persuadé du contraire. Nous avons choisi une date pour l'opération et il s'est suicidé avant.

— Oui, je sais, il s'est tailladé les poignets. Mais comment expliquez-vous qu'on n'ait pas retrouvé d'arme ?

Il sourit, tristement, découvrant des crocs jaunes.

— La police s'est déclarée satisfaite de l'explication. Joseph s'est suicidé dans la salle de bain. Il s'est coupé les artères et il est mort d'hémorragie. Connaissant Joseph, je sais ce qu'il a fait, une fois sa décision prise. On a trouvé un rasoir ouvert près de lui, mais sans lame. Il a enlevé la lame de ce rasoir, il l'a utilisée pour s'entailler les poignets, il a jeté la lame dans la cuvette des cabinets, il a tiré la chaîne de la chasse d'eau et il a laissé couler le sang. Il y en avait partout, et en quantité, dans cette salle de bain, mais pas de lame. Joseph était méticuleux, maniaque. Il a fait disparaître la lame dans la cuvette. La police a été parfaitement d'accord avec mon hypothèse. Somme toute, j'étais son frère ; je le connaissais.

Je me levai.

— Merci.

— Monsieur Chambers, s'il vous plaît.

Il s'agitait, hésitant, manifestement embarrassé.

— Oui ?

— Monsieur Chambers, dit-il précipitamment, je crois que vous devriez rendre cet argent à ma sœur.

— Pourquoi ?

— Elle n'a pas besoin d'un détective privé. Elle a besoin d'un médecin.

— Je partage votre opinion.

Il sourit, soulagé que je comprenne et acquiesce.

— Je me suis déjà renseigné, reprit-il, et j'ai choisi un médecin, un spécialiste des nerfs, un psychiatre, comme on les appelle maintenant. Sous un prétexte ou un autre, je vais la lui amener.

— Bonne idée. Quant aux honoraires, je suis d'accord. Ils reviennent à un médecin plutôt qu'à moi.

— C'est très aimable de votre part. Je vous remercie.

— Mais je préfère ne pas lui rendre l'argent. Inutile de lui causer un choc supplémentaire. Je vous l'apporterai. Je ne l'ai pas sur moi. Je le déposerai chez vous dans la soirée.

— Veuillez garder cinquante dollars sur la somme, Monsieur Chambers, vous avez bien gagné ça.

— Merci. Alors à tantôt.

— Vous savez où c'est ?

— Dans la 4e Rue. Mlle Troy m'a donné votre adresse.

— C'est l'appartement 3 A. Et... ah !

— Oui ?

— Je travaille le soir. Je commence à deux heures de l'après-midi et je ferme à dix heures. Si bien que je ne suis pas chez moi de bonne heure. Quand je rentre, je dîne, je prends une douche, je me détends.

— Je suis quelque peu noctambule, moi aussi. Disons que je passerai chez vous vers minuit. Cela vous convient-il ?

— Parfaitement, parfaitement. Merci de votre gentillesse, Monsieur Chambers.

Il me serra la main et je m'en allai.

***

A dix heures du soir, ce même jour, ayant en poche deux cent cinquante des dollars de Sylvia Troy, je m'installai à une table au fond de la salle du Café Bella et j'assistai au spectacle. Le Café Bella était sombre et sans prétentions, le service était loin de la perfection, les consommations étaient mauvaises et le numéro de Sylvia Troy pas meilleur. Elle apparut en pantalon et chemisier noirs et elle imita des célébrités, hommes et femmes. Son registre vocal était extraordinaire — il allait du baryton le plus grave au soprano aigu des femmes âgées en passant par le ténor, l'alto, le contralto et le mezzo-soprano. Mais ses imitations manquaient de finesse, ses thèmes étaient minables, la mise au point déplorable, et elle débitait ses lamentables petites plaisanteries sans une miette de talent. Je sortis au beau milieu de son numéro.

Je soupai. Je fis un tour dans quelques-uns des clubs du Village, je bus quelques pots, je regardai quelques danseuses et, à minuit, je suis allé au 149, 4e Rue Ouest, adresse de Simon Troy. Un ascenseur m'emporta jusqu'au troisième et j'appuyai sur la sonnette du 3 A. Pas de réponse. J'appuyai de nouveau. Rien. J'essayai la poignée. La porte n'était pas fermée à clef et j'entrai.

Simon Troy était assis, le regard fixe, les coudes appuyés au bord d'une table mise pour deux. Sur la table, devant lui, il y avait un grand verre à cocktail vide mise à part une cerise au fond. Il avait les prunelles dirigées vers une chaise vide en face de lui. Sur l'autre côté de la table, devant la chaise vide, il y avait un verre à cocktail plein jusqu'au bord, intact. Je m'approchai vivement de Simon

Troy, l'examinai, puis allai au téléphone appeler la police pour signaler le décès.

***

Le policier de service était mon ami le lieutenant Louis Parker, de la Brigade Criminelle. Ses experts déterminèrent sans tarder que la mort était due à un empoisonnement au cyanure. La cerise au fond du verre vidé était imprégnée de ce poison. Il y avait des empreintes de Simon Troy sur le verre. L'autre verre ne contenait pas de poison et il n'y avait pas d'empreintes dessus. L'examen de l'appartement ne permit pas de retrouver le moindre récipient qui eût pu contenir le cyanure. Le corps et les pièces à conviction furent enlevés, et le lieutenant Parker, resté seul avec moi, dit :

— Eh bien, qu'est-ce qui se passe ? De quoi s'agit-il ? Que fabriquez-vous là ?

— Croyez-vous aux fantômes, lieutenant ?

Il répliqua énigmatiquement :

— Quelquefois. Pourquoi ? Allez-vous me raconter une histoire de fantôme ?

— Cela y ressemblerait assez.

Je lui racontai toute l'histoire et lui expliquai ce que je faisais chez Simon Troy.

— Hoho, dit-il. Allons voir la demoiselle.

***

Elle se trouvait dans sa loge. Elle soutint que, de toute la nuit, elle ne l'avait quittée que pour aller sur le plateau. Cette loge donnait sur un couloir conduisant à une porte de sortie qui s'ouvrait directement dans la rue. On interrogea tous les employés de la maison. Aucun ne put opposer de démenti à ce qu'affirmait Sylvia Troy. Parker emmena la jeune femme au commissariat et je les accompagnai. Il la bombarda de questions, la retournant sur le gril pendant des heures, mais elle maintint fermement qu'elle n'avait quitté sa loge que pour aller faire son numéro. Des policiers allaient et venaient et l'interrogatoire était fréquemment interrompu par des conciliabules. Parker finit par abandonner la partie.

— Allez-vous-en, lui dit-il. Rentrez chez vous. Et restez-y que nous sachions où vous trouver.

— Oui, monsieur, répondit-elle d'un ton soumis, et elle partit.

Nous étions silencieux. Parker alluma un cigare et moi, une cigarette. Finalement je demandai :

— Eh bien, qu'est-ce que vous en pensez ?

— Je suis persuadé que cette poulette a monté la plus belle escroquerie du siècle, mais nous n'avons aucun élément qui nous permette de l'arrêter.

— Comment cela, mon ami ?

— Vous êtes au courant de ces testaments réciproques, n'est-ce pas ?

— Oui.

— Le premier — celui de Joseph — est en cours d'homologation. Ce sera maintenant le tour du second. Avec la mort de ses deux frères, cette donzelle va empocher plus de cent mille dollars.

— Et alors ?

— Alors Joseph est bien considéré comme suicidé, mais puisqu'on n'a pas trouvé d'arme, il peut s'agir d'un meurtre. Ce Simon s'est peut-être suicidé, lui aussi, n'est-ce pas ?... Seulement il n'y a pas de flacon. (Il agita la main.) Disparu comme par enchantement.

— Le fantôme ? suggérai-je.

— La donzelle. Elle les a tués tous les deux et elle a imaginé cette histoire de fantôme invraisemblable comme camouflage. Et nous n'avons pas un iota de preuve contre elle. Mais nous ne lâcherons pas prise pour autant, mon gars ; ça, vous pouvez en être certain.

Puis il sourit avec lassitude.

— Rentrez chez vous, mon vieux. Vous avez l'air fatigué.

— Et vous ?

— Pas moi. Je reste ici pour travailler.

***

Je suis revenu chez moi à quatre heures. Le téléphone sonnait quand j'ouvris la porte. Je courus décrocher. C'était Sylvia Troy.

— Monsieur Chambers ! dit-elle. S'il vous plaît, Monsieur Chambers ! La terreur dans sa voix me donna la chair de poule.

— Qu'est-ce qu'il y a ? Qu'est-ce qui se passe ?

— Il m'a téléphoné.

— Qui ?

— Adam !

— Quand ?

— A l'instant, à l'instant. Il a dit qu'il venait... me chercher. La voix s'étrangla.

— Mademoiselle Troy ! Mademoiselle Troy ! appelai-je.

— Oui ?

La voix était faible.

— Vous m'entendez ?

— Oui.

— Je veux que vous fermiez toutes vos fenêtres et que vous mettiez les verrous.

— Je l'ai déjà fait, dit-elle de cette curieuse voix chantante au timbre enfantin.

— Fermez aussi votre porte à clef et au verrou.

— Je l'ai fait aussi.

— N'ouvrez à personne sauf à moi. Je sonnerai et je vous parlerai à travers la porte pour que vous sachiez qui c'est. Vous reconnaîtrez ma voix ?

— Oui, Monsieur Chambers. Oui, d'accord.

— Bon. Ne bougez pas. J'arrive.

Je coupai, appelai Parker et le mis au courant.

— Nous y voilà, ai-je conclu. Nous verrons bien. Amenez un bon renfort d'hommes et d'artillerie, comme pour coincer un assassin. Je vous attendrai en bas. Vous connaissez l'adresse ?

— Bien sûr.

Je raccrochai et pris mes jambes à mon cou.

***

Outre Parker, il y avait trois détectives et trois agents en uniforme — dont un était armé d'une carabine. En mettant le pied dans le couloir, les détectives et les deux autres agents sortirent leur pistolet de l'étui. A la porte du studio 4 C, Parker me fit signe et je sonnai.

Une voix sonore et grave répondit :

— Oui ? Qui est-ce ?

— Peter Chambers. Je veux parler à Mlle Troy.

— Elle n'est pas ici, rétorqua la voix sonore.

— C'est un mensonge. Je sais qu'elle est là.

— Elle ne veut pas vous parler.

— Qui êtes-vous ?

— Cela ne vous regarde pas, cria la voix. Allez-vous-en.

— Navré. Je ne bouge pas, monsieur.

La voix grave prit une note aigre d'irritation.

— Écoutez, j'ai un revolver à la main. Si vous ne partez pas, je tire à travers la porte.

Parker me poussa de côté et cria :

— Ouvrez ! Police !

— Peu m'importe ce que vous prétendez être, clama la voix. Je vous avertis pour la dernière fois. Partez tous ou je tire.

— Et moi, je vous avertis, gronda Parker. Ouvrez cette porte ou *nous* tirerons. Je vais compter jusqu'à trois. Si vous n'ouvrez pas, nous ferons sauter la serrure. Un !

Pas de réponse.

— Deux !

Gros rire moqueur.

— Trois !

Rien.

Parker fit signe au policier qui tenait la carabine et celui-ci épaula. Parker leva la main droite, l'index pointé vers le plafond.

— Ouvrez ! Dernier avertissement !

Rien.

Parker abaissa l'index en direction du policier et inclina de la tête. Un flot de balles cribla la porte. Il y eùt un hurlement déchirant, un bruit de chute, puis ce fut le silence. Parker appela du geste deux détectives, deux grands gaillards. Ils savaient ce qu'ils avaient à faire. Ils se précipitèrent contre la porte, côte à côte, à l'unisson, à plusieurs reprises. Le battant grinça, craqua, sortit de ses gonds.

Sylvia Troy gisait à terre, tuée par les balles de la carabine. Il n'y avait personne d'autre dans le studio. La porte avait été fermée à clef et au verrou. Les fenêtres étaient closes et bloquées de l'intérieur par leurs verrous. L'inspection fut rapide : il n'y avait vraiment que nous et le cadavre de Sylvia Troy dans l'appartement.

Le lieutenant Louis Parker s'approcha de moi, le visage luisant de sueur, les traits tirés, de la stupeur dans le regard. Ses hommes, grands, musclés, puissants, se groupèrent en silence autour de lui comme des enfants apeurés.

— Diable ! chuchota le lieutenant d'une voix curieusement rauque. Qu'est-ce que vous en pensez, Pete ?

Je dus m'éclaircir la gorge avant de pouvoir parler, mais je m'en tins à mon idée première.

— Je ne crois pas aux fantômes...

Je ne crois pas aux fantômes peut-être parce que je refuse d'y croire et que mon esprit rejette cette éventualité pour chercher une autre explication. Dans le cas de l'affaire Troy, je l'ai dit, il s'agit pour moi de désir homicide, d'hallucination, de complexe de culpabilité, de châtiment, d'autopunition et de dédoublement de la personnalité.

Certains ne seront pas d'accord avec mes conclusions.

Peut-être serez-vous de ceux-là.

Ghost story.
Traduction d'Arlette Rosenblum.

DAME FORTUNE

par Robert Bloch

Frankie s'accrochait des deux mains au bar. S'il lâchait prise, il tomberait peut-être. Il ne voulait pas sombrer dans l'inconscience, parce que ce vieux type — le Professeur — était en train de lui parler. Et s'il l'écoutait, le vieux bonhomme continuerait peut-être de lui payer à boire.

— La chance, disait le vieux Professeur. C'est elle qui fait toute la différence, dans notre monde. Il y a cinq ans, j'étais un membre respecté de l'Université. Aujourd'hui, à la suite de certains revers de fortune...

Il se tut en poussant un gros soupir. Frankie soupira à son tour.

— Je sais ce que vous voulez dire, opina Frankie. Je n'ai pas l'habitude de vagabonder, moi non plus.

Ce qui était un mensonge, car Frankie avait toujours été clochard. Mais il voulait rester en bons termes avec l'autre ; il souhaitait boire un autre verre. Et justement, le vieux faisait signe au barman. Il exhiba un demi-dollar qu'il tint en l'air.

— Pile ou face, dit le Professeur. Qui peut dire quel côté se montrera quand je vais jeter cette pièce sur le bar ? Pas moi. Ni toi. Un mathématicien dirait que les chances sont égales — à tous points de vue. Le Professeur Rhine te dira que lesdites chances peuvent être modifiées. Mais personne ne *sait*. Et c'est là le Mystère de l'Univers. Nul d'entre nous ne peut prévoir ce qu'apportera la chance. Regarde !

Frankie réussit à affermir son regard, et vit tomber la pièce. Elle heurta le comptoir, rebondit, puis ne bougea plus... en équilibre sur la tranche.

— La chance ! ricana le vieux Professeur. Rien que la chance, qui opère tout autour de nous, qui dirige chaque mouvement de nos vies. Si Lincoln s'était penché pour renouer son lacet au moment où Booth pressait la détente... Si l'oiseau n'était pas apparu alors que Christophe Colomb faisait front aux mutins... *Si !* Mais nous sommes tous victimes de Tyché.

— Connais pas.

— Tyché. Fortuna, comme l'appelaient les Romains.

— Jamais rencontré cette dame.

— Je m'en doute.

Tout en buvant, le vieux Professeur sourit à Frankie.

— Mais les Anciens mesuraient son importance. Ils donnaient un festival annuel en son honneur. Le vingt-quatre juin, je crois. Je l'ai vue représentée avec une corne d'abondance dans les mains, debout sur une balle...

— Oui, allons au bal, marmotta Frankie. Encore un verre et je serai fin prêt pour le bal.

— Tu ne devrais pas boire tant, lui dit le vieux.

Frankie haussa les épaules.

— Et pourquoi ? Que pourrais-je faire d'autre ? Je n'ai jamais eu de chance — pas une seule fois. Regardez-moi : un vulgaire poivrot miteux. Je tremble comme un vieillard, et n'ai que trente-trois ans. Si j'avais seulement *une* chance...

Le Professeur hocha la tête.

— Je sais. Je pourrais te raconter une histoire semblable. Ainsi que chaque être humain. Avec ses cent derniers dollars, un homme achète une cabane sur une plage — six mois plus tard on l'y trouve, mort de faim. Un autre type fait la même chose — six mois plus tard on trouve du pétrole sur le rivage, et il vend son terrain un million de dollars plus les royalties. Un homme marche dans une rue et trouve dans le caniveau un portefeuille bourré. Un autre marche dans cette même rue un instant plus tard, juste à temps pour recevoir une corniche qui dégringole. La Fortune est une déesse fantasque, mon ami. Mais qui sait ? Étant fantasque, elle peut modifier son attitude pour t'apporter richesse et bonheur.

— Foutaises que tout ça ! déclara Frankie.

— Ainsi parle l'esprit scientifique, dit le vieux Professeur. Mais je n'en suis pas si sûr. Si seulement je pouvais apprendre le secret de ce qui attire la Fortune, je ne demanderais pas autre chose. C'est peut-être simplement une question de foi, ou de vénération. La Fortune est déesse, et les déesses exigent d'être adorées. Étant femme, elle réclame la fidélité. Serait-ce que les prétendus fortunés sont principalement ceux qui ont appris ce secret, et juré fidélité à la Fortune en échange de ses faveurs ?

— Sais pas, marmonna Frankie. Moi, je ferais n'importe quoi pour une bergère qui guérirait ma poisse.

Il prit son verre, but, et se retourna. Mais le vieux Professeur était sorti en vacillant. Le barman s'approcha en secouant la tête.

— Bizarre comme ça les prend tout d'un coup, fit-il.

— Ouais, répondit Frankie. Mais ce qui m'intrigue, c'est pourquoi un type comme lui vient dans ce bar.

— Vous savez, rétorqua le barman, nous recevons des gens très bien, rapport aux jeux, dans l'arrière-salle.

Frankie se souvint. Oui, il y avait une salle dans le fond. Roulette, dés, tout le tremblement. Il n'y avait jamais mis les pieds parce qu'il n'avait jamais un sou. Mais en y réfléchissant... beaucoup de gens étaient passés derrière lui pendant la soirée, en traversant la salle de bar. Comme le crétin chauve qui passait en ce moment, et l'étudiant à lunettes, et la dame en rouge.

La dame en rouge — quel beau morceau !

Frankie n'avait pas prêté attention aux femmes depuis des mois. Quand on se met vraiment à picoler, on finit par ne plus s'intéresser à elles. Mais celle-là l'intéressa.

Elle portait une robe de soirée rouge, sa peau était blanche comme du marbre, et sa chevelure d'un noir de jais. De jais, comme ses yeux. Elle regarda Frankie en passant, et lui sourit.

Elle lui sourit. L'aspect de Frankie ne devait pas l'effaroucher.

Frankie était soûl. Sinon il n'aurait jamais fait ça. Mais comme il était soûl, il la suivit en titubant. Jusqu'à la porte de l'arrière-salle — et il resta derrière elle tandis que le préposé la regardait puis la laissait passer. Et Frankie franchit la porte avec elle... Le préposé ne tenta pas de l'arrêter. En fait, Frankie eut l'impression que l'homme le regardait, lui, plutôt qu'elle.

L'arrière-salle était plus grande qu'il n'avait imaginé, et très imposante. Le bar crasseux qui précédait n'était qu'une couverture. Là, c'était le grand jeu : trois vastes tables de roulette, et quatre tables pour les dés. Et il devait y avoir cinquante personnes, au moins.

L'atmosphère était enfumée, mais pas bruyante. Même les joueurs de dés étaient calmes ; et quand la roulette tournait à une table, on pouvait entendre cliqueter la boule. Frankie suivit la dame en rouge jusqu'à une table de roulette. Quantité de visages florissants, de citoyens bien habillés et pleins d'oseille. Grosses piles de jetons devant certains. Petites piles devant les autres. Et la roue qui tournait au milieu, la roue avec les 36 chiffres, 0 et double 0, la roue avec le rouge et le noir. Chaque fois qu'elle tournait, certaines piles diminuaient et d'autres augmentaient.

Pourquoi ?

Elle était *là*, cette chose dont parlait le Professeur. La fortune. La chance.

Quelques-uns devaient avoir mille dollars ou plus en jetons devant eux, et ils ne cessaient de gagner. D'autres perdaient sans arrêt, et rachetaient de nouveaux jetons : un dollar pour les blancs, dix pour les rouges, vingt pour les bleus.

Mais gagnant ou perdant, chacun était passionné. Frankie sentait l'excitation frémir par vagues autour de la table. Tous regardaient chaque lancée, chaque jeu. Lui regardait aussi, et éprouvait la même excitation. Si seulement il avait eu de quoi miser !

Il observa la femme en rouge. Elle ne jouait pas non plus, se contentant de regarder — tout comme lui. Pas tout à fait comme lui, car elle n'était pas excitée : Frankie pouvait le voir à son maintien — semblable à celui d'une statue. Nul autre ne la regardait, bien qu'elle fût la plus belle de l'assemblée. On eût dit qu'ils ignoraient sa présence, à voir comme ils surveillaient la table, et la petite boule d'argent qui courait contre le bord de la roulette.

Et elle regardait, mais ses yeux ne changeaient pas. Elle ne serrait pas les poings, elle ne haletait pas, elle ne semblait même pas intéressée. Presque comme si elle savait qui allait gagner, et qui allait perdre.

Frankie la contemplait fixement. Soudain elle

tourna la tête et le regarda de nouveau. Ses yeux étaient comme deux diamants noirs. Il voulut éviter son regard mais, la première, elle avait porté les yeux ailleurs. Vers le sol.

Frankie se pencha pour voir ce qu'elle regardait. Et c'est alors qu'il vit.

Un jeton gisait entre ses pieds. Il avait dû tomber de la pile de quelqu'un. Frankie se baissa et le ramassa. Un jeton bleu : vingt dollars. Il pouvait l'encaisser immédiatement. Un *vrai* coup de chance !

Il chercha des yeux les changeurs qui circulaient dans la foule avec leur petite boîte sur le ventre, mais n'en aperçut aucun. Et le croupier commençait son numéro.

— Faites vos jeux, mesdames et messieurs...

Pourquoi pas ? Trouver vingt dollars, c'était de la veine. Vingt pouvaient se transformer en quarante. Mais que devait-il jouer, le rouge ou le noir ?

Frankie regarda encore la dame. Elle avait une robe rouge, évidemment. Mais ses cheveux étaient noirs, et ses yeux étaient noirs. Les yeux noirs le fixaient en ce moment...

Bon, il jouerait le noir. Frankie allait déposer son jeton, mais sa main n'était pas sûre et le jeton lui échappa. Il roula et atterrit juste sur le numéro 33.

Il tenta d'allonger le bras mais le croupier dit : « Rien ne va plus », et la roue se mit à tourner, et il ne put donc que rester immobile, à regarder. Vingt dollars gaspillés comme rien, drôle de coup de chance. La roulette tournait sans cesse, la boule tournait sans cesse, la salle tournait sans cesse.

La boule s'arrêta. La roulette s'arrêta. La salle s'arrêta, elle aussi, et Frankie put entendre le croupier annoncer :

« Trente-trois, noir. »

Son numéro !

Et cela commença. Le croupier poussa le gros tas de jetons vers lui. Et la dame en rouge sourit : alors il remit la moitié des jetons sur le rouge. Le rouge sortit. Il laissa le tas, et le rouge sortit encore. Trois coups gagnants d'affilée et il n'arrivait pas à perdre.

Mais la dame en rouge secoua la tête et s'éloigna de la table ; il ramassa donc ses jetons et les remit à un caissier. L'homme le paya en billets de vingt, cinquante et cent. Trois mille vingt dollars, comptant.

Frankie les fourra dans ses poches, traversant rapidement la foule afin de revoir la dame, la remercier, peut-être même lui donner un pourcentage.

Le préposé ouvrit la porte et la dame passa devant, et il cria :

— Hep ! Attendez-moi !

— Qu'y a-t-il ?

— Je ne vous parlais pas, dit Frankie. Je parlais à la dame.

— Quelle dame ? demanda l'homme.

Frankie ne répondit pas, car il la voyait franchir la porte du bar. Il la rattrapa au coin de la rue. L'air frais l'assaillit, lui fit éprouver un vague malaise, mais il arriva jusqu'à elle et déclara :

— Merci. Vous m'avez porté chance.

Elle sourit simplement, et dans la faible lumière ses yeux étaient plus noirs que jamais.

— Tenez.

Il sortit une poignée de billets. « Je pense que vous les avez gagnés. »

Elle ne prit pas l'argent.

— Sérieusement, insista Frankie, prenez ça. Puis il s'enquit :

— Qu'avez-vous ? Vous êtes sourde, ou quoi ?

Pas de réponse. Elle était sourde, oui. Vous vous rendez compte, une belle dame comme ça, sourde. Mais les sourds savent lire sur les lèvres ?

— Où allez-vous ? lui demanda Frankie.

Toujours pas de réponse.

La dame était peut-être muette aussi. Pas étonnant qu'elle n'eût pas de chevalier servant.

— Voulez-vous venir avec moi ? demanda Frankie. Elle ne viendrait sûrement pas — une femme comme elle, se laisser ramasser par un clochard... Mais il ne pensait qu'à dormir.

Il se mit en marche et elle le suivit. Elle ne faisait aucun bruit — pas même avec ses talons, car elle portait des sortes de sandales. Pas d'anneaux, pas de bijoux clinquants. Un beau morceau, mais une véritable statue.

Et elle resta comme une statue au centre de la chambre sale.

Attendait-elle qu'il lui fasse du plat ? Lui, tout ce qu'il savait, c'était qu'il était fatigué, terriblement fatigué. Il traversa la chambre, s'affala sur le lit, sombra malgré lui dans le sommeil...

***

Il avait dû dormir toute la nuit la tête reposant sur les genoux de la dame. Et elle avait dû rester assise, immobile, sans dormir. Parce que c'était à présent le matin, et elle le regardait en souriant.

Elle continua de sourire tandis qu'il se lavait, se rasait, et endossait son autre chemise. Il tenta encore de lui adresser la parole, mais elle ne répondit pas. Elle se contentait de sourire et d'attendre pendant qu'il enfilait son pardessus, prenait son chapeau.

— Venez, dit-il. J'ai faim.

Ils descendirent dans la rue. Frankie allait pénétrer dans sa gargote habituelle, lorsqu'il se souvint qu'il avait trois mille dollars en poche. Pourquoi ne pas manger dans l'un de ces grands restaurants chics ? Mais il ne pouvait se rendre dans un tel endroit, vêtu comme il l'était.

— Attendez, lui dit-il. J'ai des courses à faire, d'abord.

Elle sourit et l'attendit, pendant qu'il allait au grand magasin se vêtir de la tête aux pieds, depuis les chaussures jusqu'au chapeau à vingt dollars. Le complet de confection lui allait à la perfection, et il eut l'air d'un milliardaire pour la modique somme de cent trente dollars.

Le vendeur se montra très poli, mais il ignora la dame. Frankie ne le remarqua guère mais ensuite, au restaurant, la serveuse agit de la même façon — elle lui apporta un verre d'eau et le menu, mais rien pour la dame.

Il s'avéra que, de toute façon, elle ne mangeait rien. Il lui montra le menu et elle se contenta de secouer la tête.

Alors il se mit à manger seul. Ayant fini, il tenta de tirer ses plans. Il avait presque trois mille dollars en poche. Mais il avait aussi la dame. Miss-entend-pas, Miss-parle-pas, Miss-dort-pas, Miss-mange-pas. Qu'allait-il en faire ?

Elle lui sourit et Frankie lui sourit en retour. Mais il commençait à s'interroger. Bien sûr, elle lui avait porté chance, mais elle avait quelque chose d'inquiétant... terriblement inquiétant. Il devait trouver un moyen de la semer avant de s'attirer des ennuis.

Il sortit du restaurant, et elle le suivit. D'habitude, le matin, il se dirigeait vers un banc du parc ; mais comme il se préparait à traverser la rue, il s'arrêta. La dame le retenait par le bras et regardait une enseigne. COMPAGNIE MÉTALLURGIQUE ACME. Et alors ?

Il y avait une pancarte dans la vitrine de l'immeuble. Elle la regardait. ON DEMANDE MAIN-D'ŒUVRE.

Il voulut faire un autre pas, mais elle le retint. Et elle tendit le bras. Frankie cligna des yeux : c'était ce qu'elle voulait ? Qu'il entre pour demander un emploi ?

Il le pouvait, évidemment. C'était son métier, bien des années auparavant. Il avait toujours sa carte de sécurité sociale, et il pourrait probablement revenir au Syndicat malgré son passage chez les clochards. Mais comment pouvait-elle le savoir ? Et qu'est-ce qui lui faisait croire qu'il allait se remettre à bosser, alors qu'il avait tout ce pognon à sa disposition ?

Frankie secoua donc la tête. Mais elle continua de sourire, et elle le tira par la manche.

Tout à coup il eut une idée.

— D'accord, dit-il. J'y vais. Mais attendez-moi ici.

Il montra le seuil et, elle alla s'y poster. Il passa devant elle et elle lui fit un large sourire.

Une fois entré, Frankie se mit à sourire à son tour. Il savait ce qu'il allait faire. Cette baraque devait avoir une issue de l'autre côté. Il sortirait par là-bas. Tout simplement.

Mais il y avait ce type dans le hall ; il aperçut Frankie et lança :

— T'es machiniste, ou métallo ?

— Mouleur, répondit Frankie, à qui cela échappa tout naturellement. Mais je ne suis pas synd...

— Nous non plus, mon pote. Viens remplir ta demande. On est pressés, le patron réclame de la main-d'œuvre à cor et à cri, et on a un mal fou à trouver des gars expérimentés dans cette ville...

Avant qu'il eût pu dire ouf, le type l'avait fait entrer dans le bureau, et un gros bonhomme nommé Chesley lui tendait un formulaire.

Frankie allait refuser, lorsque la porte s'ouvrit derrière lui.

Ils entrèrent rapidement, marchant comme des automates. Tous deux avaient un foulard sur le visage. Ils avaient dû les nouer dans le hall, avant de sortir leurs pétards.

Lesquels pétards étaient maintenant braqués. L'un des bandits proféra à travers son foulard :

— Haut les mains et pas un geste !

Il y avait là Frankie et ce Chesley, plus un vieux comptable et le type qui l'avait introduit dans le bureau. Tous quatre levèrent les bras en vitesse.

— Contre le mur, ordonna le premier homme masqué. Et que ça saute.

Il alla auprès du coffre-fort et attendit.

Ils commencèrent à se déplacer ; le vieux comptable semblait sur le point de s'évanouir. Et, de fait, il s'évanouit.

— Soutenez-le ! hurla Chesley. Il a une maladie de cœur !

Les deux gars masqués se retournèrent et le regardèrent s'effondrer. Frankie regardait aussi. Il ne remarqua la grosse corbeille à papiers que lorsqu'il buta en plein dedans.

La corbeille se renversa avec fracas et roula. Elle frappa un des bandits aux chevilles. Frankie trébucha et tomba en avant. Il agita les bras pour se raccrocher à quelque chose. Il se trouva que c'était le cou du plus proche bandit. L'homme et Frankie se retrouvèrent subitement à terre, et Frankie aperçut le revolver devant lui. Il le saisit sans penser au danger.

L'autre bandit le vit et s'écarta du coffre. C'est à ce moment que la corbeille roula dans ses jambes. Cela le surprit et il se retourna en poussant un cri. Chesley en profita pour lui sauter sur le dos. D'un coup sec au poignet, Frankie fit tomber l'arme, puis tint les deux hommes en respect pendant que Chesley déclenchait le signal d'alarme.

Durant la demi-heure qui suivit, il y eut beaucoup d'excitation. Lorsque les flics eurent fini d'interroger Frankie, ce fut le tour des journalistes. Quand les reporters eurent terminé, ce fut de nouveau

Chesley — et Frankie n'eut jamais à remplir le formulaire.

Chesley fut trop heureux de donner un travail à Frankie, et dès le lendemain.

Frankie était tellement ahuri qu'il ressortit par la porte de devant. Quand il s'en avisa, il était trop tard pour revenir sur ses pas. Et elle était là. Elle l'avait attendu tout ce temps, et elle le vit.

Comme l'avait dit le Professeur, tout n'était que chance. La roulette, puis le fait d'avoir trébuché sur la corbeille, et maintenant ce travail, la vie nouvelle et décente qui s'offrait à lui. La chance aveugle.

Il la regarda : elle était toujours à proximité quand quelque chose se produisait.

D'un signe de tête, Frankie l'invita à le rejoindre, et elle sourit. Ils descendirent la rue ensemble, et il acheta des valises ; puis il se rendit à l'Ardmoor y louer un appartement meublé, tout simplement. Deux cents billets par mois, et aucune question. L'employé ne *la* regarda même pas, et le chasseur les conduisit sans une parole, ni même un sourire complice.

Il jeta un demi-dollar au gosse, puis s'assit sur le lit. Elle resta au milieu de la chambre et sourit.

— Ça y est, hein, fillette ? Eh bien, faites comme chez vous.

Il voulut allumer une cigarette, mais cela l'énervait de la voir assise sans bouger, souriante, comme une statue de pierre. Peut-être était-elle faible d'esprit...

Il avait envie d'un verre. Un bon petit verre avant le dîner. Il y avait un bar au rez-de-chaussée de l'Ardmoor : un de ces endroit de grande classe, avec des éclairages tamisés. Paisible comme une église. Un endroit où l'on pouvait se détendre et boire.

Frankie se leva.

— Attendez-moi une minute, dit-il. Je descends dans le hall acheter un journal.

Elle n'essaya pas de le retenir, juste un sourire.

Il descendit l'escalier jusqu'au hall. Le barman lui demanda ce qu'il voulait et Frankie fut sur le point de lui répondre « un mosky », mais il se souvint qu'il n'était plus obligé de boire cet infect tord-boyaux.

— Rye et glace, dit-il.

C'était bon :

— Remettez-moi ça, demanda-t-il à l'homme.

L'homme remit ça. Et c'était toujours aussi bon. *Tout* était bon ici. La pénombre si douce et la musique juste en bruit de fond. Très reposant.

— La même chose, dit-il au barman.

Il se sentait de mieux en mieux. Et pourquoi pas ? Grâce à sa veine, rien ne pouvait se gâter. Pas même avec la dame.

Ou *à cause de la dame*.

Cette idée le frappa au troisième verre. Elle était au fond de son esprit depuis le début et, le troisième verre aidant, elle lui parut moins ridicule. La dame en rouge était Dame Fortune.

— La même chose, répéta Frankie au barman.

Qu'avait dit ce vieux bonhomme de Professeur ?... Peut-être que si vous croyez en elle, elle viendra à vous. Et il avait plus ou moins éprouvé ce sentiment la veille au soir. C'était absurde, mais il est vrai que la chance est toujours absurde. Comme disait le Professeur, certains ont toutes les veines, et d'autres se retrouvent toujours du mauvais côté de la barricade.

Absurde ou pas, cela lui était arrivé, *à lui*. Il avait Dame Fortune juste à l'endroit où il l'avait désirée : à son côté.

— Encore un, dit Frankie.

C'était la plus singulière, la plus énorme impression du monde : être assis là, et savoir que la chance désormais lui souriait, ne le quittait pas, lui. La chance aveugle, muette, mais toujours souriante. Prête à lui donner absolument tout ce qu'il voudrait.

Frankie se remémora les choses qu'il avait pu désirer au cours des dernières années. Une de ces étourdissantes petites bagnoles anglaises. Une propriété en forêt, peut-être, avec un lac privé pour la pêche. Et quand il avait séjourné en taule, il avait désiré une blonde, plus que tout au monde. Comme celle qui se trouvait à l'autre bout du bar.

C'était une grande fille aux jambes nues. Elle avait un immense fume-cigarettes... et énormément de chien. Le genre de poupée que Frankie n'avait jamais eu le culot de regarder deux fois.

Mais à présent, pourquoi pas ? Tout était changé. Il avait la chance pour lui. S'il désirait quelque chose, il pouvait l'obtenir. Peut-être avait-*elle* envoyé la blonde exprès, sachant ce qu'il ressentait.

Oui, c'était ça. Il n'avait qu'à se pencher et dire : « On prend un verre, bébé ? » ou encore : « Vous plairait-il de prendre un verre avec moi ? » Ce qui serait mieux, plus chic.

Cela parut en effet plus chic — et cela réussit. Elle s'approcha. Frankie se leva, un peu étourdi, et l'aida à se jucher sur le tabouret. Puis il se rassit, but encore un verre et se sentit à l'aise, parfaitement à l'aise.

D'ailleurs, il se sentait de mieux en mieux. Il lui était facile de s'exprimer. Elle s'appelait Margot. Non pas Margaret, mais Margot. Bien sûr, il y avait toujours la femme en rouge qui attendait là-haut. Peut-être devrait-il remonter la voir. Mais pour quoi faire ? Elle ne mangeait pas ; on n'a pas besoin de nourrir la Chance. La chance était gratuite, tout était gratuit et facile dorénavant.

Il était aussi facile de parler à Margot. Facile de lui expliquer qu'il avait de la veine. Que tout ce qu'il touchait se changeait en or.

Donc Frankie lui dit tout, ils burent, tandis qu'il

racontait comment il venait d'emménager, comment il avait fait arrêter les bandits ce matin, comment il avait gagné tout ce fric la veille. Mais ce n'était qu'un début, attendez et vous verrez.

Elle déclara qu'elle aimerait beaucoup voir ça. Elle l'appelait « Frankie-boy », et lui dit craindre d'être légèrement ivre.

Puis la salle de bar commença à se remplir. Et Frankie proposa d'acheter une bouteille, pour monter la boire tranquillement ensemble dans sa chambre.

Elle dit : « Oh ! je ne sais pas si je dois... », mais Frankie voyait bien qu'elle était déjà décidée, et en effet, elle finit par dire oui.

Le barman enveloppa donc une bouteille et c'est elle qui la porta, parce que lui éprouvait certaines difficultés à marcher. Ils montèrent par l'escalier, il s'appuyait contre elle et, sentant sa peau chaude sous la manche, il pensait que c'était cela qu'il avait désiré plus que tout.

Mais dans le hall il se souvint et lui dit de l'attendre un instant. Il tourna dans un corridor, arriva à la porte de sa chambre.

Frankie ouvrit. *Elle* était toujours assise et lui souriait — elle n'avait pas bougé un muscle depuis qu'il était parti.

Il s'avança et dit :

— Merci. Merci mille fois. Mais maintenant vous allez partir, sinon elle vous verra. Nous voulons être seuls, vous pigez ?

Elle resta immobile, sans l'entendre. Aussi se mit-il à répéter ses paroles en hurlant. Et puis il l'empoigna et la poussa vers la porte. C'était comme s'il déménageait une statue, mais il y parvint. Et il la mena par le couloir jusqu'au hall, espérant qu'elle n'apercevrait pas la blonde.

Seulement elle dut la voir, car elle le fixa et cessa

de sourire. Elle resta immobile et ses yeux noirs prirent un regard de glace qui le transperça.

Il tenta de sourire et la poussa légèrement.

— Allez, dit-il. Revenez demain. Soyez gentille.

Alors elle s'éloigna et Frankie revint prendre la fille dans le corridor pour la mener à sa chambre.

— Avec qui parliez-vous ? demanda Margot. Avec vous-même ?

— Peu importe, dit Frankie.

Elle s'en désintéressa, et ils burent un verre ensemble. Et, simplement pour lui prouver qu'il ne mentait pas, il lui montra son rouleau de billets.

Après cela, tout alla encore mieux entre la blonde et lui. Elle lui dit qu'elle l'aimait beaucoup, et même plus que ça ! Mais il était tellement ivre, tellement ensommeillé, qu'il avait du mal à garder les yeux ouverts.

Bizarrement, à ce moment Frankie crut entendre frapper à la porte. Il pensa que c'était peut-être la dame en rouge. Mais avant même d'essayer de vérifier, il s'endormit.

***

Lorsque Frankie s'éveilla, c'était le matin et le soleil brillait. La blonde était partie, le fric aussi, et même ses valises neuves. Il trouva un dollar et trente-cinq *cents* de menue monnaie dans sa poche-revolver. « Ça y est, mon vieux, te voilà dans le pétrin. »

Il était dans le pétrin, en effet. Car avant qu'il eût complètement rassemblé ses esprits, le directeur lui téléphonait pour se plaindre, et le prier de vider immédiatement les lieux, parce qu'il avait dérangé les voisins au cours de la nuit.

Alors, se rappelant qu'il ne lui restait qu'un dollar trente-cinq, Frankie voulut parler de remboursement, mais le directeur lui déclara que s'il insistait, il appelait la police. De plus, il ne voulait pas d'un ex-condamné dans son établissement.

La tête de Frankie éclatait ; il ne pouvait comprendre comment le directeur pouvait savoir *cela*.

Il ne comprit qu'en descendant, après avoir acheté un journal. Le titre annonçait : UN EX-CONDAMNÉ FAIT ÉCHOUER UN HOLD-UP, et il lut sa propre histoire au-dessous. *Toute* son histoire, parce qu'un petit malin de reporter avait dû fouiller les archives pour voir ce qu'il pourrait dégoter sur Frankie, et avait trouvé son nom dans un vieil article écrit à l'époque de sa condamnation.

Inutile donc d'aller voir Chesley au sujet de l'emploi. Et le pognon avait disparu, grâce à cette étourdissante blonde perfide...

Bon, il avait disparu. Et alors ? C'était le jeu. Il pouvait en gagner d'autre, avec sa chance.

Avec sa chance ?

Mais *elle* avait disparu aussi ! Celle qui était *sa chance* !

On dut prendre Frankie pour un fou, lorsqu'il revint en courant à l'Ardmoor et parla au directeur de la dame en rouge. Le directeur ne l'avait pas vue, évidemment. Personne ne l'avait vue. Personne, sauf Frankie.

Il retourna au restaurant et au magasin, partout où il était passé. En vain.

Comment le vieux Professeur l'avait-il nommée ? Fortuna, la déesse fantasque. Fantasque. Seulement *c'était* lui qui avait été fantasque. Il l'avait abandonnée pour une blonde, il l'avait balancée pour une blonde voleuse et fourbe.

Frankie parcourut la ville toute la journée, à la recherche de la femme en rouge. Mais il ne la vit nulle part. Il avait mal au crâne, mal aux pieds, et parlait tout seul.

Finalement il décida d'essayer le bar. C'était là

qu'il l'avait rencontrée. Elle serait peut-être dans l'arrière-salle, où tournait la Roue de la Fortune.

Il commençait à faire nuit et Frankie était une véritable loque. A cause de sa gueule de bois, de sa longue randonnée, et de cette sensation étrange au fond de lui — ne plus savoir ce qui était réel — il y voyait à peine.

Il se trouvait à environ cent mètres du troquet, quand il plissa les yeux et se redressa. Une personne sortait par la porte de devant, et elle ressemblait à la dame en rouge.

Frankie se mit à courir. La dame s'éloignait rapidement, et cette fois il entendit claquer des talons hauts. Comme il approchait, il put voir que ce n'était pas la dame en rouge.

Mais il vit qui c'était. C'était la blonde... Margot ! Elle venait de jouer à la roulette *avec son fric* !

Elle se hâtait dans la direction opposée, et ne s'était pas encore aperçue qu'il courait après elle. Il la rattrapa à l'angle d'une ruelle, ce qui était parfait.

Frankie savait à présent que la dame en rouge était toujours avec lui, bien qu'il ne l'eût pas vue depuis le matin. Elle s'était sûrement arrangée pour qu'il retrouve Margot. La Chance jouait donc toujours en sa faveur.

Et il sut ce qu'il devait faire.

Il saisit la blonde par sa queue de cheval et l'entraîna vivement dans la ruelle. Elle se retourna et, le voyant, elle ouvrit une bouche et des yeux immenses.

— Où est le pognon ? hurla Frankie en lui secouant la tête. Où est mon pognon ?

Il secouait tellement la blonde qu'elle ne pouvait répondre. Mais son sac à main lui échappa et tomba sur les pavés en s'ouvrant, une quantité de menus objets s'éparpilla. Elle désigna son sac en haletant.

Frankie lui donna une dernière poussée furieuse.

Puis, se jetant à genoux, il fouilla dans le fatras tombé du sac. Il trouva un ou deux dollars en petite monnaie.

— Tu l'as perdu ! hurla-t-il. Tu as tout perdu ! Tu parles d'une poisse...

Et il la regarda.

Le dos contre le mur, elle était assise à l'endroit où il l'avait projetée. Lorsque Frankie l'avait poussée, elle s'était cogné la tête ; très fort même, car du sang coulait sur sa joue.

Frankie se pencha et voulut tâter son front. Mais la tête de la blonde tomba alors en avant, et Frankie sut aussitôt qu'elle était morte.

Frankie sortit de la ruelle en courant. Il avait envie de se sauver, mais ne pouvait aller nulle part. Il savait qu'en retrouvant la blonde, on remonterait sa piste jusqu'à l'hôtel, qu'on l'identifierait, et qu'il serait arrêté tôt ou tard. Vu la poisse qu'il avait subitement, ce serait plus probablement tôt que tard.

Frankie avait dans la main le petit tas de monnaie. Juste de quoi se payer un verre ou deux. Il marcha donc vers le bar, entra, et se hissa sur son tabouret habituel.

Le vieux Professeur était là, et Frankie voulut lui conter son aventure. Il tenait à la lui raconter, parce que le Professeur pourrait peut-être élucider un point qui pour lui était très important. Y avait-il eu réellement une dame en rouge, ou Frankie avait-il tout imaginé ?

Frankie se mit donc à relater hâtivement toute son histoire au Professeur. Le Professeur était fin soûl — comme Frankie la veille — mais parut comprendre.

— Hallucination, dit-il. C'est entièrement dans ton esprit. Dans ces cas-là, la réalité devient purement subjective. Mais existe-t-il un monde objectif ? Là, mon pauvre ami, est la question.

Ayant dit, il reposa son verre sur le comptoir et contempla la porte de l'arrière-salle.

— A qui fait-elle signe ? demanda-t-il.

— Je ne vois personne, lui dit Frankie.

— Alors c'est moi qu'elle cherche, déclara le Professeur.

Il descendit du tabouret et se dirigea vers la porte. Pendant un moment, Frankie le vit remuer les lèvres en gesticulant, comme s'il parlait *à quelqu'un*. Puis il hocha la tête et tint la porte ouverte, pour laisser *quelqu'un* entrer avant lui, vers l'arrière-salle et ses jeux de hasard.

Frankie ne voyait toujours personne, mais il se rappela : le Professeur avait dit que la Fortune était une déesse fantasque. Donc, elle avait peut-être un nouvel ami, qui la traiterait peut-être mieux. Ou bien... il avait peut-être transmis son hallucination au Professeur, comme on transmet la rougeole ou la grippe. Mais... peut-être étaient-ils cinglés tous les deux. Peut-être que tout cela provenait-il seulement de leur imagination.

Peut-être même avait-il imaginé qu'il tuait la blonde. Frankie ne savait plus que croire, quand tout à coup il entendit les sirènes au-dehors, et il sut que *tout* ne relevait pas de son imagination.

Les sirènes se rapprochèrent, et Frankie leva son verre.

— A la chance, dit-il.

Et les flics entrèrent.

Luck is no lady.

D'après la traduction de P.J. Izabelle.

LE MORT VIVANT

par HENRY SLESAR

L'impression qu'il avait d'être frustré de tout mettait Joe Helmer dans une telle rage qu'il ne savait plus très bien ce qu'il faisait.

Il prit l'autobus, s'aperçut trop tard qu'il s'était trompé et perdait non seulement son argent mais aussi son temps en allant à l'opposé de sa destination. Il jura tout haut contre sa stupidité et les voyageurs qui, debout, oscillaient à côté de lui, le regardèrent avec des yeux vides d'expression.

C'était encore la faute d'Irène, naturellement.

Il lui avait téléphoné du cinéma où il venait de passer cet après-midi pluvieux, pour n'en obtenir qu'une répétition de leur dispute du matin. Elle ne comprenait pas ce qui se passait en lui lorsqu'il voyait des gens sales, suant sang et eau pour gagner leur maigre pitance de tous les jours, ou bien des employés tristes et gris, le nez chaussé de lunettes, assis derrière les bureaux à attendre la paie du vendredi soir.

Il se refusait à leur ressembler, lui, Joe Helmer. Il préférait ne rien faire, patienter, attendre la bonne affaire. Il savait qu'elle viendrait un jour. Elle était même probablement là, quelque part dans un coin. Un garçon malin comme Joe se devait de ne pas se précipiter à faire n'importe quoi.

Les choses allaient mal. Joe Helmer pensait à leurs créanciers qui réclamaient, et réclameraient jusqu'à ce qu'il ait mis la main sur le bon paquet. Un matin, Irène avait hurlé parce que l'eau coulait du réfrigérateur privé de courant. Le lendemain le téléphone devint muet. Ensuite il arriva une brève lettre du gérant parlant d'expulsion. Alors Joe se mit à faire le tour des maisons qui embauchaient, refusant néanmoins les salaires misérables qu'on lui offrait, furieux de voir de quelle façon glaciale il était reçu par des directeurs du personnel en manchettes et col blancs.

Dans un accès de colère rétrospective, il jeta un regard furibond à l'homme bien habillé qui se trouvait au coude à coude avec lui.

A ce moment-là l'autobus stoppa en grinçant à l'arrêt de la 24e Rue, le dernier de la ligne. Joe Helmer descendit et se mit à marcher comme les autres dans la rue sombre. Il ne possédait plus un sou. Il lui fallait rentrer chez lui à pied.

Il se retrouva ainsi derrière l'homme qui était son voisin un instant plus tôt. Il remarqua avec haine la bonne coupe de son costume. C'était un homme fort, aux jambes courtes, d'environ soixante ans. Mais il marchait rapidement d'un pas élastique de jeune homme. Voilà ce que peut faire l'argent, pensa Joe.

Les rues étaient désertes. L'inconnu tourna le coin de la 21e, et Joe qui aurait dû continuer tout droit, tourna derrière lui. Le bruit de leurs pas conjugués résonnait dans l'avenue tranquille. Click, click, faisaient les talons garnis de métal de l'homme. Clong, clong, faisaient ceux de cuir usé de Joe.

Ils marchèrent ainsi quelques instants, l'un derrière l'autre comme à la parade. Puis, soudain, Joe vit l'homme s'arrêter.

Étonné, il s'arrêta aussi. L'homme battit l'air des bras, chercha à desserrer son col de chemise dans le geste désespéré de quelqu'un qui manque d'air.

Joe s'approcha. L'inconnu pivota et lui fit face, saisissant son regard dans un muet appel à l'aide. Mais que pouvait Joe ? Rien. L'homme vacilla et s'affaissa lourdement sur le trottoir.

Immobile, Joe Helmer le regardait. Il comprenait que cet homme était malade, mort peut-être. Mais il ne désirait pas prendre part au drame. Ses propres ennuis lui suffisaient. Il continua donc son chemin lentement, en regardant autour de lui les maisons de briques indifférentes. Il espérait qu'on finirait par venir lui enlever la responsabilité de ce corps allongé par terre.

Mais personne ne venait. Il retourna sur ses pas et demanda :

— Eh, monsieur ? Ça va ?

La question parut stupide à ses propres oreilles. Cet homme n'allait pas bien. Son silence, son immobilité, le démontraient suffisamment. Joe se pencha. Avec précaution, il souleva le poignet et maladroitement chercha le pouls. Il ne sentit aucune pulsation. Il posa sa main sur la bouche grande ouverte. Sa paume n'en reçut pas le moindre souffle chaud.

Il se releva alors et s'essuya les mains sur son pantalon. Dans la rue, toujours personne. Il lui vint à l'esprit que l'homme devait posséder des papiers d'identité.

D'une poche intérieure du veston il tira un volumineux portefeuille qui s'ouvrit entre ses mains. Et Joe vit des liasses de dollars.

Comment pouvait-il laisser échapper cela ?

Il y en avait au moins vingt, trente peut-être, en beaux billets de cinq, de dix et vingt dollars. Une seule de cinquante. Cela faisait en tout une jolie somme. Une très jolie somme.

Joe regardait si fixement cet argent qu'il en oubliait à présent son intention première. Il ne pensait plus qu'à une chose : ce qu'il devait faire...

Il regarda le mort. Il lui parut soigné. Une petite moustache courait sous son nez. Sa bouche ouverte était sereine, ses yeux fermés. Il paraissait en paix. A quoi lui servirait maintenant son argent ?

Avec une sorte d'indifférence, Joe glissa le portefeuille dans sa poche revolver. Puis il recula de quelques pas sans cesser de surveiller le corps étendu. Finalement il se retourna et se mit à marcher d'un pas rapide qui devint, cinquante mètres plus loin, un pas de course.

Il ne s'arrêta pas de courir avant qu'il ne fût en vue de l'immeuble où l'attendait Irène, remâchant sans doute sa mauvaise humeur du matin.

Il monta calmement les marches du perron, gravit lentement les trois étages menant à leur porte et, souriant, entra pour trouver Irène qui lavait ses bas nylon dans l'évier de la cuisine.

— Alors ? fit-elle en se retournant.

— Pas de veine, répondit-il en haussant les épaules.

Puis il alla ouvrir le réfrigérateur afin d'y prendre une bouteille de bière mais se souvint que l'électricité leur avait été coupée. Mécontent, il prit néanmoins une bouteille tiède et l'apporta sur la table.

Il la décapsula en déclarant :

— Ça ne va pas fort en ville. Tout le monde pâtit de la crise. Mais je trouverai sûrement quelque chose la semaine prochaine.

Irène vint à lui. C'était une femme encore séduisante malgré la vie qu'elle menait. Elle passa une main dans ses cheveux courts et raides. Ses narines frémirent.

— Quel film as-tu vu ?

— Aucun. Je te dis que j'ai passé toute la journée à chercher une place.

— Ça m'étonnerait !

— Puisque je te le dis...

Il s'arrêta un instant, puis continua :

— J'ai quand même eu de la chance. J'ai rencontré un type qui était autrefois avec moi à l'armée. Et qu'est-ce que tu crois qui est arrivé ? Eh bien, ce type s'est rappelé qu'il me devait un petit quelque chose pour l'avoir sorti, un jour, d'une fameuse confiture. Il ne l'avait pas oublié ! Ça prouve tout de même qu'il y a de braves gens.

Elle prit un air soupçonneux.

— Tu te moques de moi ?

— Bien sûr que non. Tu veux voir le fric ?

— Montre, dit-elle, les mains sur les hanches. Je croirai après. Mais je me demande bien si je sais encore ce que c'est qu'un dollar !

Il grimaça un sourire et, portant la main à sa poche arrière, il en tira l'épais paquet de billets qu'il étala sur la table comme des cartes de bridge. Les yeux d'Irène jetèrent des éclairs de convoitise.

— Joe ! Combien ça fait, tout ça ?...

— Compte toi-même.

Elle le fit, très vite, dépensant des yeux tout cet argent.

— Trois cent soixante-quinze dollars !

— Exactement ce que le type me devait, dit Joe, content de lui.

— C'est merveilleux ! Nous allons en donner cinquante au gérant, il attendra bien pour la quittance de mars... et cent à l'épicier. Il faudra aussi prévenir la compagnie d'électricité et le téléphone...

— Hein, la vie est belle ? gloussa Joe. Offrons-nous deux dollars pour dîner. Nous nous devons bien ça, pas vrai ?

— Oh ! Joe, fit Irène en se jetant dans ses bras

comme elle le faisait au début de leur mariage. Et c'était ainsi que Joe l'aimait.

Quand il se trouva seul dans la chambre à coucher, il ouvrit le portefeuille vide. Celui-ci comportait entre autres deux compartiments avec voyant en matière plastique. Le premier contenait une carte avec un nom, une adresse.

Marvin Horine, 8, 70ᵉ *Rue Est.*

Mais c'était l'autre que Joe regardait sans comprendre les mots étranges écrits sur un papier blanc. Il lui fallut les lire deux fois avant d'en saisir toute la signification.

JE NE SUIS PAS MORT.

Il m'arrive de tomber en catalepsie. Dans ce cas, prévenir tout de suite le Docteur Nelson Kruger, 441, 64ᵉ *Rue Est, Murray Hill* 3-0010.

Joe Helmer lâcha le portefeuille comme s'il y découvrait brusquement des germes de peste. Il sentait son sang se glacer au point qu'il crut tomber raide mort, lui aussi. Il revoyait le visage tourné vers le ciel, là-bas, sur le trottoir, la petite moustache, la bouche ouverte. Puis, une autre image se dressa devant ses yeux et l'emplit d'une horreur sans nom. Un trou dans le sol, un long coffre de bois sur lequel une pelle jette lourdement de la terre...

Il s'assit sur le lit et ferma les yeux pour créer une obscurité dans laquelle il pût réfléchir. Il avait beau tourner et retourner le problème, il n'arrivait à aucune solution logique.

Finalement, il se leva et s'aperçut dans la glace. Son visage était blême, comme vidé de son sang. A peine s'il se reconnut. Et, tout à coup, il parut se réveiller.

Il remit le portefeuille dans sa poche, enfila son veston et se dirigea vers la cuisine. Irène s'affairait devant la cuisinière. Elle chantonnait. Quand il entra elle se tourna vers lui et voulut dire quelque chose. Il ne lui en laissa pas le temps.

— Donne-moi cinq dollars.

— Quoi ?

— Donne-moi cinq dollars, reprit-il rudement. Ne me demande pas pourquoi.

— Mais je croyais que nous avions décidé de ne toucher ni toi ni moi à cet argent tant que tout ce que nous devons ne serait pas payé...

— Irène, ne discute pas. J'en ai *besoin*.

Elle fit la moue mais alla cependant prendre sur un rayon une ancienne boîte à café en fer-blanc et fouilla à travers les billets jusqu'à ce qu'elle eût trouvé la somme exacte. Joe la lui arracha des mains. Puis, comme s'il regrettait son geste, il embrassa Irène sur la joue.

— Merci, poupée, j'en ai vraiment besoin, dit-il d'un ton apaisant. Je te raconterai ça une autre fois. Mais, je t'assure qu'il me les faut. Je rentrerai d'ici un petit moment. »

Il marcha vers la porte.

— Joe...

— T'inquiète pas, jeta-t-il. Et rapidement il descendit l'escalier vers la rue.

Il trouva difficilement un taxi. Le quartier n'était pas de ceux où les chauffeurs font des courses fructueuses. Il en repéra enfin un près de Broadway et se hâta de lui faire signe.

Il donna une adresse. Le trafic n'étant pas trop intense à cette heure-là ils arrivèrent à destination en moins de cinq minutes. Joe fit arrêter la voiture à un carrefour. Il ne désirait pas se faire déposer à l'endroit exact. Puis, nonchalamment, il tourna le coin de la 21e Rue.

Il savait bien d'avance que les choses ne seraient pas telles qu'il les avait laissées. Il éprouva cependant un choc lorsqu'il vit que le mort ne se trouvait plus là. Un car de police patrouillait dans la rue. A part cela, absolument plus rien.

Il s'efforça de se diriger calmement vers ce car, sans savoir ce qu'il dirait, ni comment il le dirait.

— ... soir, monsieur l'agent.

Le policier assis à l'avant le regarda. Il vit ses vêtements râpés, son visage qui interrogeait. Il répondit au bonsoir de Joe par un mouvement de tête qui ne l'engageait pas à grand-chose.

— Quelque chose ne va pas par ici ? s'enquit Joe.

— Un homme trouvé mort, grogna l'agent de police. On vient de l'emmener. (Puis ses yeux se firent curieux.) Vous savez quoi à ce sujet-là ?

— Moi ? Absolument rien ! s'empressa de répondre Joe en reculant. J'ai entendu passer l'ambulance, c'est tout. Si je demandais ça c'était par simple curiosité...

Il s'éloigna. Il faisait son possible pour garder un pas normal mais il se retenait à grand-peine de trébucher. Tant qu'il n'eut pas couvert une certaine distance il ne regarda pas en arrière. A ce moment-là le car de police était parti vers d'autres problèmes. La rue paraissait déserte. Joe tira de sa poche le portefeuille et le jeta dans une bouche d'égout.

Il ne pouvait décidément rien faire de plus. Il était allé assez loin comme cela. Évidemment, la chose n'était pas drôle... Mais, après tout, le monde n'est-il pas ainsi fait ?... Et puis, rien ne prouvait que dans les locaux de la police un médecin ne reconnaîtrait pas la maladie et saurait dire que l'homme n'était pas vraiment mort. Peut-être même était-il déjà remis, ce Marvin Horine qui habitait 8, 70e Rue Est... Peut-être bavardait-il avec les policiers en fumant une cigarette...

Joe héla un autre taxi. Il lui en coûta cinquante cents, plus le pourboire, pour rentrer. Quand il fut chez lui il prit la monnaie qui lui restait et, solennellement, alla la déposer dans la boîte à café sous les yeux d'Irène qui le regardait faire. Elle ne posa aucune question.

Quand Joe se réveilla le lendemain matin, ses draps étaient trempés de sueur. A côté de lui, Irène demandait :

— Joe, qu'est-ce que tu as donc ?

— Quelle heure est-il ?

— Je ne sais pas. Elle chercha à lire le cadran du réveil sur la table de nuit. Sept heures et demie. Tu ferais bien de te lever.

Il grogna et enfonça son visage dans l'oreiller.

— Je suis fatigué. Je n'ai pas fermé l'œil.

— Tu ne vas pas chercher du travail aujourd'hui ?

— Bien sûr que si ! Chercher, toujours chercher ! Donne-moi au moins le temps !

— Tu sais bien qu'il vaut mieux commencer de bonne heure. Sinon la journée passe et on n'a le temps de rien faire.

Il grogna de nouveau.

— Joe, reprit-elle, cet argent ne va pas durer toujours.

Le mot *argent* réveilla Joe tout à fait. Il s'assit dans son lit, chercha une cigarette qu'il fuma à moitié en songeant aux événements de la veille. Puis il se leva et s'habilla rapidement.

Il alluma la cuisinière, prépara le café en regardant couler le liquide brun comme hypnotisé. Quand il fut assis devant son petit déjeuner il l'oublia. Ses yeux fixaient sans voir le papier peint du mur.

Je suis un meurtrier, se répétait-il.

Il ne dit pas *voleur*. Chacun de nous n'en est-il pas un d'une façon ou d'une autre ?... Simple question d'appréciation. Du moins Joe voyait-il la chose sous cet angle.

Mais un meurtrier... Même par personne interposée, ce n'était pas la même chose ! Cette pensée lui nouait l'estomac, faisait couler une sueur glacée le long de ses bras et de son cou. Une voix oubliée, venue de son enfance, résonnait dans sa tête. Elle citait les Écritures saintes, parlait d'enfer... Joe se sentit tout à coup aussi faible et épouvanté qu'un enfant.

Il allait laisser un homme mourir. Et pour quoi ?... Pour trois cent soixante-quinze dollars ! Qu'était cela comparé à ses rêves de jeunesse où il était question d'affaires de mille dollars, de sensationnels placements, de valeurs d'acier, de pétrole ?... Cela ne ressemblait vraiment à rien du tout. Évidemment, cet argent était là, sous sa main, prêt à servir, à condition encore de faire taire Irène. Mais que pouvait-il s'offrir avec ?... Un mois de location supplémentaire dans cet appartement ?... Une vie de cauchemars et de draps trempés de sueur...

Il écouta si Irène se levait. Mais elle devait dormir. On n'entendait que sa respiration profonde et régulière.

Alors, sur la pointe des pieds, Joe descendit l'escalier.

A deux pas de l'immeuble se trouvait un café. Joe alla jusqu'à la cabine téléphonique et appela la police.

— Écoutez, dit-il à la voix rude qui répondit, le type tombé raide mort dans la 21e Rue cette nuit...

— Une seconde, interrompit la voix. Puis : Vous disiez ? Et d'abord qui êtes-vous ?

— Qu'importe ! Je vous dis que le type ramassé dans la 21e Rue n'est pas mort. Il le paraît seulement. Il a une certaine maladie qui fait croire...

— Vous vous moquez de qui en ce moment ?

Joe se frotta la nuque.

— Je vous assure que c'est sérieux, reprit-il. Il a dû avoir une crise. Seulement une crise. Vous ne devriez pas le laisser enterrer. Vous entendez ? Vous ne devriez pas.

Il y eut un silence. Et la voix reprit d'un ton un peu trop railleur :

— Que voulez-vous que j'y fasse ? Venez donc plutôt ici. Vous nous raconterez cela. Compris ?

Joe regarda le combiné qu'il tenait à la main. Il savait ce que l'officier de police devait penser et ça le mettait en fureur. Il jura en raccrochant sauvagement.

Rien à faire ! Personne ne croirait jamais une voix anonyme au téléphone. Il fallait trouver autre chose.

A ce moment-là il se souvint.

Le docteur ! Le docteur dont Marvin Horine indiquait l'adresse ! Mais comment s'appelait-il ?... Joe n'avait plus le portefeuille. Il se prit le front dans la main. Quelque chose avec un K. Kramer ? Klein ? Il donna un coup de poing sur le mur comme pour faire fonctionner sa mémoire.

Kruger ! C'était cela !

Il chercha le nom dans l'annuaire téléphonique, trouva le numéro du docteur. Il composa ce numéro et attendit anxieusement.

— Allô ! Ici le cabinet du Docteur Kruger, annonça une voix de femme. Que désirez-vous ?

— Parler au Docteur Kruger, dit Joe. C'est urgent.

— Impossible. Mais je peux prendre votre communication...

— Où est le docteur ? Il faut absolument que je lui parle.

— En vacances, à Miami, je crois. Si vous voulez me donner votre nom...

— Au diable mon nom ! Connaissez-vous un malade du nom de Marvin Horine ?

— Non, monsieur.

— Vous êtes bien l'infirmière ?

— Non. Seulement l'employée du téléphone.

Joe raccrocha.

Il ne restait pas d'alternative. Sa propre vie entre ses mains, il n'avait plus qu'à s'adresser directement à la police. Il leur expliquerait la chose lui-même, leur prouverait qu'il n'était ni un ivrogne ni un fou. En jouant serré, il arriverait même à cacher sa propre part dans l'affaire. Mais il fallait y aller, leur dire la vérité, les convaincre avant que la pelle ne commençât de jeter la terre...

Il quitta le café et, à pas lents, marcha vers le poste de police.

L'homme assis derrière un bureau ne leva les yeux que lorsque Joe eut dit :

— J'ai téléphoné tout à l'heure au sujet d'un nommé Marvin Horine trouvé mort dans la 21e Rue...

Le policier fronça alors d'épais sourcils. Il sourit.

— Ah ! oui. Asseyez-vous donc. Le lieutenant Bates va vous entendre. Je lui ai rapporté ce que vous m'aviez dit.

Quelques minutes plus tard un homme au visage rond, vêtu d'un complet gris mal repassé, sortit d'une pièce arrière. Il se montra courtois. Presque autant qu'un policier dans une pièce à la télévision. Il emmena Joe dans un autre bureau assez minable et lui fit tout répéter.

— 21e Rue. Bates griffonna quelque chose sur un papier avec un bout de crayon. Un homme petit, d'un certain âge avec une moustache ? Soixante ans, peut-être ?

— Oui. C'est lui.

— Et vous croyez qu'il n'est pas mort ?

— *Je sais* qu'il ne l'est pas.

— Pourtant il avait joliment l'air de l'être quand mes hommes l'ont apporté ici. Pas un battement de cœur, pas le moindre souffle. Plus rien. Le médecin légiste a conclu à une crise cardiaque et délivré le permis d'inhumer. On l'a mis à la morgue en attendant les obsèques.

Le lieutenant Bates eut un geste large des bras.

— Vous voyez, Monsieur Helmer, vous n'avez

aucune raison de vous inquiéter. Rentrez chez vous et reposez-vous.

Joe frappa le bureau du plat de la main.

— Vous me croyez fou, n'est-ce pas ?

Bates sourit.

— Je n'ai pas dit cela, monsieur Helmer.

— Mais c'est ce que vous pensez !

Joe se pencha en avant.

— Vous changerez d'avis. Vous verrez ce qui vous arrivera quand le docteur de Marvin Horine reviendra de vacances...

— Qu'est-ce qui vous fait croire cela, Monsieur Helmer ? Pourquoi êtes-vous si sûr de ce que vous avancez ?

— Parce que...

Joe avala avec difficulté sa salive.

— Parce que j'ai vu dans le portefeuille de Marvin Horine une carte qui le disait. Elle...

— Nous n'avons pourtant trouvé aucune carte.

— J'ai dû la laisser tomber... Je... j'ai eu si peur...

— Peur ? De quoi donc, Monsieur Helmer ?

— Oh ! ne m'énervez pas comme ça ! cria soudain Joe. J'ignore ce qui est arrivé au portefeuille. Tout ce que je sais, c'est que le type est bien vivant et que vous allez le laisser enterrer...

— Ce portefeuille, vous l'avez pris ? demanda le policier.

— Non !

— Vous en êtes bien sûr ?

Joe eut une brève hésitation. Puis il s'écria :

— Eh bien, oui, là, je l'ai pris, ce portefeuille ! Je croyais le type mort. Il n'avait plus besoin de son argent ! Voilà c'est tout. Maintenant, allez prévenir un docteur.

Le Lieutenant Bates regardait Joe d'un air pensif. Il décrocha le téléphone.

— Allô, Max ? Le mort de tout à l'heure a été

transporté à la morgue de la ville ou bien il est encore ici ?... Il est là ? Bon.

Il raccrocha.

— Voulez-vous venir avec moi, Monsieur Helmer.

Joe se leva. Ils traversèrent le bureau d'entrée, passèrent une porte donnant sur un escalier qui menait au sous-sol. L'air sentait l'humidité. Le lieutenant ouvrit une porte fermée à clef dont un panneau vitré paraissait couvert de givre. La température devint glaciale.

« Par ici, Monsieur Helmer. »

Le policier marchait vers une dalle de pierre grise. Il rabattit le drap qui recouvrait un cadavre étendu sur cette dalle et découvrit le visage.

— Pouvez-vous me dire si c'est cet homme ? demanda-t-il.

— Oui, répondit-il d'une voix étranglée. C'est lui. Marvin Horine...

Bates secoua la tête.

— Non, Monsieur Helmer. Il ne s'appelle pas Horine, mais Capper. Sonny Capper. Nous le connaissons depuis longtemps, très longtemps même.

— Ah ? fit Joe.

— Mais oui, cela fait partie de notre métier de connaître des gens comme Sonny Capper. Il aura été un des plus habiles pickpockets des États-Unis jusqu'à ce que son cœur lui ait joué le tour de le lâcher cette nuit dans la 21e Rue... Maintenant, Monsieur Helmer, voudriez-vous remonter avec moi dans mon bureau. J'aurais quelques questions à vous poser...

One grave too many.

Traduction de Simone Millot-Jacquin.

MEURTRES, SOCIÉTÉ ANONYME

par Larry M. Harris

Assis sur le grand divan rouge de Flora, dans son appartement tranquille de l'East Side, Philip Devize eut un léger soupir. Il découvrait, avec une certaine surprise, qu'il était parfaitement heureux.

Un homme de quarante-trois ans, selon lui, reste difficilement aussi jeune et libre. Pourtant, c'était indéniable. Il éprouvait une merveilleuse joie de vivre.

Grâce à Flora, évidemment. Elle-même si jeune, si pleine d'enthousiasme, si jolie... Qui aurait pensé qu'elle pût être aussi passionnément attachée à un homme comme lui ?... Car si Philip ne se rendait pas vraiment compte qu'il vieillissait, devenait chauve et prenait du ventre, il se faisait malgré tout peu d'illusion sur son physique. Il savait qu'il n'avait plus rien d'un Don Juan. Malgré cela, Flora voyait en lui quelque chose qui l'attirait et la retenait.

La présence de Flora n'expliquait cependant pas entièrement ce parfait bonheur. Depuis quelque temps déjà, il passait ses soirées chez la jeune femme alors que la sienne le croyait en voyage ou bien en train de faire des heures supplémentaires à son bureau. Mais jamais encore il ne s'était senti aussi satisfait de son sort.

Il sourit intérieurement. Il savait pourquoi.

Flora se pelotonna contre lui.

— A quoi penses-tu ?

Philip ferma à demi les yeux.

— A rien... Je me disais seulement que j'étais heureux... Très heureux avec toi.

— Tant mieux, fit Flora d'une voix de gorge. Est-ce moi la cause de ce grand bonheur ?

— Bien sûr ! répondit Philip avec emphase. Et il la prit dans ses bras.

Un long moment passa.

— C'est tout ce que je souhaite, soupira à la fin Flora.

Il l'embrassa de nouveau.

— Tu ne désires vraiment rien d'autre ?

— Mais, chéri, tu sais bien que je t'aime. Que pourrais-je désirer d'autre ?

Philip pensa à sa femme et eut une grimace.

— Avec ma femme, ce ne sont toujours que robes, fourrures, bijoux... Pourquoi, Flora, ne me demandes-tu rien de tout cela ?

— Parce que je t'aime, répondit-elle de sa voix rauque.

— Moi aussi je t'aime, dit Philip. Et il la serra de nouveau dans ses bras.

A travers son bonheur, il n'avait qu'une toute petite pensée pour le meurtre de sa femme.

***

Philip lisait trop de romans policiers pour ignorer qu'il ne se tirerait pas sans dommage de l'assassinat de sa femme. Il savait bien que, en pareil cas, c'est toujours le mari qu'on soupçonne en premier. Et, comme dans les histoires de ce genre, la police ne manque jamais de découvrir une preuve pour étayer cette accusation. Philip, s'il éprouvait un véritable besoin physique de se débarrasser de son épouse, ne tenait ni à s'asseoir sur la chaise électrique ni à passer le reste de ses jours en prison.

Ce fut vraiment à propos qu'il rencontra un jour Flora, et Schustak presque en même temps.

Flora, la première. Dans un bar à proximité de chez lui. Elle était entrée, il l'avait regardée, et, tout naturellement, ils s'étaient mis à bavarder. Un rendez-vous fut pris, suivi d'autres. Finalement Flora le reçut chez elle. Et tout commença.

Parfois il se demandait s'il eût accepté de faire plus ample connaissance avec Flora s'il n'avait rencontré Schustak. Mais, en y réfléchissant bien, il n'eut sans doute pas agi autrement. Quand il fit la connaissance de Schustak, Flora savait déjà tout de lui. De sa petite enfance à son mariage, il ne lui avait rien caché.

Au bout de très peu de temps, évidemment, elle lui demanda de divorcer. Mais il ne pouvait en être question. Il le savait d'avance et le lui dit. Sa femme n'accepterait jamais. D'abord à cause de son éducation qui le lui interdisait. Et ensuite, disait-il avec une grimace significative, elle ne tiendrait sans doute pas à laisser échapper la mine d'or qu'il représentait.

Philip était riche. Il descendait d'une famille aisée depuis plusieurs générations et son père n'ayant fait qu'augmenter encore leur avoir, on pouvait réellement les dire fortunés. La femme de Philip n'avait peut-être épousé celui-ci que pour son argent. Il n'en aurait pas mis, se plaisait-il à raconter, sa main au feu. Quoi qu'il en fût, leur divorce était impossible.

Il va sans dire qu'il ne prononça jamais le mot meurtre devant Flora. Un meurtre et Flora... cela n'allait pas ensemble ! Non qu'elle fût à ce point innocente, mais Philip ne voulait absolument pas parler de choses désagréables lorsqu'il se trouvait avec elle. Dès qu'il s'agissait de Flora il tenait à ce que tout fût parfait.

Et tout l'était. Du moins, Flora l'assurait-elle. Elle gardait son petit appartement, refusait les cadeaux de Philip, vivait en somme sa propre vie.

— Elle t'appartient à présent, disait-elle à Philip, puisque je suis à toi.

Un matin Schustak alla le trouver à son bureau.

— Ce monsieur dit qu'il vient au sujet de Miss Flora Arnold, lui annonça sa secrétaire.

Philip devint blême. Mais il se maîtrisa.

— Faites-le entrer, répondit-il.

Et quand Schustak entra, mince, élégant, parfaitement à l'aise, il ne put dire que :

— Fermez la porte.

Schustak ferma la porte. Puis il s'assit en face de Philip, de l'autre côté du large bureau.

Philip respira profondément.

— Vous avez mentionné le nom de Flora Arnold à ma secrétaire, dit-il.

Schustak inclina la tête. Deux centimètres, pas davantage.

— Exactement.

Il sortit un étui à cigarettes en or, en prit une, l'alluma et remit l'étui dans sa poche.

— Désolé de vous déranger, monsieur Devize. C'était la seule façon d'être reçu sans dire à votre secrétaire le vrai motif de ma visite. »

— Je ne veux pas que le nom de Flora... je veux dire Miss Arnold, soit prononcé ici...

Sur quoi, Philip s'arrêta et changea de voix pour ajouter :

— Le vrai motif de votre visite ? Chantage, je suppose ! (Il secoua la tête.) Désolé à mon tour, Monsieur Schuman, je ne vous verserai pas un *cent*.

— Schustak, rectifia l'homme. Croyez-moi, je n'ai

nulle intention de vous extorquer de l'argent. Je viens simplement vous rendre service.

Philip hocha la tête.

— Je n'en doute pas ! dit-il d'une voix amère. Vous connaissez mes relations avec Flora et vous devez penser que je tiens à ce qu'il n'y ait pas de scandale. Eh bien...

— Voudriez-vous, je vous prie, cesser de penser un instant à Miss Arnold ? fit Schustak, très calmement. Je me suis servi de son nom uniquement pour que vous me receviez. Je ne la connais pas, ne l'ai même jamais rencontrée. Je vous répète que je suis ici pour vous rendre service.

Philip ferma les yeux une seconde. Quand il les rouvrit il se sentait encore un peu étourdi.

— Vous ne la connaissez pas ? Alors comment se fait-il que vous sachiez son nom ?

— Parce que je vous connais, Monsieur Devize.

Schustak prit le temps de secouer sa cigarette au-dessus du cendrier de Philip.

— Pas personnellement, bien sûr. Mais je n'ignore rien de vos ennuis en ce qui concerne... votre femme. Je me doute que vous souhaitez une solution. (Il sourit légèrement.) Je viens vous l'offrir.

— Ma femme ne regarde que moi, dit sèchement Philip. De même que Fl... Miss Arnold. Et je ne vois pas de quel droit vous venez ici vous mêler de mes affaires...

— De quel droit ? Mais de celui que vous m'avez donné, Monsieur Devize. Ne m'avez-vous pas fait vous-même entrer ?

Il leva la main pour empêcher Philip de dire quelque chose.

— Il me faut, d'une façon ou d'une autre, vous obliger à me croire. Je ne cherche qu'à vous aider. Je vous apporte une solution à vos... difficultés.

Philip fit la grimace. Malgré lui il commençait à croire cet homme.

— Il n'existe aucune solution.

— Si, Monsieur Devize.

Philip baissa les yeux. Un silence s'établit qui parut devoir s'éterniser.

— Vous aimez la littérature policière, reprit finalement Schustak.

— Comment le savez-vous ?

Schustak haussa les épaules.

— Comme je n'ignore rien de Miss Arnold et de votre femme. Notre organisation est particulièrement fière de son bureau de renseignements.

— Votre organisation ?

Schustak écrasa soigneusement sa cigarette.

— Laissez-moi continuer, dit-il tranquillement. Puisque vous lisez des romans policiers vous n'êtes pas sans savoir qu'il existe des associations qui, pour une certaine rémunération, se chargent de... enfin, d'éliminer une personne désignée.

— Société anonyme de meurtre et assassinat, en quelque sorte ?

Schustak fronça les sourcils.

— En aucune façon aussi brutalement que cela. Disons simplement que nous avons mis au point une méthode — absolument indétectable — de... disparition. Cette méthode est à votre disposition. Moyennant rétribution, naturellement...

— C'est ridicule, dit Philip.

— Vraiment ? Vous avez pourtant sûrement lu des choses de ce genre. Car, en fait, notre travail découle d'une idée très ancienne. Pourquoi vous étonnez-vous qu'elle ait été mise en application ?

— Mais...

— Je comprends. Vous hésitez. C'est normal. Permettez-moi alors de vous laisser ma carte. Vous pouvez m'avoir au téléphone n'importe quel jour ouvrable de la semaine. Nos bureaux sont ouverts de neuf heures et demie du matin à cinq heures de l'après-midi.

Il sortit un portefeuille d'une poche intérieure de son veston, y prit une carte qu'il posa sur le bureau de Philip. Puis il se leva et marcha vers la porte.

— Un instant, dit Philip.

Lentement, Schustak se retourna.

— Oui... ?

— Vous voulez dire que... (Philip baissa les yeux)... que, pour un certain prix, vous vous chargeriez de... d'assassiner ma femme ?

— Moi ? fit Schustak. Non, Monsieur Devize. Pas moi ! Je ne suis qu'un modeste employé. A ce stade des choses, nous trouvons plus prudent de faire appel à des... spécialistes.

— Mais la police me soupçonnera, objecta Philip. Ils découvriront la vérité, remonteront aux sources, trouveront que nous nous sommes entendus, et...

— *Ils* ne feront rien de tout cela, croyez-moi. *Ils* ne se douteront même jamais que votre femme est morte assassinée. Notre méthode est sans défaut.

— Mais... commença encore une fois Philip.

— Quand vous serez prêt à discuter cette affaire plus avant, dit doucement Schustak, téléphonez-moi.

La porte s'ouvrit et se referma.

Resté seul, Philip regarda autour de lui la pièce vide.

— C'est un mystificateur... se dit-il. Et pourtant...

A mesure que les heures et les jours passaient, la proposition de Schustak parut de plus en plus extravagante. Mais Philip ne pouvait pourtant s'empêcher d'y prêter quelque attention.

Elle lui apportait l'espoir.

Avec précaution, il en parla à Flora. Il lui raconta la chose comme si elle était arrivée à l'un de ses amis. Il s'admira d'être aussi habile. Visiblement, elle ne se doutait en aucune façon de la réalité.

L'avis qu'elle lui donna fut celui qu'il attendait.

— Après tout, ton ami ne risque rien à téléphoner

pour avoir plus de renseignements. Quel mal y a-t-il à cela ? Il pourra toujours arrêter les choses.

C'était ce qu'il pensait lui-même.

Dès le lendemain, après une légère hésitation, soudaine et teintée d'un peu d'inquiétude, il composa sur le cadran du téléphone le numéro inscrit sur la carte de Schustak et prit rendez-vous.

L'immeuble où se trouvait le bureau de ce dernier était vieux, et même plutôt sordide. Philip prit l'ascenseur pour le dixième étage, tel qu'il était indiqué, et trouva rapidement l'appartement 1012. La porte en verre dépoli ne présentait d'autre inscription que le numéro.

Philip ouvrit cette porte. A l'intérieur il ne vit qu'un simple bureau derrière lequel était assis Schustak.

— Notre installation est nécessairement modeste, expliqua ce dernier en souriant. Mais nous avons un tout autre standing de vie... en dehors de la ville. Veuillez vous asseoir.

Sans un mot Philip prit une chaise à côté du bureau.

— Vous devez comprendre, continua Schustak, que nous ne désirions nullement attirer l'attention sur nous.

— Évidemment, acquiesça Philip, l'air absent. Il lisait suffisamment d'histoires policières pour le savoir. Pour qui le prenait ce Schustak ? Et il ajouta : Je suis venu discuter avec vous de votre méthode.

— Ah ! fit Schustak. Je crains malheureusement ne pouvoir vous en dire grand-chose. Elle doit obligatoirement rester notre secret. Vous le comprendrez, je pense ?

— Pourtant...

— Nous nous portons garants de ce que nos clients ne risquent absolument rien. Veuillez comprendre qu'il est de notre intérêt comme du vôtre que tout se passe normalement.

— Bien sûr. Excusez-moi... Il me semblait néanmoins que...

— Vous aviez le droit de savoir quelque chose ?... Bon.

Schustak prononça alors un simple mot.

— Vous voulez dire que... ? s'exclama Philip.

Schustak inclina la tête. Profondément, cette fois.

— Mais vous parliez de mort naturelle. Une crise cardiaque...

Schustak eut un nouveau mouvement de tête.

— C'est ce que dira le rapport du coroner. Je vous le répète, notre façon d'opérer est vraiment nouvelle et parfaitement insoupçonnable.

Philip parut à ce moment-là hésiter. Il eut quelque mal à dire :

— Quel serait votre... prix ?

Schustak, les sourcils froncés, regarda un moment son bureau. Puis il releva la tête.

— Mettons dix mille dollars.

— Dix mille ! Dix mille dollars ! s'exclama Philip. Mais je n'ai pas...

— Monsieur Devize... (le ton de Schustak devint glacial), douteriez-vous encore des possibilités d'investigation de notre service de renseignements ? Nous savons, vous entendez, *nous savons* exactement le montant de votre fortune et de quelle somme vous pouvez actuellement disposer. Dix mille dollars est d'ailleurs un prix extrêmement modeste.

Philip secoua la tête.

— Je n'accepterai jamais de vous payer dix mille dollars... d'avance.

— Je vous comprends, opina Schustak. Disons donc cinq mille tout de suite, le reste après... après complète satisfaction.

— C'est trop, affirma catégoriquement Philip.

Schustak regarda de nouveau le bois de son bureau.

— Je regrette, Monsieur Devize. Puisqu'il en est ainsi, nous n'avons plus rien à nous dire.

— Mais je...

— Sachez que nous ne marchandons jamais, coupa Schustak.

Une seconde, les deux plateaux de la balance du destin parurent égaux. Puis Philip demanda :

— Acceptez-vous un chèque ?

Schustak réprima un sourire.

— Impossible. Il nous faut la somme en numéraire. Apportez-la-moi ici cet après-midi.

Et sa voix redevint aimable.

***

Et maintenant...

Maintenant il ne restait plus qu'à attendre.

Allongé sur le grand divan rouge de la chambre de Flora et tenant celle-ci dans ses bras, Philip sourit. Quand il rentrerait tout à l'heure chez lui... il serait libre.

Il pensa à un remariage possible... et naturellement à Flora. Un léger nuage passa sur son front. Cela ne pourrait se faire avant un certain temps après... le décès. D'autre part, quand il y réfléchissait bien, Flora n'était pas la seule femme à désirer sortir avec lui. Lorsqu'il serait libre et riche...

Dans ses bras, Flora bougea légèrement.

— Chéri, dit-elle de sa voix chaude, ne crois-tu pas qu'il serait temps que tu rentres ?

Philip hésita une seconde, puis répondit :

— Oui. Mais je reviendrai demain... Et peut-être n'aurai-je plus jamais à te quitter !

***

Tout le long du chemin qui le ramenait chez lui, il conduisit sans faire beaucoup attention à la route.

Il allait falloir, pensait-il, qu'il se montrât accablé. C'était relativement facile. En tout premier lieu, d'ailleurs, il devait manifester autant d'étonnement que d'horreur. Cela aussi paraissait aisé.

Et ensuite... Il sourit et se laissa aller à rêver. Ensuite, eh bien, ce serait la liberté... Une liberté complète, absolue. Plus de reproches, de criailleries. Plus de... Mme Devize.

Quand il arriva chez lui il était bien décidé, après tout, à ne pas se remarier.

En sifflotant, il ouvrit la porte de l'appartement. Où la découvrirait-il ? Dans le salon ? Dans la cuisine ou la chambre à coucher ?... Il laissa la porte retomber avec bruit derrière lui et s'avança, la main tendue pour allumer.

Une voix le cloua sur place.

— Philip !

C'était *sa* voix !

Rien ni personne n'avait attenté en quoi que ce fût à la vie de sa femme. Il la retrouvait exactement la même. Elle n'était pas morte !

***

Schustak soupira.

— A l'heure qu'il est, dit-il à la femme à côté de lui, ce doit être fini. *Il* est rentré chez lui. Il sait. Tout est terminé.

— Ne crains-tu pas qu'il aille se plaindre à la police ?

Il secoua négativement la tête.

— Avec quelles preuves ? Il irait raconter qu'il voulait se débarrasser de sa femme, qu'il a payé quelqu'un pour le faire à sa place et que ce quelqu'un n'a rien fait ?... Impossible ! Nous ne risquons absolument rien. Je regrette seulement que cette femme n'ait pas eu l'idée de glisser dans son bain ou ailleurs. Nous aurions alors pu prétendre que nous y étions pour quelque chose et réclamer à Devize les cinq mille autres dollars. Mais il ne faut jamais se montrer trop gourmand... Nous avons fermé le prétendu bureau ; évidemment, c'est assez désagréable d'avoir à payer la location d'un mois, mais ce sont là des frais généraux inévitables. Devize aura beau nous chercher, il ne nous retrouvera jamais.

— Tu es sensationnel ! dit-elle.

— Pour ce que j'ai fait ? Mais tout a été si facile ! Se renseigner sur lui, lui offrir un appât, le coincer, ramasser les dollars et s'en sortir blanc comme neige... Rien de difficile là-dedans. Ce n'est d'ailleurs que la mise en application d'une idée vieille comme le monde, adaptée à un homme qui lit trop de romans policiers.

— N'empêche que je te trouve sensationnel, répéta-t-elle en se blottissant contre lui.

— Ma petite Flora ! murmura Schustak.

Et il la prit dans ses bras.

The world's oldest motive.

Traduction de Simone Millot-Jacquin.

LE PETIT FANTÔME DU LAC

par DONALD HONIG

Fitzhugh les voyait souvent passer en canoë dans ce joli coin isolé du lac. La petite fille assise à la proue, dans une pose coquette, s'abritait sous une minuscule ombrelle blanche quand le soleil était trop chaud. Son beau-père pagayait à l'arrière.

La cabane de Fitzhugh était cachée par les arbustes et le rideau sombre des sapins et des cèdres qui poussaient au bord du lac. Il pouvait s'y asseoir et voir sans être vu. Il aimait bien quand ils venaient, car presque personne ne venait jusque-là et il lui arrivait de se sentir bien solitaire. Il les observait du banc qui était devant sa cabane, charmé par l'élégance du canoë glissant sur l'eau bleue, par le froissement très doux du coup de pagaie. Il avait passé de nombreuses années à pratiquer sa profession plutôt douteuse. Il s'en était temporairement retiré — disait-il —, à la vérité il était en cavale. Il en avait néanmoins gardé le goût des choses délicates.

De ce côté on avait une très jolie vue sur la ligne ciselée des arbres, de l'autre côté du lac, mais c'était toujours là que commençait leur dispute. La petite fille voulait aller plus loin, dans le chenal étroit par lequel le lac de la Grande-Biche se déversait dans la rivière du même nom. A ce moment, son beau-père criait sur un ton irrité qu'il avait pagayé assez loin ; de sa voix jeune, très raffinée, elle lui disait de ne pas crier ; cela ne faisait qu'attiser sa colère, et il lui jetait des injures avec une telle véhémence que le canoë en était tout secoué.

Il régnait un profond silence, chaque mot résonnait clairement et Fitzhugh, assis à l'ombre fraîche de la forêt, entendait tout ce qu'ils disaient. La dispute revenait toujours, détruisant la douceur idyllique de la scène ; cela causait beaucoup de peine au vieil homme, invisible sous ses arbres, car il était bon et doux même si son visage jovial était affiché sur les murs de presque tous les bureaux de poste du pays.

Par un après-midi ensoleillé, il les entendit avant même qu'ils n'apparaissent dans la crique ; la voix de la petite fille criait : « Vous avez dit que vous iriez ! Vous m'avez promis ! » et la voix rude et coléreuse de l'homme lui enjoignait de se tenir tranquille.

Le canoë contourna la pointe, sculptant délicatement les eaux immobiles. L'homme avait cessé de pagayer ; il laissait dériver le canoë et criait de grossières injures à la petite fille, qui lui rappelait d'une voix suraiguë une promesse qu'il aurait faite.

Fitzhugh les regardait à travers les arbres. L'homme avait mis la pagaie dans le fond du canoë et se glissait vers l'avant, en se tenant aux bordages, dans une attitude menaçante.

Sous ses arbres, le vieux fronça les sourcils et se pencha pour mieux voir.

L'homme arriva vers la fillette assise à la proue, et il y eut une courte lutte, violente et inégale. Les cris de terreur de la petite arrivaient faiblement, étouffés par les arbres. Le canoë oscillait dangereusement. L'homme avait fait passer le torse de la petite fille par-dessus le bord ; d'une brusque secousse il la poussa dans le lac. Puis il reprit la pagaie, tourna le canoë dans l'autre direction et s'éloigna en faisant, dans sa hâte furieuse, gicler l'eau de tous côtés.

Fitzhugh resta un moment les sourcils arqués, paralysé par la stupeur. Les eaux du lac s'étaient refermées à l'endroit où la petite fille avait été jetée. Les ronds s'élargissaient, disparaissaient presque en s'approchant du bord. Le canoë passait derrière la pointe.

— Je ne peux pas y croire, dit Fitzhugh à haute voix.

Et puis il y eut tout d'un coup un clapotis dans le lac, une petite tête blonde sortit de l'eau comme un bouchon, et se secoua en tout sens, les cheveux épars comme la corolle d'une fleur.

Fitzhugh éclata de rire, bondit et se précipita à travers les arbres vers la rive, aussi vite que le lui permettait son âge.

— Par ici, par ici ! cria-t-il.

Il arriva enfin, passés les arbustes du bord, à une petite plage de galets. Il agita les bras pour attirer son attention, continuant à l'appeler.

Elle l'aperçut et nagea vers l'endroit où il se tenait, fendant l'eau de ses bras gracieux.

— Tu y es ! cria le vieil homme pour l'encourager.

Elle atteignit les petits fonds et se redressa toute ruisselante. Sa robe blanche était saccagée, et ses boucles blondes ressemblaient plutôt maintenant à des bouts de ficelle. Elle titubait vers lui, le visage terrifié.

Fitzhugh ouvrit ses bras au petit agneau perdu, dont les yeux se fermaient et qui serait retombé au milieu des vaguelettes murmurantes s'il ne l'avait pas retenu.

Avant qu'elle puisse parler, elle s'endormit comme une masse dans les bras de son sauveur.

Il la porta à travers le taillis et la légère pente boisée qui menait à sa cabane, sans cesser d'admirer le beau visage candide de l'enfant assoupie.

« Quelle horrible chose ! Faire ça à une enfant ! murmura-t-il. Et une si jolie enfant, surtout. »

Il la posa doucement sur le lit, recula un peu, l'examina : on ne lui donnait pas plus de dix ans ; dans le sommeil, son visage avait une sérénité confiante. On sentait en elle un charme fait de chaleur et de précoce sagesse et de petits plis autour de ses lèvres rouges suggéraient autant la malice que la réflexion.

« Quelle jolie petite dame elle fait ! » admira-t-il.

Sans la réveiller, il lui ôta ses vêtements mouillés et lui passa une de ses longues chemises de flanelle. Puis il ouvrit le lit et la glissa sous les couvertures qu'il borda après les avoir tirées jusque sous son menton. Il fit bouillir du lait, en se reprochant d'en avoir tâté la température du doigt, et le lui apporta. Un peu hésitant, il l'éveilla doucement. Les yeux bleus s'ouvrirent tout grands, encore apeurés. Fitzhugh lui fit un petit rire rassurant :

— N'aie pas peur, tu es en sûreté...

Elle semblait ne pas oser bouger.

— Tiens, bois ça.

Elle regardait la figure du vieux. La crainte commençait à fondre dans les yeux bleus, pour faire place à l'incertitude.

— Tout va bien, lui dit-il d'une voix basse et douce.

— Qui êtes-vous ?

— Un ami. Allons, bois vite ça.

Quelque chose dans le vieux visage rose, dans les petits yeux clairs et vifs, sembla la rassurer. Une fine main blanche sortit des couvertures. Elle s'assit, prit le lait et le but sagement, regardant Fitzhugh de ses yeux bleus par-dessus le bord du verre.

— Voilà qui est gentil, lui dit-il en reprenant le gobelet vide.

Elle se reglissa au fond du lit, le fixant toujours de ses doux yeux innocents de biche.

— Comment te sens-tu ?

— Je ne sais pas, répondit-elle d'une petite voix timide.

— As-tu avalé beaucoup d'eau ?

— Je ne crois pas.

— Qui était cet homme ?

— M. Grove, mon beau-père. C'est un homme horrible.

— Oui, c'est ce que disent mes voisins. Je me demande quelle histoire il va pouvoir raconter à ta maman.

— Vous connaissez maman ?

— Non, pas personnellement. Mais les histoires des riches sont sur toutes les langues. Je sais que tu t'appelles Shirley et que tu es ici pour tes vacances d'été. Je sais aussi que ton beau-père t'emmène canoter chaque fois qu'il fait beau, et que son endurance, ou sa patience, l'abandonne à peu près arrivé par ici.

— Je le supplie de me faire descendre la rivière ; on dit que c'est si joli ! Mais il ne veut jamais. Oh ! il est méchant !

— Il me semble être fort désagréable.

— Il me gifle quand maman n'est pas là.

— Tu l'as dit à ta maman ?

— Oui, mais tout ce qu'elle répond, c'est que j'ai dû le provoquer. Elle le considère comme un homme admirable. Elle m'a envoyée dans une école très loin, pour éviter les conflits.

Fitzhugh ne put s'empêcher de sourire en lui-même du sérieux précoce et du langage sophistiqué de la petite fille.

— Dis-moi, qu'est-il arrivé dans le bateau ?

— Il s'est mis en colère quand j'ai insisté pour voir la rivière et il a dit qu'il allait me la faire voir de près.

— C'est ce qu'il a fait. J'ai bien cru que tu étais au fond du lac.

— Il ne savait pas, dit Shirley avec une enfantine satisfaction, que j'avais appris à nager à l'école. Je voulais leur en faire la surprise.

— Je crois en effet que ça va être une surprise ! Mais sous l'eau...

— Oui, ça, c'était une expérience toute nouvelle.

— Tu n'avais jamais nagé sous l'eau ?

— Pas jusqu'à aujourd'hui.

— Remarquable !

— Il croit qu'il m'a noyée.

— Quel optimisme !...

Ils se mirent à rire tous les deux. La petite pouffait sous son drap ; puis elle s'arrêta soudain et le regarda avec une curiosité tranquille.

— Qui êtes-vous ? demanda-t-elle ingénument.

— Albert Fitzhugh.

— Vous habitez ici ?

— Oui.

— Vous avez toujours vécu ici ?

— Depuis ces dernières années.

— Je ne vous avais encore jamais vu.

— Mais si. A travers les glaces de ta grosse auto qui va si vite...

— Oh ! je la déteste, cette voiture !

Il riait sous cape de l'entendre.

— Et vous vivez tout seul ? poursuivit-elle.

— Oui, tout seul.

— Pourquoi ?

— C'est souvent comme ça pour les vieilles gens.

— Quel âge avez-vous ?

— Soixante-sept ans.

Elle inclina la tête, gravement.

— Vous aimez vivre ici ?

— Assez, oui.

— Et vous n'avez personne nulle part dans le monde ?

— Personne.

— Comme c'est triste ! Est-ce que vous vous sentez seul ?

— Ça m'arrive. Mais je suis sûr que c'est la même chose pour tout le monde, à un moment ou à un autre. Même pour toi dans ta grande maison.

— Oh ! cette maison ! Je la déteste, Monsieur Fitzhugh. Avec toutes ces chambres vides...

La cabane de Fitzhugh avait un certain charme rustique. D'une simplicité un peu rude, elle avait comme son vieil occupant des traits humbles et curieux. Le mobilier, peu élégant mais l'air solide, semblait provenir d'endroits variés. Le plancher était bien balayé et propre. Les murs, en sapin naturel, étaient nus ; seul y était accroché le calendrier d'un commerçant local. Un balai était appuyé à la cheminée de briques.

Fitzhugh regardait pensivement la petite fille.

— Alors, tu n'aimes pas ta grande maison ?

— Je la déteste.

— Mais il faut bien que tu y retournes maintenant.

L'air chagrin, elle porta son petit doigt à ses lèvres. Au bout d'un moment, elle déclara :

— Monsieur Fitzhugh, je ne veux pas y retourner. J'ai peur.

— De M. Grove ? Ne t'en fais pas à cause de lui. Ce que j'ai vu aujourd'hui réglera son compte pour un bon bout de temps. Quand la police saura...

Il s'arrêta, frappé par les mots qu'il venait de prononcer. La police, répétait-il pensivement en lui-même. Non, ça n'irait pas. Mais pas du tout...

— Je déteste cette maison, Monsieur Fitzhugh. Je la déteste.

— Mais c'est ta maison, Shirley.

— Ce n'est pas vrai ! dit la petite en larme. Je n'ai pas de chez moi.

— Mais ta maman...

— Je ne lui manquerai pas le moins du monde.

— Shirley, dit le vieux avec reproche. Comment peux-tu dire une chose pareille ?

— Parce que je la connais. Ce soir, elle prendra un sédatif. Et demain, elle arrangera dans son esprit l'idée que je suis retournée à l'école. Elle est très douée pour ces choses-là. C'est ce qu'elle a fait quand mon papa est mort.

— Oh ?

— Oui.

— Et ça ne te fait pas du tout de peine pour elle ?

— Non. Bientôt, elle en fera un jeu, en essayant d'atteindre mon esprit dans l'autre monde.

— Que veux-tu dire par là ?

— Elle a fait pareil quand papa est mort. Maman est une personne très superstitieuse — je disais stupidstitieuse... Elle a fait venir à la maison toutes sortes de gens bizarres et ils ont essayé d'entrer en communication avec mon père dans l'autre monde.

— Très intéressant, fit le vieux, pensif. Et ça a marché ?

— Oh ! Monsieur Fitzhugh, vous n'allez pas me dire que vous croyez à ça ?

— Un homme de mon âge ne peut pas se permettre de ne pas douter plus ou moins de tout.

— En tout cas, ça n'a jamais marché.

— Et tu t'attends à ce qu'elle fasse la même chose avec ton pauvre petit fantôme de noyée ?

— Certainement un jour.

Fitzhugh se replongea dans ses pensées, tambourinant des doigts ses genoux. Il avait entendu parler d'une tentative d'escroquerie au spiritisme, il y avait bien longtemps. Qui était-ce déjà ? Ah ! oui, Mike le Rat, à Boston. Ils avaient essayé d'évoquer l'esprit d'un vieux grand-père richissime, ou quelque chose comme ça. Ils avaient presque réussi, et puis une chose avait foiré. Il y a toujours une chose qui foire dans ces trucs-là, parce qu'on ne peut pas, évidemment, faire revenir quelqu'un de chez les...

Il regarda la petite fille, songea à l'immense résidence des Grove au bord du lac, à tout l'argent...

— Tu dis que tu ne veux pas rentrer chez toi ?

— Non, fit-elle, l'air boudeur.

— Alors, qu'est-ce que tu vas faire ?

— Je ne sais pas. Je... je vivrai dans les bois.

— Ce n'est pas très agréable.

Soudain le visage de la petite fille s'éclaira :

— Monsieur Fitzhugh, s'écria-t-elle, pourquoi est-ce que je ne pourrais pas rester ici avec vous ?

— Ici ?

— Mais oui. Vous m'avez dit que vous n'aviez personne au monde.

— Mais que feras-tu ?

— Je serai votre bonne. Je ferai la cuisine, je raccommoderai, je balaierai...

— Mais voyons, Shirley, tu ne peux pas rester ici tout le temps.

— Seulement quelques jours, je vous en prie, Monsieur Fitzhugh, vous qui êtes si gentil ! supplia-t-elle d'une façon adorable.

— Et après ?

— Après, je rentrerai à la maison et je ferai mettre M. Grove en prison.

— Il faut que tu me promettes de rentrer chez toi dans quelque temps.

— Naturellement.

— Tu sais que tu n'as rien à te mettre.

— Je me ferai un vêtement avec votre vieille chemise de laine.

Il se mit à rire :

— Oui, ça sera bien drôle !

Elle rit à l'unisson, et s'assit sur le lit en serrant ses genoux entre ses bras.

Il sourit, et son sourire errait encore sur ses lèvres alors que, sur le seuil, il regardait pensivement la lumière qui filtrait à travers les grands arbres. Quelle affaire, à ne pas y croire ! Pas de doute, ça ne pouvait pas rater....

***

Chaque matin, lorsque le soleil était déjà haut, Fitzhugh quittait sa cabane. Il marchait dans la forêt, plein d'une douce sérénité, charmé plutôt qu'intrigué par tous les mystères et les drames qui l'entouraient. Il respectait la vie de la forêt, jamais il ne touchait une fleur sauvage ni ne dérangeait les feuilles des branches qui pendaient sur le chemin.

Il ne fallait pas longtemps pour arriver à la route goudronnée, qu'il suivait ensuite jusqu'au petit magasin d'alimentation de Mme Jennifer où il faisait ses provisions. La forêt perdait de sa force, on y avait ouvert des clairières à la hache, et plus loin elle disparaissait, faisant place à de grandes et belles maisons et à des gazons bien tondus. La petite cabane qui servait de magasin à Mme Jennifer était juste au bord de la route, en avant de sa maison.

L'arrivée de Fitzhugh, avec sa démarche légèrement sautillante, ses épaules arrondies et son crâne rose presque chauve, était à cette heure-là, une vision familière. Chacun lui faisait un signe de la main et il le rendait. A environ un mille plus loin sur la route, s'élevait, majestueuse, la résidence des Grove. Il avait quelquefois poussé jusque-là pour l'admirer, car la richesse, et les apparences de la richesse, l'avaient toujours littéralement fasciné.

Ce jour-là, comme à l'accoutumée, il entra dans le petit magasin de Mme Jennifer. Celle-ci, une femme noueuse, aux cheveux gris, au visage d'oiseau, était assise derrière son comptoir, un journal étalé sur les genoux. Elle leva sur lui le regard le plus attristé qu'il eût jamais vu.

— La connaissiez-vous, Monsieur Fitzhugh ? demanda-t-elle d'un ton affligé.

— Connu qui, Madame Jennifer ?

— La petite Shirley Grove.

Il faillit sourire, mais se retint juste à temps.

— Il me semble que je l'ai aperçue quelquefois. Pourquoi me demandez-vous ça ?

Mme Jennifer le regarda avec de grands yeux pleins de larmes.

— Elle est morte.

— Morte ?

Elle inclina la tête sans rien dire.

— Qu'est-il arrivé ? demanda Fitzhugh, affectant ce qu'il fallait d'intérêt.

— Elle est tombée dans le lac hier et s'est noyée.

— Comme c'est triste !

Mme Jennifer lui tendit le journal. Il lut le titre qui annonçait la tragédie du lac de la Grande-Biche et hocha la tête d'un air lugubre, en faisant de petits bruits de langue attristés.

— Tout le monde en est tellement affecté ! dit Mme Jennifer.

— Naturellement.

— Quelle chose terrible !

— Oui, c'est bien triste.

— C'était un petit être si vivant, poursuivit tristement Mme Jennifer, et elle avait un tel éclat. Je n'arrive pas à croire qu'elle soit morte.

— C'est vrai que ça paraît incroyable.

— Elle s'est noyée du côté de chez vous.

— Vraiment ?

— Je n'ai jamais rien vu de plus triste.

— Je lis que M. Grove était dans le canoë avec elle, dit Fitzhugh après un coup d'œil sur le journal.

— On dit que le pauvre homme ne peut même pas parler, tellement il a de peine, dit Mme Jennifer.

— Le journal dit qu'il ne sait pas nager.

— C'est bien là le tragique.

— C'est lamentable.

— J'ai dit que c'était la volonté du Seigneur, que l'heure de la pauvre petite avait sonné. Nous ne pouvons pas juger les desseins de Dieu, psalmodia Mme Jennifer.

— Ah ! c'est bien vrai, Madame Jennifer.

— Que cela nous donne le réconfort.

— Amen, dit pieusement Fitzhugh.

En plus de ses provisions, il acheta le journal et prit le chemin du retour, attentif à ne pas siffloter avant d'être assez loin du petit magasin. Il retraversa la forêt et arriva chez lui.

Shirley l'accueillit en riant :

— Il est venu du monde en canoë, et j'ai pensé que ce serait rudement drôle si je nageais sous l'eau et que je sorte tout d'un coup la tête sous le nez des gens !

— Hou, la vilaine petite sorcière ! Rappelle-toi bien, Shirley : si quelqu'un te voit, ouste, tu rentres chez toi.

— Je sais, Monsieur Fitzhugh. Mais, tout de même, j'aimerais bien hanter le lac.

— Regarde ce que j'ai apporté, dit-il en étalant le journal sur la table.

Avec une excitation ingénue, elle lut toute l'histoire, ravie de voir sa photo dans le journal. On donnait la version d'Harry Grove sur la tragédie. Il expliquait comment la petite fille s'était penchée pour cueillir un nénuphar, bien qu'il lui ait dit de ne pas le faire, et comment elle était tombée à l'eau.

— Comment peut-on croire un pareil mensonge ? demanda Shirley.

— On dit que M. Grove est accablé de douleur.

Il se reproche de ne pas savoir nager. Même qu'il aurait pleuré en le disant.

— Il est parfois très émotif, dit Shirley avec sérieux.

Harry Grove avait encore déclaré qu'il avait vu dans l'eau claire le corps de la petite noyée entraîné vers la rivière par les courants du fond.

— Quelle imagination délirante ! s'exclama-t-elle.

Dans l'après-midi, ils regardèrent la police draguer le lac. Cachée parmi les arbustes de la rive, Shirley éprouvait une immense fierté.

En guise de souliers, Fitzhugh lui faisait porter deux paires de ses grosses chaussettes de laine. Comme il était très rare que quelqu'un vienne à sa cabane, il jugeait sans danger qu'elle s'aventure dans la forêt. Shirley aimait particulièrement le bord du lac. Elle regardait le vieux, qui malgré les années était resté bon nageur, traverser le lac aller et retour — performance qui le laissait généralement tout essoufflé pour le reste de la matinée.

Quelques jours après le sauvetage de Shirley, ils virent un des souliers de Shirley qui flottait au milieu des massifs de nénuphars. Ravie, elle pataugea pour le chercher et elle le ramena à la cabane. Cette nuit-là, une fois qu'elle se fut endormie, Fitzhugh resta éveillé très tard, suçotant sa pipe et regardant fixement le petit soulier qu'il tournait et retournait dans sa main. « Petit soulier tout mouillé, disait-il à voix basse, dites-moi combien vous valez. Dirons-nous — voyons — dix mille ? »

Jusque-là, il avait déjoué toutes les tentatives de la petite fille de le questionner sur son passé. Mais le lendemain, au contraire, il commença à lui parler de ses expériences, des accrochages qu'il avait eus avec la Loi. Avec le sérieux intense de l'enfance, elle écoutait, fascinée, ces choses si nouvelles pour elle et les pesait gravement dans son esprit.

— Je ne vous aurais jamais suspecté de malhonnêteté, Monsieur Fitzhugh.

— Ce n'était pas de la malhonnêteté, Shirley, seulement de l'opportunisme.

— Mais est-ce que ce n'était pas malhonnête de vendre des choses sans valeur ?

— Non. C'était de l'opportunisme.

— Et d'avoir changé les diamants de cette gentille vieille dame ?

— Un moment de faiblesse... s'excusa-t-il.

— Mais malgré tout, dit la petite en riant, je vous aime toujours bien et je voudrais bien pouvoir moi aussi être malhonnête. Vous a-t-on jamais mis en prison, Monsieur Fitzhugh.

— Par-ci, par-là, oui.

D'où elle était, couchée à plat ventre sur le plancher, elle se souleva sur les coudes pour le regarder en riant.

— Et vous avez un tel air d'innocence !

— C'est là une qualité de base, dit-il avec un sourire malicieux qui plissa ses lèvres sur le tuyau de sa pipe.

— Comment appeliez-vous votre profession ?

— Beaucoup de gens l'ont appelée de beaucoup de noms.

— Étiez-vous un escroc ?

— Shirley, si tu savais tout ce qu'il faut d'habileté, d'imagination, de finesse pour exercer ma profession, tu n'emploierais jamais un terme aussi cru.

— Excusez-moi, dit la petite.

Il l'observa avec un tendre amusement.

— Ça a l'air tellement excitant, reprit-elle.

— Quoi donc ?

— D'être malhonnête.

— Peut-être ferons-nous un jour un coup ensemble.

— Vous me feriez confiance, Monsieur Fitzhugh ?

— Absolument.

Il y repensa cette nuit-là. Le coup était virtuellement infaillible. D'une part, Harry Grove avait juré que la petite était morte, qu'il avait vu son corps au fond de l'eau. Et d'autre part la mère (riche) croyait que des êtres pouvaient revenir de l'autre monde. Ces gens-là, c'est connu, paient de fortes sommes pour revoir leurs morts. Et Mike le Rat lui avait dit une foule de choses sur la manière de conduire une séance. L'essentiel, d'après lui, c'était d'en faire assez pour leur donner le frisson.

Le lendemain matin, il annonça à Shirley qu'il allait se rendre chez les Grove.

— Pourquoi, Monsieur Fitzhugh ?

— Je veux aller tâter le terrain.

— Mais vous ne me trahirez pas, n'est-ce pas ?

— Non, mais il faut préparer ta maman à ton retour. Et n'aie pas l'air si effondré ; il est bien possible que ce soit très amusant.

Muni du petit soulier trouvé dans le lac, Fitzhugh s'en alla, traversa la forêt en sifflotant avec sérénité et parcourut le mille de route tranquille qui conduisait à la résidence des Grove.

Il s'en approcha avec vénération. Il avait acquis une grande expérience de ce genre de demeure. Il remonta la longue allée sablée qui partait de la route, examinant la maison avec attention. Bâtie au bord du lac, c'était une belle habitation à deux étages, couverte de lierre : ses dimensions, ses deux vérandas et son portique à colonnes en imposaient. Il contourna une grande pelouse très soignée où se dressait une petite fontaine blanche et frappa à la porte de la façade. Au bout d'un instant une domestique lui ouvrit. D'une voix déférente, il demanda Mme Grove, ajoutant qu'il s'agissait d'une affaire de la plus grande importance. La domestique lui jeta un regard désapprobateur, et referma à demi la porte avant de retourner dans la maison.

Puis une femme arriva, une blonde d'une trentaine d'années, vêtue sévèrement de noir. Ses yeux tristes, gonflés d'avoir pleuré, le regardaient avec reproche.

— Oui ? demanda-t-elle.

— Je vous prie de m'excuser, Madame Grove, dit-il avec un petit salut de la main. Je m'appelle Albert Fitzhugh et j'habite une cabane dans la forêt, près du lac. Peut-être est-ce parce que je vis si près de la nature, mais j'ai constaté que j'étais sensible aux phénomènes les plus étranges, les plus inexplicables — en particulier à ceux de l'autre monde.

Mme Grove le regarda fixement, les yeux soudain empreints d'une anxiété émue.

— Êtes-vous médium, Monsieur Fitzhugh ? demanda-t-elle.

— Si je le suis, c'est de naissance, non par choix.

— Je crois aux médiums. Et je crois aux forces de l'au-delà, malgré certaines expériences malheureuses, dont quelques-unes ont été vraiment coûteuses.

— Je sais qu'il y a beaucoup de gens sans scrupules. Mais je ne serais pas venu ici si je n'avais pensé pouvoir vous aider.

— M'aider ?

— La nuit dernière, il m'a semblé entendre une voix de petite fille dans les arbres. Je ne pouvais en être sûr, parce que le vent fait souvent un bruit semblable. Mais ce matin j'ai trouvé cela sur ma table... dit-il en tendant le petit soulier.

Mme Grove le regarda, les yeux agrandis, le souffle coupé.

— Il est à Shirley ! s'écria-t-elle.

Elle lui prit le soulier et le serra tendrement contre elle, comme s'il pouvait s'en exhaler une douce respiration.

— C'est un signe, dit Fitzhugh.

— Avez-vous essayé d'établir un contact ? chuchota-t-elle.

— Non. J'ai pensé qu'il valait mieux que je vous parle d'abord.

— A quel sujet ?

— Essayer d'établir le contact exige une grande tension nerveuse. Peut-être que s'il y avait...

— Un arrangement financier ?

— Seulement si je réussis, Madame Grove.

— Si vous réussissez, Monsieur Fitzhugh, aucune récompense ne sera trop élevée.

Ils se mirent d'accord pour tenir la séance le lendemain soir. Fitzhugh avait tout d'abord pensé faire durer les choses une bonne semaine, mais décida qu'avec Harry Grove dans les parages il valait mieux en terminer aussi vite que possible. Il stipula seulement que la maison devait être complètement vide, à l'exception de lui-même et de Mme Grove. Elle lui préparerait 5 000 dollars en espèces et un chèque d'un montant égal, qui lui seraient remis à l'instant même où il ferait apparaître la petite fille.

De retour à la cabane, il dit à Shirley qu'elle allait être son associée dans une de ses entreprises. La petite en fut enthousiasmée.

— Nous allons jouer à un jeu avec ta maman. Si tu fais exactement ce que je te dis, nous allons tous bien nous amuser.

Il lui expliqua ce qu'elle aurait à faire. Il lui improvisa une robe de fantôme dans un drap de lit qui lui tombait jusqu'aux pieds et qui lui donnait l'air d'une sainte.

— Demain soir, ma petite Shirley, tu vas ressusciter d'entre les morts.

Elle ne se tenait plus de joie.

— Croyez-vous que maman y croira pour de bon ?

— Pourquoi pas ? Puisque ce sera bien toi... dit-il avec logique.

— Vous ne croyez pas que mon beau-père essaiera de se mettre en travers ?

— Il n'a aucune raison de le faire. Souviens-toi, il te croit morte. Mais de toute façon, je me suis arrangé pour qu'il ne soit pas présent au moment critique.

— J'aurai toujours peur de lui.

— Peut-être trouverons-nous aussi quelque chose pour lui.

— Dites-moi, Monsieur Fitzhugh.

— Oui.

— Vous devez trouver que maman est vraiment infantile ?

— Au contraire. Je crois que c'est une femme fort intelligente.

La petite fille se mit à danser tout autour de la pièce en battant des mains.

— Demain, je reviens d'entre les morts, chantonnait-elle.

— Tu vas établir un vrai précédent, dit Fitzhugh en lui souriant gaiement.

***

La nuit était claire et étoilée. Au-dessus de la cime des arbres s'élevait un croissant de lune, au milieu d'une galaxie d'étoiles brillantes. Fitzhugh emmena la petite par le bord du lac ; c'était plus indiqué que de prendre par la route. Elle était vêtue de sa robe blanche, sa chevelure blonde était soigneusement peignée. Fitzhugh portait le seul accessoire, un long cierge blanc et mince.

— Maintenant, écoute bien, Shirley : il n'est pas question de plaisanter. Le plus petit soupçon d'un rire ou même d'un sourire peut faire tout rater. Alors tu me promets d'être un petit fantôme tout ce qu'il y a de sage et de muet ?

— Oui, Monsieur Fitzhugh, assura Shirley.

Ils se glissèrent vers la maison. Suivant leur plan, Shirley entra par une petite porte de côté et disparut vers le premier étage pour y attendre le signal convenu. Quand Fitzhugh frapperait trois coups sur la table, elle allumerait le cierge et le tiendrait en descendant l'escalier.

Maintenant que la petite fille était cachée dans les coulisses du monde des vivants, Fitzhugh sonna à la porte et fut introduit par Mme Grove dont l'expression mystérieuse et chargée d'attente semblait parfaitement adaptée aux circonstances.

— Sommes-nous seuls ? demanda Fitzhugh.

— Oui, souffla Mme Grove.

Ils entrèrent dans le salon et prirent place chacun à un bout d'une longue table d'acajou. Fitzhugh vit que Mme Grove avait à côté d'elle la boîte qui contenait l'argent. Elle éteignit la lampe et la pièce fut plongée dans une obscurité profonde, tendue.

Fitzhugh commença le rituel suivant l'inspiration du moment. Tout était en accord pour amener le dénouement — l'obscurité, le silence, les reflets de lune sur un coin de la table, le vent qui soupirait dans les branches. Avec un sens dramatique aigu, Fitzhugh amenait insensiblement la séance d'occultisme à un climat de tension. Il tenait Mme Grove dans un complet état de rêve. Il leva le poing, frappa trois bons coups sur la table, et toute la machination commença à se mettre en marche. Il jeta un coup d'œil furtif vers l'escalier. Il y eut un moment de silence, puis il aperçut la lumière vacillante, fantomatique du cierge qui s'approchait en jetant sur le mur une mouvante tache jaune. Fitzhugh ne la quittait pas des yeux.

Il murmura soudain :

— Retournez-vous, Madame Grove.

Elle lui obéit, le souffle coupé. Et Shirley apparut, descendant lentement, solennellement, angélique et pure dans sa robe blanche, tenant d'une main ferme le long cierge blanc dont la flamme éclairait son visage.

Le petit cri de Mme Grove s'arrêta sur ses lèvres. L'enfant continuait à descendre les marches, lentement, mais d'un pas assuré. Mme Grove se dressa comme en transes pour la regarder. Fitzhugh se leva, lui aussi, pour rafler l'argent d'une main leste et il se trouva dehors au moment même où Mme Grove, en larmes, étreignait sa petite fille au pied de l'escalier.

En hâte, il reprit l'allée puis la route vers sa cabane, l'argent sous le bras. Il allait sortir de la forêt lorsqu'il aperçut à la lumière de la lune quelque chose qui bougeait près de sa cabane. Il s'arrêta pour voir : c'était un homme. Il cacha la boîte contenant l'argent sous des feuilles et poursuivit sa route comme si de rien n'était.

Il reconnut Harry Grove, dans l'homme mince et nerveux avec une petite moustache, qui s'avançait à sa rencontre.

— C'est vous, Fitzhugh ? demanda-t-il sur un ton bref et hautain.

— Oui.

— Je m'appelle Grove.

— Heureux de vous connaître, Monsieur Grove.

— Parlons d'autre chose, voulez-vous. Je ne sais pas quel est votre racket, mon vieux, mais en tout cas je sais que ma femme vous a donné dix mille dollars ce soir, dont une grosse partie en espèces.

Fitzhugh fit un signe affirmatif et regarda Grove avec froideur.

— Elle me les a donnés cet après-midi, pas ce soir, rectifia-t-il.

— D'accord, fit Harry Grove, qui parut quelque peu ennuyé. Quand, ça m'est égal, tout ce que je sais c'est que vous les avez. Je ne sais pas ce que vous avez pu trafiquer là-haut, mais vous n'allez certainement pas ficher le camp avec dix mille dollars. Ma femme est complètement folle. Vous risquez la prison pour avoir voulu abuser de sa confiance, surtout dans l'état où elle est en ce moment.

— Vous avez probablement raison.

— Alors où est le fric ?

— Moitié moitié ? proposa le vieux.

— Ça marche, accepta Grove avec un sourire en coin. Je prends l'argent et vous pouvez garder le chèque.

— Parfait. Savez-vous conduire un canoë ?

— Un canoë ?

— L'argent est dans le lac.

— Comment dans le lac ?

— Dans un endroit peu profond, naturellement. Je l'y ai jeté cet après-midi, pour les raisons que vous venez juste d'exposer.

— Vous connaissez l'endroit ?

— Bien entendu.

Ils embarquèrent dans un vieux canoë qui avait été abandonné depuis des années près de la cabane de Fitzhugh et se dirigèrent vers le milieu du lac.

***

Un vieux monsieur, l'air très soigné, très respectable, regardait avec un demi-sourire le paysage qui défilait à toute vitesse par les vitres de son train. Il pensait : « Enfin, nous avons au moins résolu un problème : ce vieux canoë avait bien le fond pourri, comme je l'ai toujours supposé. J'ai vérifié une autre chose aussi. Harry Grove avait dit au moins une vérité dans toute cette affaire. Il ne savait réellement pas nager. »

Sweet spirit.

Traduction de Marc Flury.

LE TUEUR

par Alex Austin

Tuer quelqu'un, ça fait tout de même un drôle d'effet. Ridder avait peine à croire pour de bon qu'il avait tué le petit homme gras étendu à ses pieds dans une mare de sang. Il sentait pourtant le revolver dans sa main ; il était froid et il se dit qu'il aurait dû être brûlant. C'est ce qui se passe normalement quand on tire un coup de revolver ; alors pourquoi cette dureté froide du métal ? Cela lui rappela ce qu'il avait lu quelque part, que les serpents sont froids. Eux aussi, ils devraient brûler, avec toute cette vie méchante qui est en eux.

Il avait pensé à ça depuis longtemps. Depuis des jours ou des années ? Il ne savait plus. Le petit gros n'avait pas semblé trop surpris quand Ridder était entré le revolver à la main. Il avait eu l'air d'un homme qui a gagné aux cartes pendant longtemps et les voit se retourner soudain contre lui. Ni plus ni moins. Ridder se demanda s'il y avait souvent pensé, le gros, qu'il finirait un jour comme ça.

Toute l'affaire avait commencé à prendre forme dans son esprit de façon aussi fugitive que le nuage de fumée qui s'élève un bref instant au bout d'une cigarette ; l'idée le quittait bien vite, et il l'oubliait sans pouvoir préciser pendant combien de temps. Puis elle était revenue dans une sorte de brume, loin, très loin derrière ses yeux, là où il ne pouvait pas discerner l'image clairement ; c'était presque comme s'il était forcé de tourner sa vision complètement vers l'intérieur pour chercher ce que c'était, cette image. Eh bien, voilà, c'était exactement ce qu'il voyait maintenant à ses pieds. Il n'y avait pas eu d'autre moyen, se répétait-il. Il avait vu ça se produire nombre de fois. On ne peut pas aller trouver les policiers pour leur dire qu'un homme va vous tuer, car alors ils vous demandent qui, et vous répondez que vous n'en savez rien. Ils peuvent vous donner un agent pour vous protéger pendant une semaine, deux semaines, un mois. Mais pas éternellement, et les autres attendent le temps qu'il faut, parce qu'ils s'en foutent d'attendre, et ils vous descendent. Il fallait bien qu'il trouve un moyen de les arrêter.

Il fut soudain frappé, comme par une plaisanterie absurde, par le fait qu'il ne savait même pas le nom de l'homme. Farrell et Johnson lui avaient dit que quelqu'un avait été engagé pour le tuer, et ça l'avait fait rire. Il leur avait objecté que Bagbey avait bien trop les foies pour tuer quelqu'un, et qu'on n'était plus dans le Chicago des années 30. Il leur avait dit aussi de cesser de parler comme s'ils jouaient les rôles de George Raft et de James Cagney dans un film de gangsters. Johnson avait haussé les épaules : « Comme tu veux, tout est O.K., oublie ce que je t'ai dit. » Mais Farrell, le petit Farrell avec ses yeux enfoncés et sa voix sifflante — il avait été comptable avant que Miller l'engage pour s'occuper des livres de la salle de boxe — Farrell avait insisté : Ridder devait au moins envisager que pareille chose pût se produire.

— Peut-être que ça n'arrivera pas ; peut-être que

tu as parfaitement raison et que nous jouons la comédie. Prends la chose en considération, Harry, c'est tout. C'est tout ce que je te demande. Tu es un ami.

— J'arrange des combats dans une salle de quatre sous, avait-il rétorqué. Des types comme Bagbey ne vont pas se mouiller parce qu'une cloche quelconque leur donne des noms d'oiseaux dans un club du coin.

— Des noms d'oiseaux ? fit Johnson.

— Oui, cette fameuse nuit chez Billy.

— C'est pas ça, dit Johnson. Écoute, mon gars, tu te rappelles cette poulette qu'on appelle Dotty Stone ? La petite rouquine qui était avec Jackie Roberts. Tu vois qui je veux dire.

— Et alors ?

— Eh ben voilà, dit Johnson. Elle sortait avec Bagbey, et Bagbey c'est un mec susceptible. Voilà tout.

— C'est exact, appuya Farrell, je n'ai jamais vu personne se conduire avec les filles comme Bagbey.

— Et il va tuer un type pour une pépée ?

— Bagbey, il tue personne, rectifia Johnson. Il met deux billets de mille dans une enveloppe, et il la donne à quelqu'un qu'il sait même pas comment il s'appelle, si ça se trouve ; et dans une semaine, ou dans un mois, y a quelqu'un de mort et pis c'est tout. Pas d'histoire, rien. Alors réveille-toi !

— Voilà où le gars habite, avait conclu Farrell en mettant un bout de papier sur la table.

— Où habite qui donc ?

— Le type qui a touché les deux mille dollars de Bagbey, dit Johnson. Nous ne savons pas son nom. Mais c'est là qu'il crèche. Appartement numéro cinq. Joey en savait pas plus.

— Comme dans un film de gangsters ! avait dit Ridder en riant.

— C'est pas du cinéma, crois-moi, avait rétorqué Johnson.

***

Ridder se tourna soudain en entendant s'ouvrir la porte d'entrée de l'autre pièce. Il enfouit le revolver dans la poche de son manteau. Il resta sans bouger, ne sachant ni où aller ni quoi faire. Pendant l'instant qu'avait mis la porte extérieure pour s'ouvrir et se refermer, la situation avait réellement pris forme, elle avait perdu le côté farfelu, incroyable, de son début. Il avait tué un homme. L'homme gisait mort à ses pieds, et il entendait quelqu'un l'appeler de l'autre pièce.

— Max ?

Une voix de femme. Ridder s'écarta de la porte de la chambre à coucher. Le cadavre était vers la fenêtre et on ne pouvait pas le voir de l'entrée.

— Max, tu es là ?

Il regarda par la fenêtre, il n'y avait pas d'échelle d'incendie. Impossible de sortir de la pièce. S'il essayait de se cacher, elle entrerait tôt ou tard et le découvrirait. Alors il faudrait peut-être qu'il la tue aussi.

Rapidement, attentif à ne faire aucun bruit, il alla vers le cadavre et le roula dans une sorte de profonde embrasure entre la fenêtre et les tentures vertes. La femme ne pourrait pas le voir, même si elle entrait dans la chambre.

Puis il se leva et pénétra calmement dans le living-room. La femme avait quitté son manteau et le pendait dans un placard près de la porte.

— Excusez-moi, dit Ridder d'une voix tranquille, son chapeau à la main.

La femme se retourna d'un bloc en étouffant un cri de surprise.

— Je suis vraiment désolé de vous avoir fait peur.

Elle se tenait adossée au mur, s'appuyant contre la cloison comme si elle espérait la traverser pour se mettre à l'abri dans une autre pièce. C'était une femme plutôt petite, à la figure ronde, la quarantaine environ. Elle portait une robe d'intérieur de cotonnade bleue, des souliers sans talons et pas de bas. Elle n'était pas fardée et son visage avait un air de fatigue bien lavée. Une femme très simple, de celles qu'on voit à la douzaine dans n'importe quel Monoprix de quartier pendant la journée. Ridder était surpris de trouver une femme d'apparence aussi simple dans de pareilles circonstances. Il ne savait trop à quoi il s'était attendu, jusqu'à ce qu'il se rappelle la façon dont il avait taquiné Johnson et Farrell à propos de George Raft et de James Cagney. Parole, il devait s'être inconsciemment figuré qu'il allait tomber sur Jean Harlow !

— J'attendais votre mari, dit-il. Je suis entré dans la chambre pour voir s'il faisait une petite sieste.

— Oh ! oui, c'est ce que Max fait toujours quand il est à la maison. Il aime beaucoup dormir... Vous savez que vous m'avez fait une de ces peurs ! A vrai dire, j'ai facilement peur. Et de n'importe quoi. Max dit que je suis comme un bébé. Dites-moi, est-ce que je vous ai déjà vu ?

— Je ne crois pas. Je travaille pour la même entreprise que votre mari.

— Ah ! bien. Voulez-vous vous asseoir ?

— Pensez-vous qu'il va bientôt rentrer ?

— Je ne sais pas, répondit-elle en souriant. Parfois, il m'annonce qu'il sera à la maison pour dîner, et puis il ne vient pas, sans même me téléphoner ni rien. Vous savez ce que c'est...

Ridder eut un signe d'acquiescement. Il y avait chez cette femme quelque chose de foncièrement honnête, et il se dit qu'elle lui plaisait bien. Il se demandait comment elle avait pu épouser un tueur professionnel. Ça ne collait absolument pas.

— J'arrive juste de chez le boucher. J'ai fait mes courses pendant deux heures. Le mois dernier, Max m'a acheté un de ces gros réfrigérateurs avec congélateur, vous savez, où on peut mettre toutes les quantités de nourriture qu'on veut, pour des semaines. Sur la notice qu'il y avait avec l'appareil, on dit même qu'on peut arriver à ne faire ses provisions qu'une fois tous les deux mois. Mais j'y vais tout de même plusieurs fois dans la semaine. Le premier mois que nous l'avons eu, le réfrigérateur était bourré de toutes sortes d'aliments et je ne suis pas allée une seule fois dans les magasins. Alors, vous savez ce qui est arrivé ? C'était drôle. Je me promenais dans la rue, un jour, et voilà que Mme Rosen, qui habite ici au bout du couloir, m'arrête et me dit : « Madame Wolfeson, que vous est-il arrivé ? Je ne vous ai vue nulle part. Est-ce que vous voulez vous faire ermite ? » Alors moi je lui raconte, pour le réfrigérateur. Ensuite, je passe devant l'épicerie Frankle. Frankle était sur sa porte, il me demande la même chose. Il voulait savoir ce qui n'allait pas ; il m'avait peut-être vendu quelque chose que je n'avais pas aimé ; si c'était ça, il allait me donner quelque chose pour rien en échange. Alors, bien entendu, je lui parle aussi du réfrigérateur. Et dans tout le quartier c'était pareil. Chez le boucher, partout... Si bien qu'une fois mangé ce qu'il y avait dans le réfrigérateur, je me suis dit que je continuerais d'aller faire mes courses comme avant en achetant un peu chaque fois. Parce que si je ne faisais pas comme ça, tout le monde dirait que je me suis fait ermite ou que je veux faire de l'épate. Vous savez ? Enfin, ce que disait Mme Rosen. Mais asseyez-vous, je vous en prie, Monsieur...

— Ridder, répondit-il automatiquement. Il se rendit tout de suite compte de ce que cela signifiait. Elle savait son nom et à quoi il ressemblait. Quand on trouverait le corps dans l'autre pièce, elle pourrait parler à la police de l'homme qui était dans l'appartement. Et pour lui il n'y aurait plus d'issue.

Il s'assit dans un des fauteuils de la salle à manger, avec leurs appuie-têtes d'un brun passé.

— Vous aimeriez peut-être un verre de vin ? proposa-t-elle.

Ridder secoua la tête :

— Non, merci, pas maintenant.

— Max ne boit pas beaucoup, mais un verre de vin une fois de temps en temps, ça il aime. Il dit qu'avant de manger ça donne un bon goût dans la bouche. Vous êtes sûr que vous n'en voulez pas ? Un tout petit verre ?

Ridder ne put s'empêcher de sourire de son désir d'être aimable :

— D'accord, mais alors, très très peu.

— Parfait.

Elle sourit aussi, visiblement contente, et se dirigea vers le buffet. Elle revint avec une carafe de verre taillé, à demi pleine de vin. Puis elle posa un verre devant lui.

— C'est ma cousine Lilian qui le fait, dit-elle en lui versant du vin. Il fit un geste pour l'arrêter, mais il vit que ça ne servirait à rien.

— Ma cousine Lilian, elle fait du vin pour toute la famille. Nous la taquinons parfois en disant qu'elle doit avoir les pieds tout rouges et Freddie, son mari, ajoute même qu'elle est rouge partout, à force de faire du vin. Mais goûtez-le, dit-elle avec chaleur en s'asseyant à son tour devant la table. Allez-y. C'est un très bon vin. Je n'en bois pas, parce que ça me fait tourner la tête. Une gorgée et je suis prête à tomber. Mais Max en boit. Allez-y.

Ridder porta le verre à ses lèvres et prit dans la bouche une petite gorgée. Le vin avait un goût chaud et épais.

— Alors ?

Il avala une autre gorgée, attentif à la goûter :

— C'est un très bon vin, dit-il.

Et c'était vrai, le vin était bon. Il finit son verre.

— Allez, dit-elle vivement en levant la carafe. Je vous en verse un autre verre !

— Non...

— Mais si ! insista-t-elle en lui écartant gentiment la main.

Pendant qu'elle remplissait son verre, souriante, sa figure ronde maintenant débarrassée de sa peur, il comprit soudain qu'il allait devoir la tuer. Il n'avait pas le choix. Il l'aimait bien, cette femme. Il y avait en elle quelque chose qu'il n'avait vu chez personne depuis bien longtemps. C'était idiot de remonter ainsi les années qu'il avait fallu pour devenir un homme, ces années où, jour après jour, il avait perdu ce qu'il aurait pu avoir. Il y avait longtemps qu'il n'avait plus joué à ce jeu d'écolier qui consiste à se poser des questions. Oui, voilà bien des années qu'il avait cessé de se poser des questions. Et voilà que maintenant cette petite femme toute simple, au visage rond et un peu las, lui faisait rouvrir des placards fermés à triple tour, qu'il pensait clos définitivement.

— Voilà ! dit-elle avec fierté en reposant la carafe sur la table, mais cette fois sans y mettre le bouchon.

Alors Ridder lui demanda :

— Ça fait déjà longtemps que votre mari travaille pour la Société, n'est-ce pas ?

Il ne savait pas bien pourquoi il perdait son temps à lui parler. Tôt ou tard, il faudrait qu'il en finisse. Et l'idée lui vint, comme une sorte de plaisanterie, que ce n'était pas pour autant que ce serait fini. Il fallait qu'il le fasse, mais tout ne faisait que commencer, parce que Bagbey engagerait un autre type pour le tuer. Où qu'il aille, où qu'il se cache, ils le trouveraient tôt ou tard ; et pourtant il lui fallait tenter sa chance de contrer leur jeu. Mais il ne pouvait pas y réussir si cette femme restait vivante.

— Voilà maintenant quinze ans que Max travaille à la Société de M. Rosewall. Ça fait longtemps ; je veux dire : dans une même place. Je pense qu'un de ces jours ils vont donner à Max une montre en or ou quelque chose comme ça. Vous voyez ce que je veux dire... ?

Ridder fit signe que oui, d'un air absent.

— Max dit que c'est une bonne place. De temps en temps je lui dis : Max, tu pourrais peut-être trouver un meilleur emploi dans une de ces grosses compagnies d'assurances-vie comme la Metropolitan, et il me répond qu'il est très content de celle qu'il a chez M. Rosewall, qu'il ne veut travailler pour personne d'autre. Alors pourquoi discuter avec lui ? Croyez-moi, Monsieur Ridder, essayer de discuter avec Max c'est comme de parler à un mur !

Compagnie d'assurances... Ridder ne pût s'empêcher d'être amusé d'abord, et puis attristé, parce qu'il avait presque espéré avoir commis une erreur, qu'elle lui dirait que son mari était tailleur ou laitier, qu'elle n'aurait pas connu le nom de Charlie Rosewall. Il s'était mis à espérer que Johnson et Farrell avaient parlé comme des acteurs d'un vieux film de gangsters. Il s'était même mis à espérer qu'il n'y avait pas de mort dans l'autre pièce, et qu'à tout instant ce petit homme absurde qu'on appelait Max allait passer la porte pour venir embrasser sa femme, de la façon qu'un homme aimant tel que lui devait embrasser une femme comme elle. Alors, elle irait peut-être chercher dans le buffet un autre verre qu'elle remplirait pour Max, et ils resteraient tous les trois assis autour de la table de la salle à manger à boire le vin chaud et lourd que la cousine Lilian avait fait, avec ses pieds qui étaient tout rouges comme peut-être le reste aussi... Il savait en même temps que rien de tout cela ne pouvait être vrai.

Tout ça était tellement bête, ça ne rimait vraiment à rien.

Il mit lentement la main dans la poche de son manteau, sentit la crosse du revolver, petite et nette dans sa main — tiède aussi et non pas froide comme elle l'avait été dans l'autre pièce. Il ne savait pas pendant combien de temps il allait rester assis avec cette femme à cette table, à boire ce vin, à l'écouter lui parler de cousines, de réfrigérateurs et de Mme Rosen ; mais il savait que tôt ou tard il lui faudrait sortir le revolver de sa poche, regarder pendant un affreux moment ses yeux affolés, et puis appuyer sur la détente comme il l'avait fait dans la pièce à côté. Ensuite il descendrait dans la rue envahie par la nuit, libre peut-être pour un certain temps. Mais chaque moment de sa liberté, à partir de maintenant, devrait se payer avec du sang. Finalement, ce serait son sang à lui, et peut-être serait-ce alors la seule vraie liberté qu'il connaîtrait jamais.

The crazy wine.
Traduction de Marc Flury.

AU VOLEUR !

par WILLIAM LINK
et RICHARD LEVINSON

Derrière le guichet de caisse de la banque, Charles Henderson comptait des billets de cent dollars dont il faisait une pile.

C'était un jeune homme sérieux, âgé d'une trentaine d'années, avec des cheveux frisés et un air innocent. Il faisait de plus en plus chaud dans la petite pièce fermée de vitres. Il sentit une goutte de sueur couler sur sa tempe.

— Votre caisse est ouverte ? s'enquit une voix.

Henderson leva les yeux, il vit un homme grand, fort, qui attendait.

— Oui, monsieur, répondit-il.

L'homme le regarda un moment. Quelque chose semblait le préoccuper. De son côté Henderson pensait vaguement le connaître.

— Vous désirez ?

L'homme glissa un sac en coton sous les barreaux du guichet, en souleva un coin. Henderson vit que, sous ce sac, il y avait un revolver braqué sur lui.

— Remplis-le, dit l'homme à mi-voix. Mets-y tout ce que tu as.

Face au revolver, Henderson sentit sa gorge se serrer.

— Écoutez...

— Dépêche-toi, fit l'homme. Inutile de parler.

Henderson chercha fébrilement à tirer la ficelle qui fermait le sac. A deux pas de lui, ses collègues travaillaient. M. Powers, le directeur, était là, dans son bureau.

— Tu m'as entendu ?

Henderson hocha la tête et commença de jeter l'argent dans le sac. Ses yeux allaient du bord de métal poli du guichet au bouton de cuivre de la sonnette d'alarme. Inutile, se dit-il. Jouer au héros me rapportera quoi ? Mon nom dans les journaux ?... Il enfouit le reste des billets avec les autres et noua la ficelle.

— Un instant ! dit l'homme. Tu n'as pas fini. Et la monnaie sur la table derrière toi ?

Henderson rouvrit le sac. Il jeta les pièces à l'intérieur. Il s'étonnait de ce que les pensées tournant dans sa tête fussent vraiment hors de propos. Il fait trop chaud ici... Pourquoi Powers n'installe-t-il pas un système d'air conditionné ?... Nous sommes jeudi matin... Il faudra que j'aille chez le coiffeur ce soir...

Il tendit le sac à l'inconnu et, une fois de plus, eut l'impression de l'avoir déjà vu. Il remarqua les yeux étroits, brillants, le visage grêlé, le teint blafard, la cicatrice blanche le long du maxillaire.

L'homme serra le nœud de la ficelle avec ses dents. Il lui en manque deux en bas, se dit Henderson. Puis il le regarda s'éloigner rapidement du guichet, traverser la banque et filer par la porte tournante. Il courait lorsqu'il atteignit la rue.

Tout cela n'avait pas pris plus d'une minute. Henderson regarda autour de lui. Les deux autres caissiers vérifiaient calmement des papiers. Powers tapotait l'épaule d'une vieille dame assise dans son bureau. Henderson sourit. Il s'amusait de sa propre indifférence.

Il pressa le bouton de la sonnette d'alarme.

***

Powers lui tendait un verre d'eau. La banque était fermée, les rideaux baissés à cause du soleil de midi. Un policier en civil saupoudrait le rebord du guichet de caisse.

— Comment vous sentez-vous, Henderson ? demanda le directeur.

— Mieux.

Il était content de voir l'air inquiet que prenait Powers. N'était-ce pas le moment parfait pour lui parler d'augmentation ?...

— Henderson ?

Un homme lourd d'allure entrait. Il se présenta.

— Lieutenant Pisano, dit-il avec autorité. Ça va ?

Henderson décida de jouer au caissier épouvanté. Pisano semblait d'ailleurs ne demander que cela.

— J'ai été très secoué, Lieutenant. Quel coup !

— Je n'en doute pas, opina Pisano avec sympathie. Pourriez-vous me décrire l'homme ?

Henderson le vit ouvrir un carnet couvert de cuir. Il se demanda alors s'il n'allait pas donner une fausse description de l'individu. Rien que pour embêter la police. Il estima préférable de s'en abstenir. S'ils arrêtaient l'homme, on découvrirait qu'il avait menti.

— Il était grand, dit-il finalement. Sans rien de spécial. C'est vraiment tout ce que je peux dire.

— En réfléchissant bien... ? insista Pisano.

Le ton du policier déplut à Henderson. Il n'aimait pas que l'on prît de grands airs avec lui.

— Désolé, Lieutenant. Je ne me souviens plus.

Powers paraissait nerveux.

— Essayez de vous rappeler, Henderson. Comment était-il vêtu ? demanda Pisano.

— Je vous dis, je ne sais plus... Je crois seulement qu'il avait une cicatrice au visage.

Pisano en prit note.

— Où, cette cicatrice ?

— Sur la mâchoire.

Nouvelle inscription.

— Et sa voix ? Pas d'accent ?

— Non. Pas plus que vous ou moi.

Pisano ferma son carnet.

— O.K. Donnez-moi votre adresse et votre numéro de téléphone. Nous pourrions avoir quelques photographies à vous montrer.

Henderson écrivit le renseignement demandé.

— J'ai très mal à la tête, Lieutenant, vous avez fini avec moi ?

Pisano hocha la tête et regarda le directeur. Puis il alla se pencher sur les empreintes digitales qu'on avait relevées.

— Vous pouvez disposer du reste de la journée, dit Powers. De toute façon nous allons fermer.

Henderson se leva et fit mine de chanceler.

— Vous feriez bien de vous reposer, remarqua Powers.

— Ça ira mieux demain. Je serai là à l'heure habituelle.

— Si vous ne vous sentiez pas mieux, peut-être que...

— Non, non, ça ira sûrement. Et il ajouta, trouvant que le moment semblait convenir :

— Je voulais justement vous parler, Monsieur Powers. Il y a maintenant huit mois que je suis à la banque et...

***

Il faisait chaud dans son appartement. Il brancha le ventilateur. Dans la cuisine il enleva son veston et se versa un verre de lait froid. Il se sentait très bien. Powers venait de l'augmenter de cinq dollars. Et sans la moindre difficulté.

Il alla dans sa chambre où il faisait plus frais et s'étendit sur son lit. Il voulait réfléchir au hold-up. Powers, bouleversé par ce vol, n'avait opposé aucune résistance à l'augmentation demandée. Peut-être aurait-il mieux fait de lui parler de dix dollars au lieu de cinq...

Allongé sur le lit, l'esprit reposé, Henderson se rappela brusquement où il avait vu l'homme.

Tout aussi stupéfait ou satisfait, il balança ses jambes par-dessus le bord du lit et s'assit. Il réfléchissait. L'année précédente il prenait régulièrement ses repas dans un restaurant situé à l'autre bout de la ville. Du côté des cuisines, il avait remarqué un homme grand, de forte corpulence, au visage marqué par la petite vérole et par une cicatrice.

Henderson cherchait dans sa mémoire. Le visage du cuisinier du restaurant s'adaptait vraiment à celui de l'auteur du hold-up. C'était le même.

Il se leva, retourna à la cuisine et coupa le ventilateur. Je me demande s'il travaille encore là ? pensa-t-il. Puis il aperçut son veston jeté sur le dos d'une chaise. Il le prit, passa sans raison sa main sur le tissu. Il faisait beau dehors. Il ne pleuvrait pas. Pourquoi ne pas aller voir si l'homme était toujours là-bas ? Il avait son après-midi entièrement libre et rien à faire. D'autre part, cela devenait intéressant.

Il mit son veston et marcha vers la porte...

***

Le restaurant Edgewood n'avait pas beaucoup de clients à cette heure de l'après-midi. Le propriétaire écoutait la radio. Le personnel se faisait à son tour griller des hamburgers.

Henderson s'assit au bar et commanda un café.

— Où est le type qui fait d'habitude la cuisine ? demanda-t-il au propriétaire.

— Wallace ? Malade aujourd'hui. Il sera là demain.

Henderson chercha une pièce de monnaie dans sa poche et la posa sur le comptoir.

— Je pensais le trouver là. Je lui dois de l'argent.

— Demain, répéta l'homme. Et il ramassa la pièce.

— Vous ne savez pas où je pourrais le joindre ?

Un Noir se détourna du fourneau.

— Walnut, 316, jeta-t-il.

— Il a le téléphone ?

— Turner 6-6132.

Henderson sourit.

— Vous êtes bien renseigné.

Le Noir fit une grimace.

— Il me doit de l'argent. Devrait s'arrêter de jouer. Ça finira mal.

Henderson acheva de boire son café et s'en fut.

* * *

Il y avait un drugstore en face de l'immeuble où habitait Wallace. Henderson entra et gagna la cabine téléphonique. Il composa le numéro donné par le Noir et compta la sonnerie d'appel. A la sixième, quelqu'un décrocha.

— Allô !

— Wallace ?

Il y eut un silence.

— Qui est à l'appareil ?

— Un ami.

— Vous vous trompez de numéro.

— Je ne crois pas. Parlons un peu d'argent, Wallace.

Pas de réponse.

— Vous êtes toujours là ?

— Qui êtes-vous ?

Henderson attendit un instant. Il lui semblait entendre la même voix et pourtant il n'en était pas sûr.

— Vous ne me connaissez pas. Mais moi, je vous connais bien, Wallace. Je sais même où vous étiez ce matin.

— Qu'est-ce que vous voulez dire par là ?

— Si nous nous donnions rendez-vous... Disons à... (Henderson regarda sa montre) ... à quatre heures. Dans cinq minutes. Au coin de Walnut et de la Troisième.

— Mais...

— Si vous n'acceptez pas, je mets une autre pièce dans cet appareil et j'appelle la police.

Il y eut cette fois un long silence.

— O.K. finit par dire Wallace. Quatre heures. Walnut et Troisième.

Sur quoi, il raccrocha.

Henderson raccrocha à son tour et quitta la cabine. Le drugstore donnait sur la rue par une très large vitre. Henderson acheta un paquet de cigarettes et resta près de cette vitre sans quitter un seul instant des yeux le numéro 316. Quelques instants plus tard un homme en sortit et s'éloigna.

Henderson reconnut la silhouette large et le visage blafard. Il attendit que l'homme eût tourné le coin de la rue puis quitta le magasin.

***

Dans le couloir de l'immeuble il chercha le numéro de Wallace sur le tableau. La porte de sa chambre était située tout au bout d'un corridor sombre. Elle paraissait fermée à clef. Henderson resta un instant la main sur la poignée, cherchant des yeux un refuge possible dans l'ombre de l'escalier sordide. Wallace reviendrait probablement dans dix minutes, pas davantage.

Henderson essaya d'ébranler la porte avec son épaule. Une fois, deux fois. A la troisième, la porte céda brusquement et il alla presque s'affaler au milieu de la pièce. Celle-ci avait les dimensions d'une cellule. Un papier peint rouge triste recouvrait les murs et la fenêtre aux vitres sales donnait sur un enchevêtrement de ruelles et de cours.

Henderson marcha vers le lit, arracha les draps, jeta à terre le matelas. Il ouvrit ensuite les tiroirs d'un bureau bon marché. Presque tous étaient vides. Rien non plus dans la penderie, sinon quelques cintres et une petite valise. Dans cette valise, une paire de chaussettes. Le jeune homme revint au centre de la chambre et des yeux fit le tour des murs à la recherche d'une éventuelle cachette. Il faisait sombre. Machinalement, Henderson leva la tête pour voir s'il y avait quelque ampoule au plafond. Il vit alors un plafonnier de verre, en forme de coupe, tenu par trois chaînes.

Cette fois il eut un sourire. Il s'empressa de monter sur le lit et, tendant le bras, essaya d'atteindre le plafonnier. Ses doigts frôlaient le verre. Il sauta sur le sommier, ce qui l'envoya un peu plus haut. De sa main, il heurta la coupe. Elle se balança puis s'inclina. Un sac glissa, tomba sur le plancher.

Henderson sauta du lit, défit hâtivement la fermeture de ce sac. Il contenait l'argent de la banque.

Il ne restait plus maintenant que cinq minutes à peine. Henderson regarda de nouveau autour de lui. Il lui fallait quelque chose pour emporter cet argent. Il ne pouvait marcher dans la rue avec les liasses de billets dans les mains. Il se souvint alors de la valise dans la penderie. Il la prit, y jeta le sac, ferma les serrures. Quelques secondes plus tard, il se retrouvait sur le trottoir, balançant la valise au bout de son bras. Il sifflotait.

Ses nerfs, exaspérés par les événements de la journée, avaient besoin d'un peu de calme. Après avoir marché un moment, il entra dans un bar et alla s'asseoir dans un coin, en posant la valise par terre, serrée entre ses jambes. Il commanda une consommation et resta longtemps, le verre entre ses deux mains sans boire. Il revivait l'heure qui s'achevait. Tout s'était passé avec une extrême facilité. Une incroyable facilité ! Il ne savait plus quand lui était venue l'idée de prendre l'argent. Qu'importait ! C'était fini. Le seul moment de danger avait été dans la chambre avec le retour imminent de Wallace. Mais il oubliait déjà tout cela.

Il quitta le bar après une deuxième consommation. Il prit l'autobus pour rentrer chez lui. Il regardait avec plaisir les éclairages au néon s'allumer les uns après les autres dans la nuit. Il songeait qu'il lui faudrait cacher l'argent un certain temps. Dix mois. Un an, peut-être. Cela valait la peine de prendre quelques précautions. Après, à lui les voitures coûteuses, les grands voyages à l'étranger, les femmes !

Il était ravi de constater l'ironie de la situation. Wallace, dépossédé, ne pouvait rien contre lui. Il lui devenait impossible d'aller se plaindre à la police qu'on venait de le cambrioler... L'argent avait été volé deux fois !

Il quitta l'autobus un peu avant l'arrêt qui le mettait d'ordinaire chez lui. Il se mit à marcher, nonchalamment, le long des maisons, jouissant de cette fin de journée extraordinaire. Au moment où il allait tourner dans sa rue, une voiture noire ralentit au bord du trottoir.

— Henderson ?

Il s'arrêta brusquement. Sa main se crispa sur la poignée de la valise. Le chauffeur de la voiture était un homme d'âge moyen qu'il ne connaissait pas. Mais Pisano se trouvait assis à côté de lui. Il regardait Henderson par la vitre baissée.

— Nous venons justement de chez vous, dit-il.

Ses yeux découvrirent la valise.

— Vous partiez en voyage ?

— Non, Lieutenant. Je rentrais simplement.

Il leva la valise pour montrer qu'elle était légère.

— Je n'ai là que quelques emplettes.

— Ça vous ennuierait de venir avec nous au poste de police ? Cela ne vous prendra pas plus d'une heure.

— Au poste de police ? Pourquoi ?

— Routine habituelle. Montez.

Mal à l'aise, Henderson se dandinait sur le bord du trottoir.

— Est-ce que je ne pourrais pas d'abord déposer... cette valise ? C'est ennuyeux de la garder avec moi.

— Laissez donc ! Nous sommes pressés !

Henderson ouvrit la portière arrière et monta. Il posa la valise sur le plancher de la voiture et mit ses pieds dessus.

Le chauffeur démarra. Pisano se retourna vers son passager.

— Ça va maintenant ?

— Oui, merci. Henderson se pencha en avant. Pourquoi avez-vous besoin de moi ?

— Je vous l'ai dit. Simple formalité. Mais qui pourrait peut-être nous permettre de tirer l'affaire au clair dès ce soir.

Il resta silencieux tout le reste du chemin.

*
* *

Henderson se retrouva assis dans une pièce qui ressemblait à un auditorium. Petite et nue, elle comportait une plate-forme sur laquelle on voyait une cabine de speaker et un micro. Elle était violemment éclairée par de puissantes lampes placées au plafond.

Pisano passa devant Henderson et s'assit à côté de lui.

— Voulez-vous enlever votre valise ? demanda-t-il. Elle gêne le passage.

Henderson ramassa la valise et la mit sur un siège vide à sa gauche.

— Qu'est-ce qu'il va se passer ? dit-il à Pisano.

— Nous allons faire venir une demi-douzaine d'hommes sur ce plateau. Je vous demande de bien les examiner et de me dire ensuite si l'un d'entre eux vous est connu.

Un policier entra par une porte du fond et prit place devant le micro.

— Ça va, vous pouvez venir, les gars. Vous n'allez pas fondre sous les sunlights, que diable ! Allons ! Plus vite que ça !

A cet appel, six hommes avancèrent d'un pas incertain sur la plate-forme et s'alignèrent contre le mur. Henderson trouvait la scène presque amusante. La police avait dû passer Skid Row au peigne fin pour ramasser de tels spécimens. Détendu pour la première fois depuis son arrivée avec Pisano, il sortit une cigarette, frotta une allumette. A ce moment-là, il tressaillit violemment.

Le sixième homme était Wallace.

— Qu'y a-t-il ? fit aussitôt Pisano. Vous reconnaissez quelqu'un ?

— Non... répondit Henderson d'une voix qu'il lui était bien difficile de garder normale.

L'allumette brûlait, éclairant son visage. Il commença de la secouer entre ses doigts subitement paralysés. Mais Wallace abaissa son regard. Pris de panique, Henderson le vit regarder la valise, la reconnaître. Il vit aussi son visage déformé par une colère froide. Il laissa tomber l'allumette qui brûlait encore.

Pisano le regardait.

— Vous êtes bien sûr, Henderson ?

— Oui.

Le policier de la plate-forme dit aux hommes de faire un pas en avant et d'enlever leur chapeau s'ils en portaient un. Il leur posa des questions, obtint des réponses fournies. Quand ce fut le tour de Wallace, celui-ci regardait Henderson.

— Ton nom ? demanda le policier.

— Wallace.

— Quel prénom ?

— Art. Art Wallace.

Il mit à ce moment-là une main au-dessus de ses yeux pour mieux voir dans la lumière.

— Enlève ta main !

Wallace obéit. Sa bouche se tordait en une grimace de rage.

— Toujours rien ? demanda Pisano.

— Non, dit Henderson.

Les six hommes s'en allèrent tandis que Pisano se levait.

— Eh bien, nous aurons peut-être plus de chance une autre fois. Je pensais pourtant bien trouver notre homme parmi ceux-là. Ils ont tous plus ou moins participé à des hold-up dans les banques ces dernières années. On les a ramassés tantôt. Simplement pour voir.

La pièce se trouvait de nouveau vide. Seuls restaient Pisano, Henderson et le policier.

— Vous envoyez ces hommes en prison, je pense ? demanda Henderson.

— Non. Ils vont être relâchés dans quelques minutes. Il n'y a rien à retenir contre eux.

Lentement, Henderson se leva à son tour.

— Est-ce que je peux partir, Lieutenant ?

— Mais oui. Nous aurons sans doute encore besoin de vous demain. Nous irons vous chercher à la banque.

Henderson prit la valise. Elle lui parut lourde. Presque trop lourde.

— Reposez-vous, dit encore Pisano. Vous ne paraissez pas très bien.

Et de hocher la tête.

— Bonne nuit, Lieutenant.

— Bonsoir, Henderson. Désolé de vous avoir fait venir pour rien. Mais, comprenez, il fallait tenter quelque chose.

Henderson marchait vers la porte. Il se retourna.

— Pourriez-vous me faire ramener en voiture par un de vos hommes ?

— Impossible. Toutes nos voitures sont prises. Et je ne pourrai moi-même partir d'ici que dans deux heures au moins. Mais prenez un taxi. Nous vous rembourserons vos frais demain. Surtout ne vous aventurez pas à pied dans ce quartier. Il n'est pas sûr le soir.

Henderson sortit. Il se trouvait dans une allée au sol de briques sur le côté de l'immeuble. Il marcha rapidement et déboucha sur le trottoir à côté de l'entrée principale du poste de police. Un peu plus loin, dans une rue transversale, quelques voitures passaient. Henderson se dirigea vivement de ce côté-là.

Il faut que je m'en aille d'ici, se disait-il, en regardant par-dessus son épaule. Wallace m'a repéré et il a reconnu cette satanée valise. Tout s'est retourné en sa faveur. Je n'ai pas voulu dire que je le reconnaissais. Il peut me tuer et reprendre l'argent. La police ne le soupçonnera jamais.

Il atteignit la rue et s'arrêta. Il regarda dans les directions opposées. Ni taxi ni autobus en vue. Les environs semblaient déserts. Ce quartier se trouvait loin du centre. Et, Wallace, relâché par la police, cherchait probablement Henderson.

Celui-ci tourna le coin de la rue et hâta le pas, la valise battant sa cheville. Puis il prit une ruelle bordée de maisons sordides. Devant lui, au bout de cette ruelle, quelque chose bougea. La silhouette d'un homme.

Aussitôt, Henderson fit volte-face. Il voulait maintenant retourner au poste de police. Pourquoi en était-il parti ?... De là il téléphonerait pour avoir un taxi. Il jeta un coup d'œil aux alentours. L'homme était-il derrière lui ?... Sur sa droite ?... Il entendait des pas qui se rapprochaient.

Il se jeta dans une autre rue à gauche, trébucha sur une poubelle qu'il envoya rouler avec bruit sur la chaussée. Des immeubles, hauts et sombres, se dressaient de chaque côté. Le ciel était noir, sans étoiles.

Henderson se mit à courir. Cette rue n'en finirait donc pas ! Derrière lui, tout près, les pas accéléraient, faisant écho aux siens. Il voulut aller plus vite encore mais cette course insensée l'avait épuisé. Il s'arrêta, le dos appuyé contre le mur d'une maison.

Une ombre parut. Elle s'allongea sur les pavés, monta jusqu'en haut des maisons. Henderson se tourna le visage contre les briques du mur comme s'il y cherchait encore une cachette. Les pas continuèrent un instant puis s'arrêtèrent. Henderson lâcha la valise.

— Écoutez, Wallace... dit-il en se retournant.

***

Le lieutenant Pisano traversa la pièce pour aller s'asseoir à son bureau. En passant il regarda le garçon, court et épais, assis sous la lumière qui tombait du plafond.

— Allons, avoue ! Tu l'as suivi, tu as cherché à lui prendre sa valise et comme il s'est défendu, tu l'as frappé avec un couteau...

Le garçon releva la tête. Son visage était sale.

— Il ne s'est pas défendu. Il a seulement éclaté de rire en me voyant. Et il riait, il riait... Je lui ai dit de se taire.

— Et comme il ne t'obéissait pas, tu l'as poignardé.

La tête du garçon tomba en avant entre ses mains. Pisano marcha vers une table. Sur cette table se trouvaient une valise, un portefeuille, de la monnaie, un mouchoir, un paquet de cigarettes. Pisano ouvrit le portefeuille.

— Trois dollars... Tu l'as tué pour trois dollars !

— Je ne voulais pas...

— Tais-toi !

Pisano était écœuré. N'avait-il pas dans la mort d'Henderson une part de responsabilité ? S'il ne l'avait pas fait venir ce soir-là au poste de police... s'il lui avait donné une voiture pour rentrer chez lui... Il laissa tomber le portefeuille sur la table.

— Emmenez ce garçon, dit-il à un policier qui se tenait près de la porte. Vous rangerez aussi toutes ces choses en attendant que la famille d'Henderson vienne les chercher.

Le policier passa devant le garçon.

— Allez, ouste ! fit-il.

Pensivement Pisano prenait les pièces de monnaie, les laissant glisser entre ses doigts. Il ramassa le mouchoir, le regarda un instant, secoua la tête. Puis il fit jouer les serrures de la valise.

— Je ne voulais pas le tuer, répétait le garçon en se dirigeant vers la porte. Il devait être devenu fou pour rire comme ça. Il croyait que j'étais quelqu'un d'autre. Il m'appelait Wallace.

Immobile, le lieutenant Pisano ne disait rien. Il regardait la valise ouverte. Puis il se tourna vers le garçon qui allait quitter la pièce.

— Wallace... ? Tu dis qu'il t'appelait Wallace... ?

Et, brusquement, il comprit.

Robbery, robbery !

Traduction de Simone Millot-Jacquin.

L'AGENT SECRET

par ROBERT EDMOND SLATER

Marsh et le gros homme qui s'appelait Venner étaient les seuls occupants du cinquième étage de l'hôtel. Ils se différenciaient par leur origine, leur profession, leur rang social. Ce ne fut pas avant la troisième journée du séjour de Marsh dans la ville italienne qu'ils échangèrent quelques mots.

L'ascenseur de cet hôtel possédait une cabine ouverte grillagée. Marsh venait d'y pénétrer et allait appuyer sur le bouton du rez-de-chaussée quand M. Venner sortit de sa chambre et lui fit signe.

— Attendez-moi !

Marsh le vit refermer avec soin sa porte, tourner même la poignée après avoir enlevé la clef, tandis qu'il l'attendait, dans l'ascenseur, avec une certaine impatience. Enfin Venner le rejoignit et ils descendirent ensemble.

Ils restèrent silencieux et immobiles jusqu'après le quatrième étage. A ce moment-là Marsh sentit sur lui le regard de son compagnon. Il se retourna. M. Venner sourit alors, mais sans que ses yeux eussent part dans ce sourire.

— Vous êtes M. Marsh, le peintre américain ? dit-il.

— Illustrateur, rectifia Marsh.

M. Venner hocha la tête. Il regarda encore un instant Marsh puis se détourna délibérément. Marsh haussa les épaules et répondit par le silence au silence de l'autre. Mais quelque chose à présent le tracassait. Il gardait l'impression qu'il venait d'être en quelque sorte catalogué. Et il se demandait pourquoi.

C'était un lundi matin. Le mardi soir, quelques minutes avant minuit, Marsh rentra à l'hôtel, rassasié de couleur locale. Le gardien de nuit somnolait dans son fauteuil. Marsh ne le dérangea pas. Il prit l'ascenseur et monta au cinquième étage.

Le première chose qui attira son attention quand il se trouva dans le couloir fut la porte de la chambre de M. Venner, en face de l'ascenseur. Elle était entrebâillée, et, de la pièce éclairée, provenait un bruit qui ressemblait à une plainte sourde.

Étonné, Marsh s'arrêta.

— M. Venner ? appela-t-il timidement. Quelque chose qui ne va pas, M. Venner ?

Il y eut un très net silence... Puis :

— C'est vous, Monsieur Marsh ? Entrez... doucement.

Marsh poussa la porte.

M. Venner était assis à une table, face à cette porte. Il tenait un revolver braqué. Il sourit puis abaissa son arme.

— Excusez-moi, Monsieur Marsh. J'attendais quelqu'un d'autre.

Marsh hocha la tête. Il illustrait trop de mélodrames dans les magazines pour croire à celui-là.

— Vraiment, Monsieur Venner... commença-t-il.

— Fermez la porte. Vite ! ordonna Venner. Il y a un homme avec un revolver muni d'un silencieux quelque part dans l'hôtel.

De nouveau Marsh hésita.

Venner leva alors de nouveau son arme pour appuyer sa demande.

— Je vous en prie...

Un fou, pensa Marsh. Il ferma la porte mais resta à proximité.

Venner montra un petit paquet enveloppé de toile cirée, à sa gauche sur la table.

— Voilà ce qu'il cherche. C'est un agent secret... comme moi. Il savait que j'allais vendre ça aux Américains. Il m'a attendu dans le passage au moment où je rentrais et m'a tiré une balle dans le dos. Je ne pouvais pas aller à la cabine téléphonique du rez-de-chaussée et il n'y en a pas à cet étage. Vous allez vous-même appeler les bureaux de l'Armée américaine...

Marsh s'approcha de la table, les sourcils froncés. Il regarda avec effroi le gros homme.

— Vous êtes touché ? questionna-t-il.

— Oui. Je n'en ai plus pour longtemps. Prenez le paquet... Vous êtes Américain... ce paquet...

Il se mit à rire et une tache de sang brilla sur sa lèvre inférieure.

— Qu'importe l'argent à présent ?... Je n'en ai plus besoin... Je pense qu'il vaut mieux, après tout, que vos compatriotes aient ces renseignements...

Il laissa tomber son arme et porta la main à son côté tandis que son visage se tordait de douleur.

— Vite... Emportez ce paquet... Téléphonez à la police militaire américaine... Mais surtout servez-vous de l'ascenseur... L'homme au silencieux prendra certainement l'escalier pour voir à chaque étage...

Sa tête tomba sur la table. Il était mort.

***

Un moment Marsh resta figé, regardant fixement

devant lui. Échanger quelques mots avec un inconnu dans un ascenseur d'hôtel et le lendemain trouver ce même homme tué d'une balle dans le dos... c'était vraiment plus qu'il ne pouvait en supporter.

A la fin il se redressa et se dirigea vers la porte. Puis s'arrêta. Il oubliait le paquet. Il retourna à la table, prit le paquet de toile cirée, le soupesa une seconde. Il se refusa à voir le revolver. Il avait toujours détesté la violence.

Quand il se retrouva dans le couloir il eut l'impression de marcher comme un somnambule dans un cauchemar. Il se disait que ce qui venait de lui arriver ne pouvait pas être vrai. Il sentit qu'il avait vraiment grand besoin de boire quelque chose pour se remettre.

Il ouvrit la porte de sa chambre, entra et, après avoir allumé, marcha vers la commode qui se trouvait près de la fenêtre ouverte. Il s'aperçut que la bouteille qu'il emportait toujours en voyage était vide. Il émit un juron et resta devant la fenêtre, obscure et froide, à se frictionner le visage. Puis il regarda du côté du balcon, qu'il aperçut sans le voir vraiment.

Quelle histoire fantastique ! Comment pouvait-elle être vraie ? Il vit à ce moment-là le paquet de Venner. Il était bien réel. Par conséquent le mort existait aussi. Mais une affaire d'espionnage dans cette ville ? Des agents secrets se poursuivant dans une ruelle sombre ?... Des documents secrets ?... Un homme tué à minuit par un revolver muni d'un silencieux ?... Il eut un geste d'exaspération et, brusquement, retourna vers la porte. Il n'y avait qu'une seule façon pour lui de sortir de là. Appeler les autorités américaines et remettre cette affaire entre les mains de leur police militaire.

Il éprouvait un tel besoin de boire de l'alcool que lorsqu'il fut dans le hall d'entrée de l'hôtel il réveilla le gardien de nuit.

— Dites au groom de me monter une bouteille de whisky. Vous la mettrez sur ma note. Puis il entra dans la cabine téléphonique et referma la porte.

Il en ressortit cinq minutes plus tard, mécontent et perplexe. Il tâta alors ses poches. Il n'avait plus de cigarettes. Le gardien de nuit ne fumait pas. Il lui fallait pourtant une cigarette. Il décida de remonter en chercher dans sa chambre. Puis il redescendit téléphoner de nouveau.

La porte de Venner était toujours fermée. Marsh se hâta le long du couloir et ouvrit la sienne. Il fit un pas en avant et, brusquement, s'immobilisa. Il y avait dans la chambre un élément nouveau, quelque chose d'inquiétant qui ne s'y trouvait pas un instant plus tôt.

La porte se referma en claquant derrière lui. D'un bond il se retourna et se trouva face à un homme grand, au visage blême, dans les yeux duquel il ne lut aucune pitié.

L'homme lui enfonça le canon d'un long revolver dans l'estomac.

— Reculez jusqu'au lit. J'ai quelques questions à vous poser. Vous allez répondre. Où sont les papiers ?

La première réaction de Marsh fut un geste de colère. Tous ces mystères et ces revolvers braqués commençaient à lui porter sur les nerfs. Puis il regarda mieux l'arme qui le menaçait et comprit. Cet inconnu était l'homme au silencieux dont parlait Venner.

Il sentit une sueur glacée couler entre les épaules.

— Quels papiers ?... balbutia-t-il.

L'homme ricana.

— Ne jouez pas au plus fin, l'Américain... Je viens de trouver Venner mort. Les papiers ont disparu. J'ai vu votre chambre allumée, votre pardessus jeté sur le lit. Mais vous n'étiez pas là. Vous me paraissez être le seul locataire de cet étage. Venner a dû vous remettre les papiers avant de mourir. Donnez-les.

— Écoutez, cria Marsh exaspéré, je ne suis pas un agent secret ! Seulement un artiste !

L'homme grimaça.

— Voilà une gaffe que vous n'auriez pas dû commettre... Je ne faisais jusque-là que des suppositions. Vous venez de me fournir une preuve de ce que vous êtes. Pourquoi pensez-vous que je puisse vous prendre pour un agent secret ?

— Eh bien... je... je le crois... Je veux dire, je le suppose... répondit Marsh d'une voix mal assurée.

L'homme secoua la tête.

— Non. Vous mentez. Vous ne pouviez faire qu'une erreur et vous venez de la commettre. Allons, donnez les papiers.

Marsh fit un pas ou deux dans la direction indiquée. Il essayait de penser, de réfléchir, de détourner l'attention de l'homme.

— Et si je n'obéis pas ? dit-il.

— Ne soyez pas stupide. Le petit jouet que vous voyez dans ma main ne fait aucun bruit. Je vous tuerai et je prendrai ensuite ce que je cherche.

Marsh le regarda.

— Et si je m'exécute ?

La grimace de l'homme devint presque un sourire.

— Je regrette... Mais vous devez bien savoir ce qu'il en est. On ne peut pas laisser derrière soi des témoins gênants... Croyez que je suis désolé...

Ce n'était pas vrai. Marsh voyait dans ses yeux qu'il savourait par avance le plaisir d'appuyer sur la détente. Il hocha la tête.

— C'est bien ce que je pensais.

— Je vous répète que je suis désolé...

Marsh trouvait inconcevable que ses trente et une années de vie d'homme civilisé finissent ainsi brusquement et d'une façon aussi tragique. Et pourtant, le regard sauvage de l'homme le lui assurait.

Marsh se passa une main tremblante sur le visage et regarda d'un air absent du côté de la fenêtre.

— Le pire, murmura-t-il, c'est que je me trouve mêlé tout à fait par hasard à cette histoire.

— Comment cela ?

— J'étais avec Venner quand il est mort. Tué d'une balle de votre revolver. Avant de mourir il m'a donné les papiers en me mettant en garde contre vous. Et je n'ai rien fait pour me mettre à l'abri... Je suis remonté ici prendre des cigarettes bien qu'il m'eût dit que vous étiez dans l'hôtel... Et j'avais même auparavant quitté ma chambre en laissant la fenêtre grande ouverte... Vous n'aurez eu qu'à passer par le balcon pour entrer... Si j'avais pensé une seconde à prendre quelques précautions...

— Vous ne deviez plus très bien savoir ce que vous faisiez, dit l'homme, car c'est votre porte que vous avez laissée ouverte... Je n'ai pas eu besoin d'utiliser le balcon dont vous parlez... Mais ne regrettez rien. Portes et fenêtres, je me charge de les ouvrir en dix secondes.

Il tendit sa main libre.

— Désolé de vous bousculer, mais je suis moi-même un peu pressé.

Marsh regarda la main tendue, le silencieux du revolver, les yeux de l'homme.

A ce moment précis, on frappa à la porte.

L'homme bondit vers Marsh, le revolver à deux centimètres de sa poitrine.

— Qui est-ce ? murmura-t-il d'une voix sifflante. Qui attendiez-vous ?

Marsh respira profondément.

— La situation se complique, dit-il. Si j'ai quitté ma chambre tout à l'heure, c'était pour aller téléphoner aux autorités américaines. Leurs hommes doivent être là.

L'agent secret jeta autour de lui un regard d'homme traqué. Ses yeux rencontrèrent la fenêtre ouverte. Il enfonça le canon de son arme dans les côtes de Marsh.

— Les documents ! Tout de suite ! Je vais partir par la fenêtre.

La main de Marsh tremblait si fort qu'il eut quelque peine à tirer le paquet de la poche de son veston.

— Je vous propose un marché, dit-il. Ne tirez pas sur moi et je vous promets de les retenir. En suivant le balcon, vous pouvez gagner la chambre de Venner et vous échapper par l'escalier.

L'homme parut hésiter un instant, puis saisit le paquet enveloppé de toile cirée.

— Votre parole d'honnête homme ? demanda-t-il.

En toute autre circonstance, Marsh eût sans doute trouvé là une certaine ironie. Mais il se contenta de hocher la tête.

— Oui.

L'homme courut à la fenêtre, lança une jambe par-dessus l'appui de bois sans cesser de regarder Marsh.

— N'oubliez pas que si vous manquez à votre parole, vous prendrez la première balle de ce revolver. Vous avez compris ? Je vous tuerai même s'ils s'emparent de moi.

On frappa de nouveau à la porte. Marsh eut un mouvement de tête affirmatif. L'homme passa son autre jambe et sauta. Une seconde plus tard un long cri perçant déchira la nuit.

La porte de la chambre de Marsh s'ouvrit brusquement. Le garçon d'hôtel entra en trombe, une bouteille à la main, et s'arrêta bouche bée devant Marsh.

— Qu'est-ce que c'est ?... s'écria-t-il.

Marsh s'appuya au mur.

— Un cambrioleur, dit-il d'une voix sourde. Il a cru que c'était la police qui venait... Il a sauté sur le balcon pour fuir.

Le garçon semblait stupéfait.

— Mais... c'est impossible !

Marsh ne voulait pas penser à cela. Il poussa le garçon vers le couloir.

— Je sais. Mais il fallait qu'il croie pouvoir le faire...

Il aurait préféré oublier la façon dont était mort l'agent secret. Mais il lui fallait encore descendre dans la rue pour reprendre au mort le paquet de documents. Puis téléphoner aux autorités américaines. Il n'avait pas réussi à les obtenir la première fois.

Il n'aimait pas son rôle dans cette affaire. Il n'avait cependant pas menti à l'homme. Du moins, pas tout à fait...

Il existait bien un balcon, le seul de ce côté de l'hôtel, sous la fenêtre de la chambre de Marsh. Mais il n'appartenait pas à celle-ci. Il donnait sur ce que l'hôtel appelait la suite Giocondo. Et cette suite Giocondo se trouvait trois étages plus bas...

It couldn't possibly happen.
Traduction de Simone Millot-Jacquin.

NE T'ASSOIS PAS DANS LE SOUS-BOIS...

par HELEN NIELSEN

Il était exactement trois heures moins dix quand Loren rentra chez elle. Le hall de l'immeuble était vide — un vide luisant de dallage noir et blanc, d'une simplicité grecque. La pièce ne comportait pas le moindre recoin où une jeune femme rentrant tardivement d'une soirée aurait pu prolonger une étreinte avec son cavalier servant, ou dans lequel le concierge — au cas peu probable où cela l'aurait intéressé — aurait pu épier les habitudes nocturnes de ses locataires. Loren traversa rapidement le hall, ponctuant le silence du martèlement de ses talons sur le dallage et du bruissement de son manteau de soirée en taffetas noir. Noir afin de se fondre dans l'obscurité, noir afin de se dissoudre dans l'anonymat. Elle pénétra dans l'ascenseur automatique et appuya sur le bouton du dix-septième étage. La porte se referma et l'ascenseur amorça sa montée silencieuse. Alors seulement elle respira un peu plus librement : elle se sentait presque sauvée.

Il existe un point culminant de la terreur, une crise au cours de laquelle toute chose, tout lieu est comme une menace vivante. Loren maîtrisait bien sa terreur. Un observateur — s'il avait pu y en avoir un dans l'ascenseur — ne se fût pas douté qu'elle avait peur. Il n'aurait vu qu'une femme séduisante — dans sa plénitude, sûre d'elle, avec un soupçon de gris poudrant prématurément ses cheveux presque noirs. Il aurait pensé que c'était la fatigue qui tirait légèrement son visage et ses yeux. La petite impatience qui l'incitait à jeter de fréquents regards au numéro de l'étage, au-dessus des portes, aurait passé pour un désir légitime de rentrer chez soi et de mettre un terme à une trop longue, trop fatigante journée.

En un certain sens, l'observateur ne se serait pas trompé.

Les portes de l'ascenseur s'ouvrirent au dix-septième étage et Loren s'engagea dans le couloir vide, garni de tapis. Elle ne s'arrêta que pour vérifier qu'elle était seule et se dirigea rapidement vers la porte de son appartement. Avant qu'elle l'eût atteinte, la clef se trouvait dans sa main gantée. Elle ouvrit la porte, la referma derrière elle et s'y appuya jusqu'à ce que le pêne s'enclenchât. L'espace d'un moment, son corps s'affaissa et elle s'accrocha au battant comme si elle y était clouée, puis elle se redressa.

Sur la table du vestibule, la lumière brûlait en veilleuse comme elle l'avait laissée et au-dessus, une horloge étincelante éclaboussait le mur de son élégance. Il était trois heures moins huit. Il y avait du travail à faire. Loren éteignit la lampe. La longue pièce devant elle devint une symphonie de gris et de noirs qui se détachaient sur le rectangle légèrement plus pâle des fenêtres entièrement voilées, à l'autre bout ; mais à mi-chemin entre le vestibule et les fenêtres, un étroit rai de lumière se découpait sur les gris. La lumière venait de la chambre à coucher. Une voix de femme soigneusement modulée dictait des lettres.

A Axel Torberg et fils
Kunsgaten 47.
Stockholm, Suède

Messieurs,

En réponse à votre demande du 11 février dernier, j'ai le regret de vous informer que le règlement de la totalité de votre dernière expédition ne peut être effectué avant que les marchandises endommagées (voir notre correspondance du 5 janvier) aient été remplacées.

N'ayant eu qu'à nous louer de votre firme depuis vingt ans, nous sommes sûrs que vous aurez à cœur de conserver ces bons rapports en prenant des mesures immédiates.

Croyez à nos sentiments distingués.

Loren Banion
Vice-Président
John O. Banion, Inc.

Loren entra dans la chambre à coucher. La voix se fit de nouveau entendre, cette fois sur un ton plus chaud et moins officiel.

Katy, expédiez ceci par avion dès demain matin. L'âge rend ce pauvre vieil Axel négligent et il faut le tarabuster. D'accord, Poupée... ?

Lettre suivante :

Au Signor Luigi Manfredi
Via Proconsolo
Florence...

Des tapis épais recouvraient le sol. Loren ne fit aucun bruit en traversant rapidement la pièce en direction des portes-fenêtres, jetant à peine un regard hâtif sur le dictaphone posé sur la table de travail, près du lit. Les fenêtres étaient entrouvertes.

Le vent de la nuit taquinait le rebord des tentures soyeuses qui dissimulaient Loren tandis que, se servant d'un seul doigt pour les écarter, elle observait la scène au-dessous d'elle. Le dix-septième étage était situé juste au-dessus d'une piscine dont les lumières étaient éteintes ; mais il y avait clair de lune, et les jambes bien faites de la jeune Cherry Morgan étaient nettement visibles, dépassant de la paroi de toile d'une des balancelles. Il y avait d'autres jambes que celles de Cherry — des jambes revêtues d'un pantalon ; identité inconnue. Ses parents étaient à l'étranger, Cherry s'offrait du bon temps.

... Si vous voulez bien télégraphier à ce bureau au moment de l'expédition, nous enverrons notre représentant aux docks pour inspecter à l'arrivée...

La voix de Loren Banion continuait de dicter derrière elle. Elle écouta et se détendit lentement. Elle se rendait compte maintenant qu'elle agrippait les tentures si fort qu'elle en avait mal aux doigts. Elle lâcha l'étoffe et retourna vers le lit — non plus d'un pas rapide mais au contraire avec une grande lassitude, comme si elle venait de très loin et avait couru tout le temps. Elle se laissa tomber lentement sur le bord du lit. Le bourdonnement du dictaphone était maintenant exaspérant, mais nécessaire. Cherry Morgan pouvait l'entendre, et c'était important.

— Franchement, madame Banion, je ne sais pas comment vous pouvez travailler aussi tard que vous le faites ! Quelquefois je vous entends là-haut en train de dicter toute la nuit.

— Pas toute la nuit, Cherry. Je ne travaille jamais après trois heures. Ordre du docteur !

— Ordre du docteur ! Quelle barbe ! Je suis contente de ne pas avoir le même docteur que vous. Et si je travaille jusqu'à trois heures du matin, il faut que ce soit pour quelque chose de plus intéressant que de la correspondance commerciale.

Et c'est bien parce que Cherry Morgan « travaillait » souvent au-delà de trois heures que le dictaphone continuait de fonctionner.

... Croyez à nos sentiments distingués...

Oh ! vous connaissez la suite, Katy. Toute réflexion faite, terminez avec un peu plus de fioritures. Le Signor Manfredi chante probablement Don José sous sa douche.

Une petite pendule en cristal était placée près de la machine à dicter. Loren y jeta un coup d'œil, il était trois heures moins six. Elle s'en était bien tirée. Une année passée à prendre l'avion, le train, et à aller à des rendez-vous, lui avait appris à établir un horaire. C'était fini, et elle était en sécurité. La tension pouvait l'abandonner maintenant, la lassitude s'effacer ; et pourtant, le seul fait de soulever le petit sac de soirée noir qu'elle tenait de la main gauche, de l'ouvrir et d'en sortir le revolver, lui paraissait au-dessus de ses forces. Elle tint l'arme dans le creux de sa main droite et chercha des yeux, dans la pièce, un endroit où la cacher ; puis, incapable de la regarder davantage, la refourra dans le sac qu'elle jeta sur la table, près de la pendule. Il était trois heures moins cinq. Cela pouvait aller maintenant. Elle se leva et arrêta le dictaphone. Puis elle retira ses gants, ses chaussures, son manteau et passa dans la salle de bain. Elle laissa la porte ouverte — à cette heure, la douche pouvait s'entendre à une certaine distance — et revint exactement cinq minutes plus tard, vêtue d'une chemise de nuit arachnéenne et d'un déshabillé. Elle se mit au lit et éteignit ; mais maintenant, un objet luisant accrochait son regard, l'accaparait tout entière. C'était un téléphone, mais un téléphone très frivole — pailleté d'or. Elle ne pouvait résister à son pouvoir magnétique. Il lui faisait presque l'effet d'une chose vivante ; or, on peut invectiver une chose vivante.

— Pas ce soir, dit Loren. Ce soir, tu ne sonneras pas.

***

Tout avait commencé par un appel téléphonique — un appel à longue distance, du Caire à New York.

— Mademoiselle Loren Donell, M. Banion vous appelle... merci. Voici votre correspondant, M. Banion.

Puis la voix de John, annihilant les kilomètres :

— Loren... ? Tenez-vous bien. J'ai une question à vous poser : voulez-vous m'épouser ?

Ça n'aurait pu arriver que comme ça. John ne gaspillait ni son temps ni ses paroles. Elle s'était accrochée au téléphone, se sentant brusquement redevenir une écolière écervelée.

— Mais, John, et Céleste ?

— Eh bien quoi, Céleste ? Elle s'est entichée d'un torero espagnol, et il lui coûte cher. Nous sommes finalement parvenus à un accord. Elle est à Paris maintenant, en train de divorcer.

— Je ne peux pas y croire !

— Moi non plus, mais c'est vrai. J'ai cru que je n'arriverais jamais à me débarrasser de cette... de ma chère femme Céleste.

Et alors, la voix de John s'était faite très grave.

— Vous savez par quoi je suis passé ces dernières années, Loren. Céleste m'a pris au piège — je le reconnais. Elle voulait une position sociale et de l'argent, et elle a eu l'un et l'autre. Moi, j'ai eu... eh bien, maintenant, je vais être libre et je suppose que je devrais lui être reconnaissant pour la leçon. Loren, je ne dis pas bien ces choses-là mais je vous aime.

A ce moment-là, le téléphone avait été le filin tirant Loren des sables mouvants de la solitude. Elle s'y était accrochée jusqu'à ce que John se fachât de son silence.

— Alors ! Je veux une réponse. Voulez-vous m'épouser ?

Riant et pleurant, elle avait répondu :

— Oui, oui, oui, oui...

— Du calme ! avait commandé John. Pendant que vous parlez, moi, je peux prendre l'avion. A demain.

Demain...

Pluie à Idlewild — cinglante, rageuse, mais passant totalement inaperçue tandis que John bondissait hors de l'avion comme un écolier. Il y avait eu beaucoup à faire avant que n'arrivât de Paris le câble annonçant que le divorce avait été accordé ; notamment un changement dans l'organisation du bureau. Loren s'en était aperçue un matin lorsqu'elle avait trouvé son ancien bureau vide et découvert après quelques recherches un nouveau nom sur la porte voisine de celle de John.

Loren Banion
Vice-Président

— Seulement un peu prématuré, avait-il expliqué. Vous feriez aussi bien de vous habituer à votre nouveau nom.

— Ce n'est pas le nom — c'est le titre, s'était écriée Loren.

— Pourquoi pas le titre ? Voilà des années que vous faites le travail ; j'ai seulement tardé à vous donner la promotion. J'ai tardé aussi, avait-il ajouté, à vous donner ceci.

C'est alors qu'il lui avait remis la bague, presque timidement.

— Oh ! Loren, pourquoi faut-il tant de temps pour apprendre à distinguer le réel du factice ?

Vous êtes réelle, n'est-ce pas, Loren ? Vous n'êtes pas une de ces femmes intrigantes ?

— Mais si, avait insisté Loren. C'est délibérément que je me place sous votre nez depuis des années.

John avait ri. A ce moment-là, « sous son nez » ne voulait dire qu'une seule chose. Il l'avait embrassée rapidement.

— Ça, ça me plaît. Je suis preneur à tout moment. Ce n'est pas cela que je voulais dire. Je veux dire que vous n'êtes pas une de ces femmes factices — factices et ordinaires. Tout en façade et rien derrière. Je veux devenir vieux avec vous, Loren. Vous êtes la seule... (il avait hésité, cherchant le mot) la seule femme pure que j'aie jamais connue.

Il était terrible de voir à quel point le visage de John était devenu sérieux. Loren s'était écartée de lui.

— Je vous en prie — pas de piédestal, avait-elle protesté. Il fait si froid là-haut !

— Il ne fait pas froid ici.

Il l'avait prise dans ses bras, et il avait raison. Il faisait chaud ; c'était un endroit où elle pouvait enfin se reposer. Mais alors, les muscles de John s'étaient durcis et ses doigts s'étaient enfoncés dans sa chair jusqu'à ce qu'elle fût prête à crier. Ç'avait été le premier symptôme de la peur.

— Vous êtes réelle, dit-il. Il faut que vous le soyez. Je ne pourrais pas supporter d'être dupé une seconde fois.

« Je ne pourrais pas supporter d'être dupé une seconde fois. »

Loren regardait le téléphone sur la table. Il était silencieux ; mais les paroles de John résonnaient à ses oreilles. Elle jeta un coup d'œil à la pendule. Impossible de dormir, mais tout devait être comme d'habitude, ce soir ; or, dix minutes après avoir fini de dicter, Loren Banion éteignait toujours sa lampe. L'obscurité se fit, complète d'abord, puis un rayon de lune pénétra par la fenêtre ouverte, explora le tapis. Le rire argentin de jeune fille qui lui parvint de l'étage du dessous fut rapidement étouffé par la conscience qu'elle reprit brusquement de l'heure.

L'heure. A peine dix minutes écoulées. La longue heure avant quatre heures.

***

La lune de miel s'était passée à Miami et en mer, au large de Miami. John était pêcheur — malchanceux mais invétéré. Lundi, mardi, mercredi sans rien attraper. Aussi Sam McGregor, un comptable d'Atlanta qui prenait des vacances au même hôtel qu'eux, avait-il insisté pour qu'ils viennent passer une heure de détente au Flotsam et Jetsam, sur la plage. C'était un bar du type hutte — un des plus huppés. Les boissons y étaient servies au bord de l'eau et l'ombre y était fraîche. Loren s'estimait déjà heureuse de pouvoir discerner des détails dans la pénombre semblable à celle d'une grotte ; mais quelqu'un avait vu clair. Très clair. C'est un endroit où l'on pouvait se retrouver sans cérémonies, en short et costume de bain, et la seule distraction coulait des doigts affairés d'un pianiste en chemisette et blue-jean qui faisait rouler son minuscule instrument de box en box. Il n'était pas censé être entendu ni remarqué, et ne se voyait que rarement récompensé d'un pourboire ; Loren n'avait pas encore vraiment pris conscience de sa présence quand, par-dessus les gros rires de Sam et de John, un tintement s'était fait mélodie. Elle avait levé la tête. Le petit piano ne se trouvait pas à plus d'un mètre, et derrière lui, un homme se tenait assis qu'elle n'avait jamais pensé revoir.

« Ne t'assois pas dans le sous-bois avec un autre que moi. »

Il ne jouait pas trop bien, mais prenait plaisir à

son travail. Son sourire semblait même indiquer qu'il y prenait grand plaisir. Son sourire...

— Loren... te sens-tu bien ?

La voix de John avait ramené Loren de l'endroit lointain où son esprit l'avait égarée.

— Tu as l'air retournée, mon chou. Ne me dis pas que tu as eu le mal de mer aujourd'hui. Franchement, Sam, cette femme peut en supporter davantage.

Quand la voix de John s'était tue, il ne pouvait pas encore en savoir bien long. C'était impossible. Mais, sans doute avait-il déjà deviné que le pianiste était pour quelque chose dans le trouble de Loren. Il avait sorti un billet de sa poche et l'avait placé sur le dessus du piano.

— Que diriez-vous de lever l'ancre, marin ? avait-il dit. J'ai bien peur que nous ne soyons pas très musiciens dans ce box.

Le sourire du pianiste s'était accentué et sa main s'était refermée sur le billet.

— Comme vous voudrez, Monsieur Banion. Je m'étais seulement dit que ce serait une bonne idée de saluer les jeunes mariés.

— Vous me connaissez ? avait demandé John.

— Mais tout le monde vous connaît, Monsieur Banion. N'avez-vous pas vu votre photo dans le journal le jour où vous êtes arrivé ici ? Un bon parti, Monsieur Banion.

Puis, avec un autre sourire pour Loren :

— Vous aussi, Madame Banion. Excellent parti.

Le piano s'était éloigné sur un rythme de calypso. L'incident n'avait pris qu'un instant, mais Sam ayant deviné que quelque chose n'allait pas, avait dit avec entrain :

— Voilà un gars entreprenant. Ils n'en ratent pas une dans le coin. Que diriez-vous d'une autre tournée ?

— Pour vous deux, oui, avait fait Loren en se levant. Pas pour moi. Je retourne à l'hôtel.

— Loren... Pourquoi ? Qu'est-ce qui ne va pas ?

Il n'eût pas fallu que John posât cette question ; il n'eût pas fallu qu'il eût l'air si soucieux. Elle s'était mise à rire de son rire le plus gai et avait avoué :

— J'ai bien peur que tu ne sois obligé de cesser de te vanter à mon sujet, John. En fait, j'ai eu le mal de mer cet après-midi, et maintenant je suis presque éméchée après un méchant verre. Non — pas éméchée au point de te faire quitter cet endroit. Reste avec Sam. Je vais aller prendre l'air.

L'air, le vent, une longue promenade le long de la plage — rien n'avait effacé Ted Lockard de son esprit. Il aurait dû être mort. Les hommes mouraient à la guerre. Ils cessaient de répondre aux lettres et ils ne revenaient jamais. On en concluait qu'ils étaient morts. Mais pas Ted. Ted était vivant, et sa voix fluide, si excitante pour une jeune fille, avait quelque chose de doucereux que l'âge mûr pouvait identifier. Il y avait des hommes qui vivaient de leurs charmes, tout comme certaines femmes.

« *Un bon parti, Madame Banion. Excellent parti.* »

Loren n'était pas ivre, mais malade. Une jeune fille avait écrit des lettres folles, stupides, et Ted Lockard gardait probablement toutes ces lettres d'amour comme d'autres hommes gardent des trophées de chasse — ou des actions. Il allait essayer de l'atteindre d'une façon ou d'une autre — elle le savait. Et elle était vulnérable ; pas à cause d'une erreur de jeunesse bien humaine, mais à cause de l'idée que John se faisait d'elle. Il fallait qu'elle fût parfaite pour compenser le coup que l'erreur de jugement de John sur Céleste avait porté à l'orgueil de son mari.

La chance l'avait servie. Ce soir-là, un télégramme venant de Mexico avait expédié John vers le Sud.

Loren était retournée à New York. Mais ce n'était qu'un répit.

Céleste était revenue d'Europe juste avant Noël, sans torero et sans argent. Il y avait eu des coups de téléphone et des télégrammes, auxquels on n'avait pas prêté attention, et puis, un jour, Céleste était venue au bureau. John l'avait reçue. Loren n'avait été au courant de l'entrevue qu'une fois celle-ci passée. John lui avait demandé de se rendre aux docks pour s'occuper des formalités de douane concernant la cargaison du Signor Manfredi. Le service expédition du Signor Manfredi n'avait qu'une vague idée des risques encourus au cours d'une traversée de l'Océan par des objets fragiles. Cette mission était généralement confiée à un employé subalterne ; mais Loren n'y avait pas attaché d'importance jusqu'au moment où elle était revenue du port à temps pour voir sortir Céleste du bureau de John. Céleste avait affiché une majesté glacée.

— Félicitations, Madame Banion, avait-elle dit. John a l'air en parfaite forme. Vous avez toujours été une bonne organisatrice.

Pas trop — juste ce qu'il fallait. Céleste pouvait s'arranger pour qu'une prière parût insultante.

A l'intérieur, Loren avait retrouvé un John qui était loin d'être en parfaite forme. Il paraissait distant et grave.

— Que faisait Céleste ici ? avait demandé Loren.

— Elle est passée nous souhaiter un joyeux Noël, avait répondu John avec amertume.

Loren avait alors baissé les yeux. Le carnet de chèques de John se trouvait encore sur son bureau.

— John... tu lui as donné de l'argent !

Il n'avait pas répondu.

— Pourquoi ? Ne t'a-t-elle pas coûté suffisamment ? Tu ne lui dois rien !

— Loyauté, avait dit John d'une voix bizarre.

— Quoi ?

— C'est un mot, avait-il expliqué, rien qu'un mot.

Puis, soudain, il s'était tourné vers elle et l'avait agrippée si fort aux épaules qu'elle s'était souvenue de ce qui était arrivé le jour où il lui avait donné la bague. Pendant un bref instant, elle avait eu vraiment peur ; puis il l'avait relâchée avec un sourire triste.

— Oublie Céleste, lui avait-il dit. C'est le moment des fêtes. Je me sens charitable.

Loren, elle, ne se sentait pas charitable. Elle avait quitté John brusquement pour retourner dans le bureau de réception. Mais, il n'y avait plus trace de Céleste. Katy était assise à son bureau, en train de taper des lettres.

— Mme Ban... avait commencé Loren, puis elle s'était corrigée : La précédente Mme Banion... où est-elle allée ?

— Sortie, avait dit Katy en relevant la tête.

Katy, douce, sainte, naïve. Qu'espérait-elle apprendre de Katy ? Elle avait traversé le bureau de réception et était arrivée sur le palier juste à temps pour entrevoir Céleste qu'un homme attentionné aidait à faire entrer dans l'ascenseur. Ils s'étaient retournés et lui avaient fait face, et avant que les portes ne se fussent refermées, Loren avait pu voir à quoi ressemblait la nouvelle conquête de Céleste. Ted paraissait très beau et il souriait.

Joyeux Noël, Loren. Joyeux Noël, et bonne année. Le père Noël était arrivé tôt. Ç'avait été le commencement d'une longue attente, sans possibilité de savoir ce que Ted avait pu dire à Céleste ni ce que Céleste avait pu dire à John, ni à quel moment Ted passerait à l'action. John ne disait rien. Seule la propre tension de Loren constituait un changement entre eux deux. Au bout d'un moment, elle avait commencé à se dire qu'elle ne souffrait de rien d'autre que d'un complexe de culpabilité sans fondement. Et puis, vers la mi-janvier, John avait pris l'avion de nuit pour Cleveland.

— Tu pourrais partir le matin et arriver tout de même à temps pour ta réunion, avait protesté Loren.

John était resté inflexible.

— J'aime voyager de nuit. Le vol est meilleur et je dors tout le temps.

— Alors je travaillerai à la correspondance.

— Tu travailles trop, Loren. Pourquoi ne laisses-tu pas Katy s'occuper de cela ?

— John... Je t'en prie. Je connais ces gens. Je m'occupais déjà de ta correspondance avec eux alors que notre petite Katy prenait ses premières leçons de dactylo et s'habituait à ne plus porter son appareil dentaire. Ne sais-tu pas que je suis jalouse de mon travail ?

— Je suis bien placé pour le savoir, avait dit John. Je suis jaloux, moi aussi... De toi. Mais je n'ai pas besoin de m'en faire, n'est-ce pas ? (Il lui avait caressé la joue d'un doigt léger.) Non, je n'ai pas besoin de m'en faire, pas avec Loren.

Loren, qui vivait sur un piédestal où les espoirs qu'elle formait pour l'avenir étaient à si court terme.

Ce soir-là, elle avait travaillé jusque près de trois heures, s'était douchée et était allée se coucher. Après le travail, elle s'endormait immédiatement. Il lui avait fallu lutter pour se tirer du sommeil quand le téléphone avait sonné. Tâtonnant pour trouver l'appareil, elle avait remarqué le cadran lumineux de la pendule. Il était exactement quatre heures. Personne ne téléphonait jamais à quatre heures du matin à moins que quelque chose de terrible ne se fût produit.

— John ?...

Elle avait attendu, pleinement réveillée et terrifiée brusquement. Pas de réponse. Et puis cela avait commencé. Quelque chose plein de vie et d'entrain — le refrain d'une vieille mélodie du temps de la guerre jouée au piano :

« *Ne t'assois pas dans le sous-bois avec un autre que moi...* »

C'était tout.

***

La pendule avait toujours été silencieuse. Il n'y avait pas de raison qu'elle fît tant de bruit maintenant. Loren s'agita nerveusement sur ses oreillers et tourna la tête vers la source de son tourment. Impossible de dormir. Elle se redressa contre les oreillers. Exception faite de la pendule, il n'y avait aucun bruit. L'étage du dessous était silencieux. Cherry avait fermé boutique pour la nuit. Le clair de lune faisait surgir de l'ombre des objets sur la table. Les doigts de Loren trouvèrent une cigarette, l'allumèrent, puis elle se laissa aller en arrière pour fumer tout en évoquant le passé...

Jamais elle n'avait parlé à John de cet appel de quatre heures du matin. C'était de toute évidence la signature de Ted ; mais qu'avait-il dans la tête ? Pendant des jours et des nuits après ce coup de téléphone, elle avait attendu sa démarche suivante. Il ne s'était rien passé. John, revenu de Cleveland, l'avait trouvée plus mince, plus crispée.

— Tu travailles trop, avait-il grondé. Loren, je ne veux pas que ça continue comme ça. Katy va se charger d'au moins une partie de ton travail.

Elle aurait voulu lui parler du coup de téléphone ; mais elle ne pouvait le faire sans révéler tout le reste.

« *Alors, révèle-lui tout, Loren. John est un être humain, adulte et sain. Il en rira et enverra promener Ted.* »

— Te souviens-tu des McGregor ? avait soudain demandé John. Miami... notre lune de miel ?

Loren se souvenait. Elle venait de se reporter mentalement à cette époque.

— J'ai rencontré Sam à Cleveland. Il est brisé — littéralement brisé. Sa femme est partie pour Reno et Sam est effondré. J'ai vu ce type se tirer d'affaire dans des situations dignes de Superman ; mais cette histoire-là l'a flanqué par terre. Vous autres, les femmes, vous ne savez pas ce que vous pouvez faire à un homme.

— Reno ? avait fait Loren en écho. Pourquoi ?

— La raison habituelle, avait répondu John, le visage durci. Sam est un homme occupé. Il n'a pas beaucoup le temps de jouer les Casanova. Il n'y a pas de toreros à Atlanta, mais il y a des Casanova. On pourrait penser qu'une femme peut faire la différence entre l'amour et la flagornerie. Mais non, elles ont toutes, semble-t-il, la même faiblesse.

Puis l'amertume s'était effacée de la voix de John.

« Sauf une », avait-il ajouté.

Loren n'avait rien répondu. Elle avait continué d'attendre, mais Ted ne se manifestait pas. Au début de février, John s'était rendu à Denver par l'avion de nuit. Loren avait fait la correspondance jusqu'à trois heures puis elle s'était couchée sans toutefois pouvoir s'endormir. Un vague malaise lui avait rongé l'esprit jusqu'à quatre heures du matin ; à ce moment, le téléphone s'était mis à sonner et le malaise avait cessé d'être vague.

Le coup de téléphone avait été en tous points semblable au précédent. Pas la moindre parole — rien que cette sérénade gaie au piano...

Au cours des quelques mois suivants, John avait fait de fréquents voyages. C'était le moment le plus chargé de l'année. Le premier soir de son voyage suivant, Loren n'avait pas essayé de dormir. A quatre heures, le téléphone avait retenti.

« ... Ne t'assois pas dans le sous-bois avec un autre que moi. »

Elle avait essayé de faire retrouver l'origine du coup de téléphone. En vain. Son interlocuteur était trop malin. Malin, mais sans but. Ces appels téléphoniques n'avaient aucun sens — si ce n'est qu'ils commençaient à faire subir à ses nerfs un processus de désintégration. Ted avait bien trop de sens pratique pour la torturer sans but. C'était plutôt là le genre de tour sadique que l'on pouvait attendre d'un rival jaloux.

Céleste !

Quand à quatre heures une, un matin où John faisait route vers Omaha, Loren avait replacé le combiné sur son support, elle était convaincue d'avoir découvert la source de ses ennuis. Ted était plus malin qu'elle ne l'avait cru. Il était allé trouver l'ex-femme de John Banion plutôt que sa femme actuelle. Il lui avait raconté son histoire, et maintenant, Céleste essayait de briser le mariage de John en torturant sa femme pour l'amener à la dépression nerveuse. A quatre heures une du matin, immédiatement après cet appel à vous rendre fou — le quatrième — la machination parut évidente à Loren. Use-la, fatigue-la, énerve-la, et alors... Loren ne savait pas exactement ce que Céleste se proposait de faire alors ; mais elle n'avait aucune raison d'attendre et de voir venir. Elles pouvaient être deux à jouer ce jeu.

Tout était devenu parfaitement clair dans l'esprit de Loren. Elle s'était mise à analyser. Les appels avaient lieu uniquement le premier soir des voyages de John. Raison : si John avait été à la maison, il aurait pu les intercepter. Qui plus est, on ne savait jamais combien de temps il allait s'absenter. La seule façon d'éviter John était de téléphoner immédiatement après son départ. Ce qui impliquait que

Céleste avait accès aux projets de John. Le lendemain, Loren avait parlé à Katy.

— Vous souvenez-vous du jour où la précédente Mme Banion a eu une entrevue avec M. Banion ?

— Oui, je m'en souviens, Madame Banion, avait répondu Katy après un bref moment de réflexion.

— Était-elle venue seule ?

Cette fois, Katy avait réfléchi un peu plus longtemps.

— Je ne crois pas m'en souvenir... si, je m'en souviens. Un homme est venu avec elle. Il a attendu dans le bureau de réception.

Ted, évidemment.

— L'avez-vous revu depuis ?

— Non, Madame Banion.

Mais il y avait d'autres jeunes filles au bureau — jeunes et impressionnables. Des proies parfaites pour les charmes de Ted.

— Katy, je voudrais que vous fassiez quelque chose pour moi. Parlez avec les employées ; mine de rien, naturellement, et essayez de savoir si l'une d'elle a un nouveau petit ami langoureux.

— Si j'en crois ce que j'entends, la plupart d'entre elles ont chaque semaine un nouvel ami langoureux, avait rétorqué Katy en riant.

— Ce n'est pas ce que je voulais dire ! Je veux dire, un *certain* petit ami.

Elle s'en tirait très mal. D'une question négligente, elle faisait une inquisition ; mais il y avait encore une chose qu'il fallait qu'elle sût.

— Et aussi, Katy, le jour où la précédente Mme Banion est venue voir M. Banion, n'auriez-vous pas, par hasard, surpris une partie de leur conversation ?

— Surpris la conversation, Madame Banion ?

C'était afficher par trop de naïveté, et la patience de Loren s'était amenuisée.

— Accidentellement ou autrement, avait-elle répondu sèchement. Oh, ne prenez pas cet air offensé. J'ai rempli votre poste autrefois. J'étais ambitieuse et comme les autres. J'écoutais. J'épiais. Je sais comment ça se passe dans les bureaux. C'est important pour moi, Katy. Je m'arrangerai pour que vous soyez récompensée si vous pouvez me dire quelque chose — n'importe quoi.

Parler ainsi était bête, faible et féminin ; Loren avait regretté ses paroles aussitôt après les avoir prononcées. Si Katy avait été choquée, cela n'aurait pas été si terrible ; mais Loren avait eu du mal à réprimer son désir de gifler Katy lorsqu'elle avait vu l'ombre d'un sourire se profiler sur son visage.

Tu t'effondres, Loren. Tu perds ton « self-control ».

Elle s'était dominée et le sourire de Katy avait disparu.

— Je regrette, Madame Banion, je n'ai rien entendu. Mais si j'entends quelque chose, je vous le ferai savoir.

Loren était retournée dans son bureau, secouée par sa défaite. Céleste était en train de gagner. Quel que fût son plan diabolique, Céleste était en train de gagner. Jamais Loren n'avait parlé à une employée comme elle avait parlé à Katy. Jamais...

Quand John était revenu d'Omaha, il avait trouvé Loren au lit.

— Ce n'est rien, avait-elle dit. Je crois que j'ai un petit peu de grippe.

— Tu as plus qu'un petit peu de surmenage, avait répliqué John. Je t'avais prévenue, Loren. Maintenant, je vais t'expédier en vacances.

Et laisser le champ libre à Céleste. C'est ça son jeu. C'est sûrement ça.

— Non, avait protesté Loren. Pas maintenant. Pas à un moment comme celui-ci.

Le visage de John était devenu très grave. Il s'était assis au bord du lit, sans même avoir enlevé son manteau, et avait déposé sa serviette et son chapeau, sur le drap, près de Loren.

— Tu es au courant, alors, avait-il dit. Loren, tu n'as aucune raison d'être bouleversée. Ce n'est pas comme si elle était quelque chose pour moi — ou avait été quelque chose pendant des années. En fait...

Il y avait des moments où la bouche de John durcissait et devenait presque cruelle.

— Je serais un menteur si je faisais semblant d'être désolé.

Le journal était tombé ouvert sur le lit. Alors qu'elle essayait encore de comprendre ce que voulait dire John, le regard de Loren était tombé sur la photo d'un visage familier qui l'avait accroché.

Céleste. Elle avait approché d'elle le journal afin de pouvoir lire l'article. Céleste avait eu un accident d'auto dans le nord de l'État. Céleste était morte.

Céleste était morte. Il était horrible d'éprouver une telle joie ; il était impossible en même temps de ne pas l'éprouver. La tension avait cessé. Jamais le projet diabolique de Céleste ne se réaliserait. En quelques jours, Loren était redevenue elle-même.

Trois semaines plus tard, John s'était rendu en avion à San Francisco. Loren avait travaillé tard, comme d'habitude, puis elle était allée se coucher et s'était endormie profondément — jusqu'à quatre heures du matin, heure à laquelle le téléphone avait sonné.

La sérénade continuait.

***

Une sirène hurlait quelque part dans la rue, au-dessous. Ce bruit ramena Loren dans le présent. Elle éteignit sa cigarette dans le cendrier plein à ras bord et ses yeux rencontrèrent de nouveau la pendule. Trois heures quarante-cinq. Le bruit de la sirène s'évanouit, mais maintenant, Loren était assise toute droite, le cœur battant. Pourquoi avait-elle peur ? Elle avait fait preuve de méthode, d'efficience et de décision. C'était cela la chose importante — la décision.

— Ce dont il faut se souvenir en affaire, Mademoiselle Donell, c'est qu'un cadre doit savoir prendre des décisions et s'y conformer. Vous pouvez avoir tort — mais prenez une décision.

Telles avaient été les instructions de John Banion à sa nouvelle secrétaire — ardente, ambitieuse et — pourquoi ne pas le reconnaître — déjà amoureuse de son patron. Il avait fallu six ans à John pour déceler l'amour de Loren et se tourner vers elle quand finalement il avait découvert ce que tout le monde avait su pendant tout ce temps à propos de Céleste. Dans l'intervalle, Loren avait appris à faire preuve de décision.

De la décision. Le premier appel téléphonique de quatre heures, après la mort de Céleste, lui avait enlevé ses doutes. C'était Ted ; et c'était à elle, Loren, de jouer. Mais où était Ted ? Il aurait été assez facile de retrouver la trace de Céleste ; celle de Ted, c'était une autre paire de manches. Elle ne voulait pas faire appel à un détective privé et laisser des traces de ses recherches. C'est d'une source inattendue que lui était venue la solution de son problème : Katy.

— Madame Banion, vous rappelez-vous m'avoir interrogée sur l'homme qui accompagnait la précédente Mme Banion lorsqu'elle était venue au bureau juste avant Noël ?

Cela se passait deux semaines après la mort de Céleste. Loren n'avait pas levé la tête de son bureau ; elle ne devait pas trahir son excitation.

— Et alors ? avait-elle dit d'un ton dégagé.

— C'est une drôle de coïncidence, mais j'avais une course à faire pour M. Banion à l'autre bout de la ville, hier, et je l'ai vu. Il entrait dans un petit hôtel, le Lancer. Je crois qu'il doit y habiter. Il portait sous le bras un paquet, sans doute du linge.

— Vous êtes très observatrice, avait dit Loren sèchement.

— Mais vous m'aviez demandé...

— C'était de la vieille histoire, avait tranché Loren en relevant la tête. Mais merci tout de même. Vous êtes très diligente, avait-elle ajouté en souriant.

Loren était beaucoup moins désinvolte lorsque, un peu plus tard, elle s'était rendue au Lancer ; elle avait garé sa voiture de l'autre côté de la rue, et avait surveillé l'entrée de l'hôtel en attendant que Ted en sortît. Il s'agissait d'un hôtel crasseux dans un quartier crasseux. Il était évident que Céleste n'avait pas fait grand-chose pour la sécurité matérielle de Ted. Ce n'était pas là le genre de situation que Ted supporterait très longtemps. Elle l'avait regardé se rendre à pied de l'hôtel jusqu'à un terrain de bowling au bout de la rue, puis elle était entrée dans la cabine téléphonique d'un drugstore pour vérifier qu'il était bien inscrit à l'hôtel. Cela fait, elle s'était mise au travail.

La première chose à faire était de se procurer un enregistrement du thème de Ted en solo de piano. Ce qui lui avait été facile, moyennant une petite somme. Pour une somme plus importante, elle avait acquis un appareil enregistreur du type que l'on peut facilement transporter dans un sac à main ou dans la poche d'un manteau. Une fois chez elle, elle avait enregistré le disque sur la bobine, et avait ajouté une note personnelle en conclusion :

— Nous pourrons nous mettre d'accord si vous me retrouvez derrière le terrain de bowling à deux heures du matin.

Elle avait détruit le disque et avait mis l'appareil enregistreur de côté jusqu'au prochain voyage d'affaire de John. Le premier mardi de mars, il avait pris l'avion de nuit pour Chicago. Dès qu'elle avait appris qu'il devait partir, Loren avait fait deux choses : elle avait enregistré deux heures de correspondance sur le dictaphone de sa chambre à coucher et avait pris deux places de théâtre.

Katy l'avait priée de l'excuser pour le théâtre.

— J'adorerais y aller, Madame Banion, mais ça n'est pas le bon soir. Vous comprenez, j'ai un ami...

— Alors ne le lâchez pas, lui avait dit Loren. Un type bien, ça ne se trouve pas facilement. Je demanderai à quelqu'un d'autre.

Un client qui n'habitait pas la ville avait sa soirée libre. N'importe qui faisait l'affaire du moment qu'elle eût un compagnon. Elle était allée au théâtre dans sa propre voiture. Pendant le premier entracte, elle avait prié son client de l'excuser et s'était rendue dans une cabine téléphonique du hall du théâtre. Ayant sorti l'appareil enregistreur de son sac, elle avait appelé l'hôtel de Ted, et attendu. A peine Ted s'était-il mis à parler qu'elle avait mis en route l'appareil en le plaçant tout près du micro. Une fois l'enregistrement achevé, elle avait raccroché, replacé l'appareil dans son sac et repris sa place au théâtre.

Il était minuit et demi ce soir-là lorsque Loren avait regagné pour la première fois son appartement. Elle avait laissé sa voiture garée dans la rue, ce qu'elle faisait souvent lorsque le gardien du garage avait terminé son service. Cela était sans risque. Toutes les heures, l'agent Hanlon faisait sa ronde. Elle voulait que sa voiture fût vue. Dans l'entrée de son immeuble, elle avait rencontré d'autres locataires qui étaient allés au théâtre ou chez des amis et qui rentraient chez eux. Elle avait pris l'ascenseur avec eux. Elle s'était rendue directement dans sa chambre, avait mis l'appareil enregistreur dans le tiroir de sa table de travail, et placé le revolver à sa place, dans le sac. Puis elle avait branché le dictaphone, ouvert suffisamment la fenêtre de la chambre pour être sûre que ses paroles seraient entendues à l'étage du dessous et attendu qu'il fût exactement une heure pour mettre le dictaphone en route. Il était temps de partir.

Elle était descendue par l'ascenseur de service et avait quitté l'immeuble par une sortie secondaire sans être vue. Elle n'avait pas pris sa voiture. Après avoir marché un moment, elle s'était fait conduire en taxi à six blocs de l'hôtel de Ted et avait continué à pied. A deux heures, elle attendait dans l'ombre, derrière le terrain de bowling. Ted n'avait eu que quelques minutes de retard. Il s'était suffisamment approché d'elle pour qu'elle pût voir l'expression de surprise qu'il eut en la reconnaissant avant de tomber. Un coup dans le terrain de bowling avait couvert les détonations. Ted était tombé et n'avait plus bougé. Une fois assurée de sa mort, Loren s'était éloignée — sans se presser, à une allure normale. Les rues étaient presque désertes à cette heure, mais à quelque distance de là, elle avait trouvé un taxi, s'était fait déposer à six blocs de son appartement et avait terminé à pied. L'entrée de service était verrouillée mais le hall de l'immeuble était vide. Il était exactement trois heures moins dix quand Loren rentra chez elle...

... Le bruit de sirène s'évanouit, mais non pas les battements de cœur de Loren. Elle avait l'impression de sortir d'une crise de somnambulisme, et de prendre affreusement conscience maintenant du fait qu'elle était une meurtrière. L'horreur ne venait pas de ce que Ted fût mort — elle ne s'en souciait pas plus que John de la mort de Céleste. C'était quelque chose d'autre. La peur — mais qu'est-ce qui pouvait mal tourner ? Elle se trouvait au théâtre, accompagnée, lorsque le standard de l'hôtel de Ted lui avait fait passer la communication. Elle avait laissé sa fenêtre ouverte de façon que Cherry Morgan pût entendre sa voix. Elle avait laissé sa voiture dans la rue, était montée en ascenseur avec des amis. Elle avait détruit le disque — et l'appareil enregistreur ? Loren bondit hors de son lit. Elle tira brusquement le tiroir de sa table, ouvrit l'appareil, en désimpressionna la bobine. Pas de preuve. Il n'existait aucun moyen d'établir un rapport entre elle et le corps que la police découvrirait derrière un terrain de bowling dans un quartier minable, à l'autre bout de la ville ; mais il fallait qu'il n'y eût pas de preuve. La bobine était vierge. Quoi d'autre ? Katy lui avait dit où trouver Ted ; mais elle ne savait même pas son nom. John... ? Quoi que Céleste eût pu dire à Ted, jamais on n'établirait de rapport entre Loren et l'assassinat de Ted.

Mais le revolver ? Elle aurait dû se débarrasser du revolver. Elle le sortit vivement de son sac et se mit à chercher autour d'elle un endroit où le cacher. Elle avait encore dans les oreilles l'écho de la sirène de police, et la raison elle-même ne parvenait pas à le faire taire. Le revolver constituait la preuve accablante. Elle était debout, l'arme à la main, se tournant de part et d'autre, désemparée, quand la sonnette se fit entendre.

Lorsque Loren alla ouvrir, ce fut avec le revolver à la main et la fatalité en tête. Juste à temps, elle pensa à fourrer l'arme sous un coussin du divan puis elle continua à se diriger vers la porte. L'agent Hanlon, qui se tenait sur le palier éclairé, lui parut immense.

— Madame Banion, dit-il, je suis désolé de vous déranger à cette heure, mais il n'y avait personne de service en bas.

Loren fut incapable de dire un mot. Pas un seul.

— Je ne savais pas où laisser ceci.

Il tenait un trousseau de clefs, les faisait danser devant ses yeux. Il fallut quelques secondes avant que Loren les reconnût.

— Vous les avez laissées dans votre voiture,

Madame Banion. J'avais remarqué que la vitre était ouverte quand je suis passé près d'elle à une heure, mais de toute façon je ne pouvais guère la refermer sans mettre le contact. Il a commencé à pleuvoir quelques gouttes il y a quelques minutes, alors je me suis de nouveau arrêté pour voir ce que je pouvais faire. J'ai trouvé ces clefs. Vous devenez négligente, Madame Banion.

Loren vit sa main se tendre et s'emparer des clefs ; elle aurait aussi bien pu être détachée de son corps.

— Merci, dit-elle. Est-ce tout ?

— C'est tout, Madame Banion. Désolé de vous avoir tirée du lit mais je ne voyais rien d'autre à faire.

Loren referma la porte, s'y adossa et prêta l'oreille jusqu'à ce qu'elle entendît Hanlon descendre en ascenseur. Seulement les clefs ? Elle avait envie tout à la fois de rire et de pleurer. Mais plus que tout, elle avait envie de John. Elle voulait s'accrocher à lui, enfouir sa tête au creux de son épaule et se sentir en sécurité. Les semaines de terreur étaient passées, et tout ce qu'Hanlon avait voulu, c'était lui redonner ses clefs ! John était parti, mais sa chambre se trouvait à côté de la sienne. Elle y courut, alluma la lumière et se dirigea vers le fauteuil, près du bureau. Un fauteuil en cuir doux et cossu, d'où émanait la présence de John — la forme de son dos, la marque de ses mains sur les accoudoirs usés. Puis le regard de Loren tomba sur le bureau. Pendant un moment, elle craignit que John fût parti sans son billet. L'enveloppe de la compagnie aérienne se trouvait là. Elle regarda à l'intérieur. Le billet n'y était pas. *Je deviens névrosée. Je me fais du souci pour tout,* pensa-t-elle. Puis elle remarqua ce qui était écrit sur l'enveloppe, à la ligne réservée à l'heure du départ : 8.00 — 6 mars. *Le six était le vendredi.* 8.00, *c'était le matin. Ce matin donc —*

pas le jeudi soir. Il fallait que ce fût une erreur. Le bureau de la compagnie aérienne était ouvert toute la nuit. Elle en forma rapidement le numéro.

— John Banion ?... Quel vol dites-vous ? Non, il n'y avait pas de John Banion parmi les passagers du vol de vingt et une heures à destination de Chicago... A huit heures ce matin ?... Oui. Nous avons une réservation au nom de John Banion... Qui était à l'appareil ?... Oh, Madame Banion. Votre mari voyage très souvent avec nous. Il prend toujours l'avion de jour. Toujours.

Loren reposa le téléphone sur le bureau de John et demeura là, debout, tandis que des fragments de phrases lui revenaient à l'esprit. Cette histoire avait commencé le jour où John lui avait enfoncé les doigts dans le bras.

« *Je ne pourrais pas supporter d'être dupé une seconde fois* », avait-il dit.

Et puis, le jour où Céleste était venue le voir...

« *Loyauté*, avait dit John. *C'est un mot, rien qu'un mot.* »

— Oh ! non, John, murmura Loren.

« *J'aime voyager de nuit*, avait dit John. *Le vol est meilleur et je...* »

— John, non...

Mais ça ne pouvait être que John. Il avait remarqué son malaise à Miami, ce jour où Ted avait joué cette vieille mélodie. Céleste lui avait appris un épisode de la vie de Loren. Elle en avait dit assez pour l'inciter à acheter son silence. C'est immédiatement après que les appels avaient commencé. Et où était John quand il ne prenait pas l'avion de nuit qu'il était censé prendre ? Loren le savait avec une froide certitude. Les hommes vivent selon des normes données. Il s'était déjà une fois tourné vers sa secrétaire... N'était-ce pas Katy qui avait dit à Loren où se trouvait Ted ? Katy qui ne pouvait pas aller au théâtre parce qu'elle attendait un ami. Katy, cette enfant qui était loin d'être aussi naïve qu'on le pensait, qui écoutait bel et bien à la porte du patron...

Et Ted Lockard était mort. Loren s'en souvint lorsque le téléphone se mit à sonner dans sa chambre à coucher. Elle fit demi-tour et se dirigea lentement, soumise, vers l'appareil. Elle décrocha et écouta la musique avec un visage inexpressif. Il était quatre heures. C'était l'heure de la sérénade de John.

Don't sit under the apple tree.
D'après la traduction de Nicolète et Pierre Darcis.

ADORABLE VICTIME

par C.B. GILFORD

— Willie, roucoula Lisa à mon adresse, je suis à toi : tu peux me demander ce que tu veux...

Je la regardai dans les yeux et découvris une chose qui autrefois m'eût semblé impensable : je pouvais lui résister.

— Je ne suis pas demandeur, dis-je.

— Alors, disons que tu peux me prendre.

— Je ne suis pas non plus preneur.

Si elle était incrédule, elle était trop habile pour le montrer. Et si elle était blessée, elle avait trop d'orgueil pour le manifester. Aussi choisit-elle une attitude bienveillante et neutre.

— Tu ne ressembles plus au vieux Willie de jadis.

— Je ne suis peut-être plus ce vieux Willie.

J'avais une raison — une raison essentielle. J'avais aimé Lisa pendant des années, depuis l'époque où nous étions étudiants. Des dizaines de fois j'avais voulu l'épouser, et toujours elle répondait : « Mais oui, Willie, moi aussi je désire t'épouser. Avec quel autre garçon pourrais-je me marier ? Mais il faut d'abord que tu aies une situation, que tu deviennes quelqu'un, tu comprends, Willie ? » Tout cela pour finalement en épouser un autre, un qui n'avait pas besoin de *devenir* quelqu'un, parce qu'il était né avec de l'argent jusqu'au cou.

J'avais mis six longs mois à m'en remettre. Rien qu'avec cela, la coupe était déjà pleine. Mais ce qui la faisait déborder, c'était qu'elle vînt me relancer. Que Lisa, la magnifique Lisa, Lisa dans tout l'appareil de sa beauté, descendît de son piédestal doré, et s'abaissât jusqu'à visiter mon meublé crasseux, non pas pour me dire — oh ! non — qu'elle quittait Greg (« Greg est ma source de revenus, tu comprends, mon chéri ») mais pour prétendre qu'elle m'aimait toujours, et qu'elle serait à moi si je le voulais !

Elle se tenait là, devant moi. Je ne l'avais plus rencontrée depuis ces six mois qui m'avaient mis à la torture. La revoir, c'était comme de subir d'emblée l'effet accumulé de cinq Martinis, et de recevoir en même temps un coup de poing au creux de l'estomac. Je me sentais à la fois enivré et malade. Elle était plus belle encore que dans mon souvenir. Le haut de sa tête m'arrivait juste au menton. Ses cheveux cuivrés m'éblouissaient, et ses yeux bleus, gris, verts tout à la fois, levés vers les miens, me fixaient de si près que je pouvais voir les minuscules paillettes jaunes de leur iris. Sa peau avait l'odeur des pétales de fleurs. Et sa robe noire la moulait assez étroitement pour me faire voir que de mener la grande vie n'avait pas ajouté un atome de graisse à ses formes parfaites.

— Tu m'aimes encore, Willie, dis-le.

— Pour l'avantage de la discussion, supposons que oui.

— Alors, qu'est-ce qui nous empêche de... ?

— Tu ne crois pas que tu m'as déjà fait assez de mal comme ça ?

— Tu es injuste, mon chéri, puisque je te reviens. Cela ne te prouve-t-il pas que je suis prête à réparer ?

Combien de fois avais-je brûlé du désir de l'embrasser ? Maintenant, c'était celui de l'étrangler qui me tenaillait.

— C'est bon, dis-je, tu es revenue. Tu me proposes de discrets et romantiques petits cinq-à-sept, de furtifs moments d'extases dérobés à ta vie conjugale. Et après, au bout de chaque moment d'extase, tu t'échapperas comme une anguille pour aller rejoindre Greg. Bon sang, tu t'imagines que je suis de pierre ?

Elle émit un petit rire ravi.

— Oh ! Willie, *tu m'aimes* encore !

— Peut-être. Peut-être que si je ne t'aimais pas j'accepterais ta proposition. Mais j'en ai vu de toutes les couleurs quand tu as épousé Greg et je ne tiens pas à recommencer. Je serais malade chaque fois que tu me quitterais pour le retrouver, lui. Je ne pourrais pas le supporter. Je n'ai pas l'intention de laisser la même femme me gâcher deux fois la vie.

Elle sembla cette fois me croire à demi. Elle me tourna le dos et s'éloigna. Je me forçai à ne pas la regarder. Un homme qui se torture pour une femme est un imbécile. Je l'entendis aller vers mon bureau et remuer les papiers qui s'y trouvaient.

— Et j'ai gâché aussi ton talent d'écrivain, Willie ? demanda-t-elle.

— Je n'ai pas écrit une seule phrase convenable depuis que tu m'as lâché, répondis-je. Mais je commence à m'y remettre.

— Et je suppose que je troublerais ton inspiration.

— Je le pense aussi.

— Bon, bon, Willie. Je ne veux pas, bien sûr, me mettre en travers du génie.

Ce persiflage me fit redresser la tête. Elle me fixait avec un sourire. Puis elle alla prendre son chapeau et son sac sur la table. Elle se campa devant le miroir pour donner l'inclinaison voulue à son bibi. Je l'observai malgré moi, me rappelant combien de fois j'avais assisté à ce même rite, quand nous devions sortir ensemble et que j'attendais avec impatience qu'elle fût prête.

Finalement elle me fit face. Le même petit sourire perfide joua sur ses lèvres.

— Tu vois, Willie, je m'en vais. Je t'aime, mais je m'en vais parce que *tu veux* que je parte.

— Je t'en remercie.

— Mais ma proposition tient toujours. Téléphone-moi si tu changes d'avis, Willie.

Elle s'éclipsa très vite et la porte se referma doucement derrière elle. Je restai seul, le haïssant de toutes mes forces.

Un homme n'a pas la ressource de pleurer. J'allai à mon bureau, regardant les pages inutiles qui s'entassaient là. Je les ramassai, et jetai rageusement les morceaux dans toute la pièce. Enfin, quand celle-ci fut transformée en champ de bataille, je sortis, incapable de rester chez moi une minute de plus.

*
* *

Ce que je voulais, c'était faire du mal à quelqu'un, causer de la peine en échange de celle que je venais de subir. Inutile de m'attaquer à Lisa ; je ne pouvais l'atteindre. Il ne me restait qu'une seule personne vulnérable : son mari, et c'est à sa recherche que je me mis.

Greg Martell était un agent de change important. Enfant unique, il était l'associé à part entière d'un père qui avait déjà réussi dans cette branche. Martell et fils avaient leurs bureaux dans le Winston Building.

Il était trois heures trente lorsque j'y arrivai. Quatorzième étage, précisait le panneau dans le vestibule de l'immeuble. Si Greg Martell n'était pas dehors pour une partie de golf ou quelque réception, j'avais une chance de le trouver. Je pris l'ascenseur et au quatorzième, la porte marquée du nom de « *Martell & fils* » me livra l'accès d'une entrée luxueuse, au sol recouvert d'une épaisse moquette, à l'ameublement manifestement choisi pour impressionner le client.

— Je veux voir M. Greg Martell, dis-je à la réceptionniste.

Elle haussa les sourcils et voulut savoir si j'avais rendez-vous.

— Non, dis-je, je n'ai pas rendez-vous. Mais je crois que M. Martell me recevra, si vous lui dites clairement mon nom : Willie Cameron.

Elle me lança un regard froid.

— Je vais consulter la secrétaire de M. Martell.

Quelques minutes se passèrent. Je pris la peine de m'asseoir. J'étais certain que Greg se rappellerait mon nom et serait curieux de savoir ce que voulait l'ex-petit ami de Lisa. Je n'eus pas de déception : la réceptionniste, surprise, reçut l'instruction de me laisser passer.

Greg Martell se leva à mon entrée et vint à ma rencontre, la main tendue. Quand il m'eut fait asseoir, il se jucha sur le bord de son bureau, manifestant qu'il ne s'attendait pas à ce que l'entrevue fût longue.

C'était un homme grand et athlétique, menacé par l'embonpoint mais maintenu en forme par les massages et l'exercice. Il avait encore tous ses cheveux et une moustache du type distingué décorait son visage artificiellement bruni par les rayons ultraviolets.

— Qu'y a-t-il, Willie ? demanda-t-il avec une jovialité forcée. Vous avez vendu un roman à prix d'or et vous voulez investir votre argent ?

— C'est à propos de Lisa, dis-je.

Son sourire s'évapora. Il était fier de Lisa, il aimait parler d'elle, mais pas avec moi.

— De quoi s'agit-il ? fit-il d'une voix altérée.

Je lui exposai la situation, ce qui n'était pas chose aisée. Je lui dis ce que Lisa m'avait proposé, quel rôle elle entendait me faire jouer. Son incrédulité première ne dura pas. Je vis son visage pâlir sous le hâle. Je vis son orgueil masculin s'effriter sous mes yeux. Puis une autre émotion, qui était sans doute la colère, se fit jour dans son regard.

Je jouissais tranquillement du spectacle. Cet homme était celui qui m'avait volé Lisa, grâce à son argent. Maintenant je ruinais son triomphe. C'était comme arracher un jouet à un enfant gâté et le mettre en pièces.

— Pourquoi m'avoir mis au courant ? demanda-t-il finalement. Nous ne sommes pas spécialement des amis. Ce n'est pas pour me rendre service.

Je décidai d'être franc comme il l'était lui-même.

— Pour deux raisons, expliquai-je. D'abord, j'avais un compte à régler avec vous qui avez épousé Lisa. Ensuite, je tenais à faire échouer son petit plan.

Il me considéra longuement, puis appuya subitement sur la touche de son interphone.

— Annulez tous mes rendez-vous, et qu'on ne me dérange plus jusqu'à ce soir.

Il se leva et se dirigea vers un bar portatif encastré dans l'un des murs. Il en rapporta deux verres, des cubes de glace, un shaker et des bouteilles. Tous les agréments à portée de la main...

— A quoi buvons-nous ? demandai-je.

— A rien de précis. Nous buvons pour le plaisir.

Ce que nous fîmes en silence, sauf pour commenter la qualité des alcools. Chacun de nous était plongé dans ses pensées. Greg fut le premier à livrer les siennes, quand nous en fûmes à notre troisième ou quatrième verre.

— Votre seconde raison de m'informer m'intéresse, commença-t-il. Vous avez dit que vous teniez à faire échouer le plan de Lisa. En somme, vous cherchez à vous venger de moi... mais d'elle en même temps.

— Si vous voulez.

— Vous ne l'aimez donc plus ?

— Je l'ai aimée, je l'aime sans doute encore. Mais je crois bien qu'il entre maintenant de la haine dans cet amour.

Il alluma une cigarette et aspira songeusement plusieurs bouffées.

— Il vous suffisait pourtant d'avoir refusé sa proposition. De toute façon, elle n'obtenait pas ce qu'elle voulait.

— La prochaine fois qu'elle me fera la même proposition, je pourrais ne pas avoir envie de refuser. Vous saisissez ?

— Possible. En tout cas, je ne vois pas en quoi le fait de m'en parler modifie la situation. Pensez-vous que je puisse contrôler les faits et gestes de Lisa ?

— Je l'ignore. A vous de me le dire.

Il remplit une nouvelle fois son verre.

— Théoriquement, je le devrais, n'est-ce pas ? Je n'aurais qu'à la menacer de divorcer, de lui couper les vivres... Mais je pourrais me trouver dans la situation que vous évoquiez à l'instant. C'est-à-dire que je ne saurais pas lui résister.

Nous retombâmes dans nos pensées et dans nos libations. Je commençais à ressentir les effets de l'alcool, mais ils étaient purement physiques. L'amertume, la haine, la colère continuaient de me posséder, bouillonnant en moi comme des ingrédients vénéneux dans un chaudron de sorcière.

Au bout d'un moment Greg demanda :

— Cela vous fait quel effet, Willie, de savoir que vous pourriez céder à une femme malgré vous ?

— C'est une idée qui ne me plaît pas, répondis-je. Lisa peut gâcher mon existence et me réduire en miettes. Et cela rien que pour s'amuser.

— Si vous ne pouvez lui résister, que se passera-t-il ?

— Quand elle est venue me voir cet après-midi, je mourais d'envie de l'étrangler. Voilà ce qui pourrait se passer.

— C'est une figure de style.

— Oui et non. Je crois qu'à un moment j'ai réellement eu le désir de la tuer.

— Pourquoi ne l'avez-vous pas fait ?

— Parce que nous sommes tous conditionnés par notre civilisation. Nous ne sommes pas équipés pour la violence.

— La civilisation n'est qu'un vernis.

— Je sais.

— Et il arrive que ce vernis craque. *Il y a* des gens qui commettent des meurtres.

Il remplit à nouveau mon verre. Il y avait longtemps que nous avions abandonné le whisky à l'eau. Maintenant nous buvions sec, avec seulement un cube de glace.

— Dites-moi la vérité, Willie, reprit-il. Si vous pensiez pouvoir le faire impunément, est-ce que vous tueriez Lisa ? Vous avez dit qu'elle pourrait gâcher votre existence. Est-ce que vous la tueriez pour l'en empêcher ?

Je réfléchis tout en buvant, puis considérai Greg par-dessus le bord de mon verre.

— Peut-être, admis-je.

Il eut un sourire.

— Alors finalement nous avons quelque chose en commun, mon cher.

Il se leva, contourna son bureau et vint s'asseoir

près de moi, sur le coin du meuble, me dominant de sa haute taille.

— Mais je ne résoudrai pas votre problème en tuant Lisa à votre place. Pas plus que je ne vous demanderai de me rendre le même service. Non, ce que nous pourrions faire, c'est former en quelque sorte une association.

***

Ma gueule de bois dura toute la journée du lendemain, mais mon mal de crâne avait au moins un avantage : il m'empêchait de penser.

Quand on frappa à ma porte, je ne me dérangeai pas du lit pour ouvrir. Je criai d'entrer. Peut-être ne fus-je pas tellement surpris de voir Greg Martell pénétrer chez moi.

Je me redressai à peine sur un coude pour l'accueillir. Il s'assit dans un fauteuil, rasé de frais, le visage talqué, le regard vif. Ou il était meilleur buveur que moi ou il récupérait plus vite. Il sourit un peu de voir mon état.

— Vous avez eu le temps de réfléchir, commença-t-il. Quelle décision avez-vous prise ?

— A quel sujet ?

— Ne calez pas, Willie. Je parle de notre association, bien sûr.

J'éludai de nouveau.

— A propos de Lisa ?

— Oui, l'association destinée à régler la liquidation de Lisa.

Je me rallongeai.

— Je pense que nous étions soûls comme des bourriques, déclarai-je.

— En sommes, vous vous dégonflez ?

— Je n'ai jamais marché.

Il ne s'en alla pas. Il se renfonça dans son fauteuil

et alluma une cigarette. La fumée monta paresseusement jusqu'à mon plafond sinistre.

— Je ne voudrais pas que vous pensiez, Willie, reprit-il, que je suis un homme plus violent que vous. C'est simplement que l'idée me fascine. En fonction notamment de ce facteur de sécurité qui fait partie du plan.

— Quel facteur de sécurité ?

— Songez-y, Willie. Si je tue Lisa moi-même, je serai immédiatement suspecté en tant que mari jaloux. Si c'est vous qui opérez, vous serez l'amant éconduit qui se venge. Mais si nous agissons *ensemble*, qui irait penser qu'un mari et un amant aient pu s'épauler ?

— Intéressant, dis-je.

— En effet, Willie. Très intéressant. (Il usait de son ton le plus persuasif.) Si toutefois nous arrivons à monter un plan d'action réellement efficace. Nous pourrions arranger un accident, par exemple. Chacun de nous fournirait un alibi à l'autre. Et notre culpabilité respective nous protégerait l'un de l'autre.

Je fermai les yeux, pensant à Lisa. Je pouvais souhaiter sa mort. Je pouvais même applaudir si Greg la tuait. Mais commettre un meurtre, c'était autre chose. J'aurais peut-être pu le faire l'avant-veille, sous l'empire de la colère. Mais à froid, c'était impossible.

— C'est une bonne idée, Greg. Mais je n'en suis pas.

Il garda un moment le silence.

— C'est bon, fit-il enfin. Je pense que nous ne pourrons pas nous entendre. Mais je vous préviens, Willie. Je vais capituler. Je vais dire que je sais qu'elle est allée vous voir. Et qu'elle peut faire ce qu'elle veut. De toute façon c'est ce qu'elle fera, aucun de nous ne pourra l'en empêcher. Je n'ai pas l'intention de lutter inutilement.

Je me redressai de nouveau et le dévisageai. Aucun doute, il parlait sérieusement.

— Vous allez lui dire qu'elle peut venir chez moi à sa guise sans que vous fassiez rien ?

— Oui. Exactement.

— Mais je ne veux pas d'elle.

— Et je ne veux pas non plus vous la donner. Mais il n'y a qu'un seul moyen d'empêcher que cela se produise, et ce moyen vous n'en voulez pas.

Il y avait sans doute bien une douzaine d'autres moyens, mais sur le moment je n'étais pas capable d'en trouver un seul. Tout ce que je savais, c'est que je ne voulais pas recommencer à vivre avec Lisa.

— Vous parliez d'arranger un accident, fis-je. Vous avez une idée précise ?

— Bien entendu.

***

Nous procédâmes conformément au plan. Greg raconta à Lisa qu'il m'avait rencontré dans la rue. Il m'avait trouvé mauvaise mine et m'avait dit que j'avais besoin de soleil et de grand air.

Il m'avait même invité à venir passer le week-end dans leur villa au bord du lac. Cela ne dérangeait pas Lisa ? Celle-ci assura que non.

Ils vinrent me chercher le samedi matin et m'emmenèrent dans leur Cadillac. Je pense que j'avais *effectivement* mauvaise mine. Lisa semblait ne rien suspecter. On peut même dire qu'elle devait secrètement jubiler à la pensée que si j'avais accepté l'invitation de Greg, c'était pour la revoir. J'étais vaincu et j'acceptais ma chute... Il y avait évidemment de quoi la rendre contente d'elle-même.

Greg m'avait dit que la villa serait l'endroit idéal. Elle était pratiquement isolée. Le lac n'était pas du tout fréquenté et Greg, en homme d'affaires averti de la future valeur du terrain, avait acheté près d'un kilomètre de rive sur une anse qui formait goulet. La villa était située au fond de celle-ci, au bord d'une plage privée, faite de sable fin.

Lisa suggéra que nous prenions un bain avant de déjeuner.

Greg et moi nous changeâmes et il m'emmena jusqu'à la plage. Il désigna le plongeoir flottant amarré à quelques centaines de mètres de là.

— Vous pensez que ça conviendra ?

— Il n'y a pas de maisons sur la rive d'en face ?

— On ne pourrait pas nous voir même avec une longue-vue.

— Et par ici ? C'est peut-être votre propriété, mais il pourrait y avoir des passants, des rôdeurs. C'est trop boisé pour m'inspirer confiance.

— Nous aurons l'œil. Bien sûr, il y a un léger risque. Mais le meurtre sans aucun risque, cela n'existe pas. Est-ce que vous reculez de nouveau ?

Si j'avais été tenté de le faire, l'apparition de Lisa m'en dissuada. Elle arriva arborant un deux-pièces provocant, vraiment réduit au minimum. Je savais pourquoi elle le portait. Pour moi. Un moyen de faire pression, en quelque sorte. Ce que n'avait réussi à obtenir la robe noire généreusement moulante, son hâle doré — pensait-elle — y parviendrait.

— On fait un parcours jusqu'au plongeoir ? demanda Greg innocemment.

— Willie n'est pas très bon nageur, dit Lisa. Il mène une vie trop sédentaire.

— Je peux aller jusqu'au plongeoir, répondis-je.

Nous entrâmes dans l'eau. Quand nous en eûmes jusqu'à la ceinture, Greg démarra en un crawl éblouissant et nous distança rapidement, Lisa et moi.

Elle se tourna vers moi.

— Regarde-le. Beau spécimen de mâle, hein ? Je me demande pourquoi je suis tellement attirée par toi, Willie.

— Je me le demande aussi. Étant donné que tu sais que ce n'est pas réciproque.

— Je sais, oui. Mais rien n'est jamais définitif.

Elle s'enfonça dans l'eau et se mit à nager. Elle s'en tirait bien, mieux que dans mon souvenir. Elle avait dû prendre de l'exercice avec Greg. Je ressentis quelque appréhension. Lisa serait peut-être difficile à maîtriser. Mais cela regardait Greg ; c'est lui qui avait la responsabilité principale.

Je les suivis. J'étais le plus lent des trois. A peine étais-je parti que je vis Greg se hisser sur le plongeoir et se silhouetter contre le ciel. Lisa parvint à son tour au but alors que j'en étais encore à une trentaine de mètres. Greg lui tendit la main pour la faire monter. Le bord du plongeoir était élevé, et cela représentait une bonne dépense d'énergie d'y grimper. Je m'en aperçus à mon arrivée. Il fallut les efforts conjugués de Greg et de Lisa pour me faire monter.

— Chéri, dit Lisa à Greg, il va falloir que tu remorques Willie pour revenir !

J'échangeai un bref regard avec Greg. Nous nous comprenions en silence. Ce n'était pas moi qui serais remorqué jusqu'à la rive...

Nous nous allongeâmes à plat ventre sur le radeau du plongeoir, pour prendre un bain de soleil. Lisa était couchée entre nous deux. Je ne la regardais pas. Je contemplais l'eau en m'interrogeant sur sa profondeur.

Greg était le seul à parler. Il envisageait, disait-il, d'acheter davantage de terrain sur les bords du lac. Pourquoi ne m'y installerais-je pas moi aussi ? Ce serait l'endroit idéal pour un écrivain cherchant le calme et l'isolement. A ce point de ses suggestions, le pied de Lisa entra en contact avec ma cheville.

Apparemment elle jugeait que l'idée était bonne. Je m'écartai d'elle.

Au bout d'un quart d'heure, Greg annonça qu'il fallait nager à nouveau. Il fit un plongeon impeccable et réapparut quelques mètres plus loin, nous criant de le rejoindre.

— Tu viens, mon chéri ? murmura Lisa.

— Non. Pars la première.

Elle se leva et se tint debout, de façon à être dans la ligne de mon regard. Ravissant spectacle, que je voyais pour la dernière fois. Puis, d'une détente gracieuse, elle plongea à son tour.

Ils nagèrent ensemble, et j'étudiai la stratégie de Greg. Il était meilleur nageur qu'elle, bien sûr, et aussi plus robuste. Soutenir son allure était pour elle une fatigue. Ils tournèrent autour du plongeoir, à environ quarante mètres de distance. Greg l'entraînait vers le large. Finalement elle abandonna et se mit à faire la planche. Greg en profita pour revenir par une voie détournée en direction du plongeoir. Quand Lisa se remit en route à son tour, il avait déjà dépassé le plongeoir sur la gauche et se trouvait derrière.

La progression de Lisa était lente et laborieuse. A son approche, je pus apercevoir son visage tiraillé par l'effort. Elle ne voyait plus Greg et ne pouvait donc solliciter son aide. Tout cela faisait partie du plan.

Enfin elle parvint au bord du plongeoir, escomptant que je lui tendrais la main pour l'aider. Ce que je ne fis pas, bien sûr. Désappointée, elle s'agrippa au rebord. Nos deux visages étaient tout proches. En riant, je frappai du poing ses doigts et lui fis lâcher prise.

Elle s'enfonça dans l'eau et but une tasse. Quand sa tête réapparut, je riais toujours. Cela aussi faisait partie du plan. Que tout eût l'air d'une plaisanterie le plus longtemps possible, afin d'éviter des cris inutiles.

Sa main s'accrocha une nouvelle fois au rebord, et encore une fois je la fis retomber. Hors d'haleine, elle supplia : « Willie ! » Mais c'était encore en plaisantant.

Elle gagna l'autre côté du radeau et je la suivis. Il y avait de la colère dans ses yeux, mais toujours pas de soupçon. Quand elle eut dépassé le coin, sa main prit de nouveau appui sur le rebord. Mon coup de poing fut plus fort cette fois, mais elle tenait bon et cela ne la délogea pas. Je me penchai et fis pression sur sa tête. Elle se débattit et m'échappa.

— Greg ! appela-t-elle.

Mais ce n'était pas encore un cri de terreur.

Greg lui répondit. Puis je vis son corps, à un mètre environ sous la surface de l'eau, surgir de dessous le plongeoir comme un requin. Ses mains empoignèrent les jambes de Lisa et elle s'enfonça sous l'eau.

Ce n'était pas vraiment un combat. Tout s'accomplissait en jouant, comme c'était convenu. Ce serait une noyade naturelle. Pas de traces de violence. Un accident.

Quand elle se libéra et remonta à la surface pour aspirer l'air, il me semblait toutefois qu'elle avait compris la situation. Cette fois ses yeux reflétaient de la peur. Elle me regarda, mais ce qu'elle vit sur ma figure ne dut pas la rassurer. Elle se tourna alors vers la rive. Greg était hors de vue à ce moment-là. Elle devait peser ses chances d'atteindre le rivage. Mais elle était trop fatiguée ; elle décida d'essayer une fois de plus le plongeoir.

Elle pataugea pour s'en approcher. Il y avait quelque chose de nouveau dans ses yeux. De l'humilité, du désespoir, de la terreur. Et aussi une prière. Willie, je t'en supplie... je ferai ce que tu voudras... mais je ne veux pas mourir. Sa main se dressa, toucha le rebord.

Cette fois, je ne me servis pas de mon poing. Méthodiquement, je détachai ses doigts avec mes pouces, les repoussant au fur et à mesure. Elle retomba, et j'appuyai de nouveau sur sa tête, la maintenant dans l'eau cette fois. Elle ne se débattait presque pas. Au lieu de m'échapper et de s'enfuir, elle s'agrippait à mon poignet de ses deux mains, pour tenter de m'entraîner dans l'eau. Mais je tenais bon.

La seule chose que je regrettais, c'est qu'elle ne pût pas m'entendre rire.

Une minute après, elle serait morte, si je n'avais pas été distrait de ma tâche. Et cette distraction provenait du rivage ; d'un point lumineux situé entre ces arbres dont je m'étais méfié dès le début, c'était un bref reflet de soleil, comme renvoyé par un miroir.

Mais ce n'était pas un miroir, j'en avais l'intuition, la certitude. Pas un miroir, mais le télé-objectif d'une caméra. Et derrière cette caméra, il devait y avoir un homme embauché par Greg Martell sous le prétexte de filmer les ébats de sa femme avec un autre homme et d'apporter un flagrant délit d'adultère dans une action de divorce. Mais en réalité, pour enregistrer le meurtre commis par cet autre homme. Cela tandis que Greg, insoupçonnable, naviguait invisible quelque part sous l'eau et derrière le plongeoir. Un meurtre commis sans témoin — et sans complice !

En somme Greg faisait d'une pierre deux coups. Il supprimait l'épouse infidèle, et éliminait par la même occasion le rival.

Lisa dut éprouver la plus grande surprise de sa vie quand la main qui lui tenait la tête sous l'eau glissa soudain jusqu'à son bras, pour commencer à la hisser jusqu'au plongeoir.

***

Je crois qu'aucun de nous n'avait soupçonné quelle femme étrange Lisa était en réalité. Elle avait mis un pantalon et un sweater ce soir-là, car elle était encore glacée par sa longue immersion. Elle était assise près du feu, les jambes repliées sous elle, dans un coin du grand canapé et la lumière des flammes dansait dans ses yeux et ses cheveux. Elle ressemblait à un chat satisfait.

— Eh bien, parlons un peu, déclara Greg.

Il se tenait debout devant le feu, le visage en sueur, fumant nerveusement une cigarette.

— As-tu l'intention de prévenir la police ?

— Je peux changer d'avis, dit-elle doucement, mais je ne pense pas le faire.

— Et pourquoi ? demandai-je.

Elle me sourit.

— Faiblesse féminine, mon chéri. Aussi bizarre que cela puisse te paraître, je me sens un peu flattée. Vous vous êtes donné beaucoup de mal, vous avez pris beaucoup de risques, tout cela pour l'amour de moi. Car vous m'aimez tous les deux, j'en suis sûre. Je ne peux pas rejeter une telle dévotion. Ce serait du gaspillage d'appeler la police.

Elle cessa de me regarder et contempla le feu. L'éclat des flammes soulignait son profil. Dieu, qu'elle était belle !

— Alors, voilà, dit-elle, d'une voix encore plus douce. Vous êtes tous deux capables de meurtre, vous l'avez montré. Et Greg notamment a fait preuve d'une grande ingéniosité avec cette histoire de caméra et tout le reste. Mais je pense que vous avez mal choisi votre victime. Si l'un de vous tuait l'autre, le survivant me garderait, rappelez-vous-le.

Je regardai Greg.

— Et vous devez vous en vouloir terriblement, après ce qui s'est passé aujourd'hui, poursuivit-elle.

C'était sans doute cela la vengeance de Lisa. Mais je n'y pensais pas, je continuais à regarder Greg. Et Greg me rendait mon regard.

Vous lirez le dénouement dans les journaux, un de ces jours.

An adorable victime.
Traduction de Daniel Meauroix.

LE BOUTON DANS LA BOUE

par ROBERT ARTHUR

On ne fait plus de journalistes comme Dan Rawson. La nouvelle vague est peut-être plus cultivée et très calée en politique internationale. Elle sait prendre le thé à Buckingham Palace et quelles fourchettes il faut utiliser dans les dîners diplomatiques, mais pour un fait divers bien américain, rien ne vaut à mes yeux un Dan Rawson.

Ce qu'on pouvait reprocher à Dan était commun à beaucoup d'autres hommes de valeur : trop de petits coups pour arroser de longues stations au bar. On estimait alors la capacité professionnelle d'un reporter à sa faculté d'absorption. Dan dépassait la mesure. Il fut engagé et congédié par les plus grandes feuilles : le vieux *New York Herald,* le *Chicago Inter Ocean,* et une douzaine d'autres journaux qui ont fini par sombrer les uns après les autres. Il faut reconnaître que Dan a survécu à plusieurs des quotidiens pour lesquels il avait travaillé. Il était encore bien considéré au *Groveport Express* quand le *Herald* a fusionné avec la *Tribune.*

Mais Dan commit un péché majeur. Il écrivit un compte rendu, remit sa copie au journal et s'en fut se piquer le nez sans même être allé voir comment se passaient les choses. Ce n'était pas la première fois qu'il usait du procédé et il s'en était toujours bien tiré. En somme, c'était affaire de routine : une allocution du maire à un dîner du Club des Jeunes Démocrates.

Malheureusement, ce jour-là, tandis que le maire parlait, quelqu'un lâcha une bombe puante. Dans la confusion, un incendie éclata et l'immeuble fut détruit. Nous avions mis sous presse avant d'avoir eu vent de l'affaire et l'article nous passa sous le nez.

Je n'étais alors que rédacteur adjoint, de service la nuit. McGill, le rédacteur chargé des nouvelles locales, dit à Dan qu'il était renvoyé. Dan ne discuta même pas. Il emporta sa dernière paie, sortit et alla s'enivrer. Puis il disparut. Jusqu'à la nuit où Polly McStanley mourut.

Polly était danseuse dans une boîte de nuit. Elle n'avait pas grand talent, mais c'était un beau brin de fille. Jusqu'à cette matinée où un laitier la trouva gisant dans les hautes herbes d'un terrain vague, glacée et trempée par la rosée. Une balle lui avait transpercé le cœur. Tirée à bout portant.

C'était un quartier d'entrepôts, désert la nuit. Il était manifeste que quelqu'un y avait amené Polly en voiture et l'avait jetée dans la broussaille comme un détritus. Mais la police enquêta dans le quartier.

Le seul suspect qu'elle trouva : Dan. On le découvrit endormi, empestant l'alcool, allongé derrière la porte de service de la Fentriss Warehouse and Storage Company, à quelque deux cents mètres de là. Mais Dan avait une bonne raison pour s'y trouver : il était gardien de nuit de la compagnie.

La police le relâcha. La compagnie le renvoya. Dan partit de nouveau sans laisser de trace.

Quelque temps après, notre collègue des chiens écrasés nous apprit que la police avait deux indices. Polly avait lutté contre quelqu'un. Sous les ongles manucurés de deux premiers doigts de sa main droite, il y avait de minuscules bouts de peau.

D'autre part, on voyait des traces de pneus dans la boue à côté du terrain vague, à un endroit où des infiltrations provenant d'un stand de lavage de voitures à l'autre extrémité entretenait l'humidité de la rue. Il pouvait s'agir de n'importe quelle voiture. Comme indice, c'était sans valeur.

Pratiquement, il en était de même pour la peau sous ses ongles. Polly connaissait des hommes par douzaines. Si l'un d'eux avait des égratignures fraîches, il n'allait pas les exhiber.

Il fut impossible de savoir ce qu'avait fait Polly en quittant la boîte de nuit. Elle avait parlé d'un rendez-vous. Elle y était allée. Elle avait mentionné une nouvelle connaissance. C'était tout.

La police se livra à des vérifications concernant ses relations amicales, sans résultat. A un moment donné, les enquêteurs furent tout excités en découvrant que Dan Rawson avait habité dans une pension tenue par la mère de Polly dix ans plus tôt, alors que Polly était jeunette. Puis ils se rappelèrent qu'ils avaient examiné Dan de la tête aux pieds et que ce dernier n'avait aucune écorchure récente. De plus, il était resté toute la soirée à l'entrepôt, et avait pointé régulièrement ses rondes jusqu'à minuit. Ils cessèrent donc de s'intéresser à lui.

Impasse pour un fait divers sensationnel.

Peut-être McGill se trouvait-il en état de réceptivité le soir où le Dr Franz Haber arriva. Nous étions en pleine dépression et le journal avait besoin de tirage.

Le Dr Haber était un homme bien en chair, vêtu d'un vieux costume de tweed. Il avait des cheveux blonds coupés court, portait de grosses lunettes bordées d'écaille et fumait une pipe imposante. Il s'exprimait avec un fort accent allemand.

Il resta seul avec McGill pendant plus d'une heure, après quoi ce dernier me fit venir.

— Joe, je vous présente le Dr Haber, dit-il.

Je lui serrai respectueusement la main.

— Le Dr Haber habite Vienne. C'est un spécialiste de la criminologie. Il se trouvait en voyage chez nous et s'est mis en rapport avec moi. Il va mener une enquête pour notre compte sur le meurtre de Polly McStanley. Vous travaillerez avec lui et vous rédigerez le bla-bla-bla. Cela va augmenter le tirage de dix mille. Nous ferons mousser cette histoire.

Je répondis quelque chose, je ne sais quoi ; McGill m'observait du coin de l'œil.

— Vous avez déjà entendu parler du Dr Franz Haber, je suppose ?

— Oui, répliquai-je, pensant que je devais effectivement le connaître. J'ai vu son nom.

Haber me dévisagea d'un regard éteint à travers ses grosses lunettes.

— Jeune homme, vous êtes un menteur, déclara-t-il avec un fort accent germanique, en ôtant ses lunettes. Il me sourit.

— Eh, Joe !

— Dan Rawson !

J'eus l'impression d'avoir reçu un coup dans l'estomac.

— J'ai trouvé le costume au clou. Ne me regardez pas comme si j'avais mis du poison dans votre potage. Il existe bien un criminologiste à Vienne qui s'appelle Haber, mais son nom s'écrit avec deux "a" : Haaber. Je ne prétends pas être cette personnalité, mais si des gens le croient, tant pis pour eux. Il n'y a pas une chance sur mille pour que la mèche soit éventée, et même si cela se produisait, après tout, c'est une astuce journalistique.

M'abstenant de tout commentaire, je demandai simplement :

— Où avez-vous pris cet accent ?

— Ma mère était autrichienne. Je sais encore parler allemand, et c'est dans cette langue que je m'exprimerai. C'est vous qui vous chargerez des palabres. Maintenant, passons aux choses sérieuses. Il nous faut des photos pour l'édition de demain et un article sur mes succès passés en première page. J'ai plusieurs bouquins relatant des affaires obscures en Europe que nous pouvons mettre à mon actif.

— Je prends l'entière responsabilité, Joe, me dit McGill. Nous avons besoin de tirage. Dan a juré qu'il ne pintera pas et, même si nous ne trouvons pas l'assassin, cela nous fera des articles pour une semaine.

Il eut un haussement d'épaules.

— Et puis, que diable, rien ne dit que Dan ne découvrira pas quelque chose !

— Hé oui, qui sait ? opina Dan.

Le lendemain, nous avons collé un article en première page : « *Le Groveport Express* a chargé un criminologiste célèbre de résoudre l'énigme du meurtre d'une jolie danseuse. » Vous voyez le genre. Vous pourriez sans doute l'écrire vous-même. Avec une photo du Dr Haber penché sur un microscope. Et un résumé de quelques-uns des mystères élucidés par lui, pêchés dans le recueil d'affaires criminelles perpétrées en Europe que m'avait fourni Dan. Très impressionnant.

Une heure après la sortie du journal, Dan se mit au travail. Nous voulions de la publicité, nous en eûmes. Une centaine de gens, y compris la moitié de l'effectif des détectives du coin, plus une poignée de types de la pègre, étaient postés aux abords du terrain vague et regardaient les plus costauds de nos livreurs tendre des cordes tout autour du terrain tandis que deux reporters débutants coupaient les hautes herbes. Puis Dan prit un petit râteau et commença d'examiner le sol à quatre pattes.

Les bas de Polly étaient déchirés aux genoux, ce qui montrait qu'elle avait vécu assez longtemps pour se traîner sur quelques mètres. Dan scruta toute la surface, qu'il découpa en carrés. Il découvrit une cigarette de marque coûteuse à demi fumée, un bouton rouillé, un canif presque neuf avec des taches sur la lame, un soulier dépareillé, une boîte à sardines vide, un réveil cassé et un sou démonétisé.

Il recommença ses recherches. Cette fois, il trouva une cartouche vide de 38 écrasée et un bouton presque enfoncé dans la terre boueuse à l'endroit où l'on avait découvert Polly. C'était un de ces boutons recouverts de tissu comme on en met sur les smokings. Il semblait s'agir d'un tissu coûteux.

Nous revînmes aux bureaux du journal, laissant deux débutants à croupetons sur le terrain pour maintenir l'intérêt du public. Le lendemain, nous publiâmes une photo sur une demi-page représentant les diverses trouvailles de Dan — ou plutôt du Dr Haber — avec pour le chapeau : « *Lequel de ces objets est l'indice qui mènera au meurtrier de Polly McStanley ?* » Nous ne disions pas que c'étaient des indices. Nous posions la question. Tout le monde peut poser des questions.

Puis nous publiâmes un récit de la vie de Polly, en même temps qu'un article dans lequel le Dr Haber analysait le caractère probable de son assassin. Il soulignait le fait qu'elle avait des goûts dispendieux et ne perdait pas son temps avec des radins. Après toute une sauce, il en venait à conclure que l'assassin, quand on le trouverait, se révélerait un homme d'âge moyen, ayant beaucoup d'argent, gagné sans doute par des moyens illégaux.

Cela ne demandait guère d'imagination, étant donné que c'était le genre d'individus avec qui Polly avait l'habitude de sortir. Le seul ennui était qu'elle en connaissait beaucoup répondant à cette description.

Notre vente avait augmenté de dix mille, comme McGill l'avait prédit.

Le troisième jour, le Dr Haber retourna au terrain vague et, devant témoins, préleva minutieusement un échantillon de la boue où l'on avait trouvé des traces de pneus. Nous avons envoyé la boue à l'un des meilleurs laboratoires de la ville aux fins d'analyse. Puis nous avons inféré de son rapport qu'il ne s'agissait pas de boue ordinaire, mais qu'elle renfermait des traces d'huile, de minuscules parcelles de peinture de carrosserie, des résidus savonneux, le tout provenant de l'écoulement du stand de lavage de voitures d'en face. Le Dr Haber fit remarquer gravement que si l'on retrouvait cette boue dans un coin quelconque de la ville, on pouvait prouver qu'elle venait de cet endroit.

Il continua également son analyse de l'assassin. La police, déconcertée mais ne voulant pas être prise au dépourvu, observait nos opérations. Étant donné la prétendue réputation de Haber, elle lui confia un morceau de la peau récupérée sous les ongles de Polly.

Après examen au microscope, Dan précisa ses conclusions : le meurtrier était un homme à la peau grasse, aux cheveux noirs, au teint basané, de taille moyenne, probablement d'origine sud-européenne, et qui avait souffert du paludisme.

Polly avait pas mal de relations de ce genre, avec ou sans paludisme. Je me penchai sur le microscope, mais ne vis rien qui valût d'être signalé.

En tout cas, nous avions mis toute la ville en émoi. Y compris votre serviteur. Je me demandais comment nous allions nous en sortir quand on s'apercevrait que tout cela n'était que du bluff.

Dan partit alors pour New York « afin d'y poursuivre », disait-il sous la signature du Dr Haber, « une enquête secrète ».

Je fis du remplissage : Polly avait posé autrefois pour un calendrier artistique, ce qui aida à maintenir le tirage.

Sur quoi le maire, le préfet de police, le district attorney nous demandèrent de leur communiquer ce que nous apprenions. Je ne pouvais rien dire. McGill ne voulait pas, et le directeur du journal était en Angleterre, impossible à joindre.

Dan s'absenta deux jours. L'affaire se mit à retomber comme un soufflé hors du four. Je commençai à téléphoner à des amis dans d'autres villes pour leur demander s'ils auraient éventuellement un boulot pour moi. C'est alors que le « Dr Haber » revint. Deux heures durant, lui et McGill, le maire, le préfet de police, le district attorney et le directeur de la brigade criminelle restèrent enfermés dans un bureau.

Ils en émergèrent l'air soucieux. McGill m'avertit de me tenir fin prêt avec notre spécialiste des chiens écrasés et deux reporters photographes.

Le soir, à onze heures, une douzaine de voitures se rassemblèrent silencieusement autour d'une propriété privée dans la banlieue. Cette propriété appartenait à un homme entre deux âges, d'origine sud-européenne, brun et au teint basané, qui avait bâti illégalement sa fortune dans la contrebande d'alcool. On sut par la suite qu'il avait souffert du paludisme.

Je compris alors pourquoi tous ces personnages officiels paraissaient nerveux.

Emil Hardin n'était pas quelqu'un avec qui on pouvait plaisanter. Il possédait en propre un bureau de prêt dans la ville. Il trempait dans la politique et avait des amis dans la capitale de l'État. Il s'occupait aussi d'autres choses, mais personne ne pouvait le prouver. Hardin n'était pas son vrai nom.

Le préfet de police lui-même, qui jouait au poker avec Hardin dans le même club, dirigeait les opérations. Tout le monde fut très poli. Poliment, le préfet demanda à Hardin de remonter ses manches. Poliment Hardin obtempéra. Aucune égratignure. Mais, sur son poignet gauche, il avait une vilaine brûlure. Il expliqua que, ayant voulu remplir son briquet, l'essence avait débordé sur lui et pris feu.

La perquisition aussi fut faite courtoisement. Pas d'arme. Mais la police gratta toute la boue sous les trois grosses voitures de Hardin, puis examina ses vêtements. Il ne manquait de bouton à aucun vêtement de soirée.

Puis on se mit à creuser et, sous un buisson de lilas, on trouva un smoking qui avait été aspergé d'acide et brûlé. Un bouton y manquait.

La découverte parut bouleverser Hardin, mais peut-être fut-il seulement surpris. Il fut arrêté et inculpé de l'assassinat de Polly McStanley. Cela n'enchantait personne, mais ce fut fait quand même.

Le lendemain, bien entendu, le *Groveport Express* publia un long article. Le Dr Haber disait être allé à New York avec le bouton, avoir établi que le tissu qui le recouvrait était un tissu importé, avoir retrouvé l'importateur, le tailleur qui l'avait acheté, et découvert qu'Emil Hardin était son seul client à Groveport, ce qui mettait un point final à l'affaire.

Pour ma part, je brossai un tableau attendrissant de Polly arrachant le bouton et griffant Hardin dans une ultime tentative désespérée pour défendre sa vertu. Notre artiste maison dessina à la plume une reconstitution de la scène.

Le tirage battit tous les records. Le Dr Haber, rappelé à Vienne pour affaire urgente, quitta la ville.

Le procès fut mené rondement. L'avocat de Hardin cria au coup monté et prouva par une douzaine de témoins que l'accusé jouait au poker la nuit du meurtre et qu'il lui avait été impossible de se trouver près de l'endroit où l'on avait découvert Polly.

Par contre, un des premiers tailleurs sur mesures de New York certifia avoir confectionné le smoking pour Hardin. Un autre expert assura que le bouton trouvé à l'endroit où Polly avait trouvé la mort provenait de ce smoking.

Un troisième expert témoigna que les fragments de boue prélevés sous la troisième belle voiture de Hardin étaient issus du marécage proche du terrain où gisait le corps de Polly.

Un quatrième expert certifia que les parcelles de peau sous les ongles de Polly avaient la même disposition de pores que la peau de Hardin. Le tribunal grouillait d'experts.

Ce n'était qu'un faisceau de preuves secondaires, mais le jury, dont tous les membres avaient suivi les articles du Dr Haber avant l'arrestation de Hardin, le déclarèrent coupable au second tour de scrutin. Le nom du Dr Haber ne fut pas mentionné, mais nous étions prêts à parer le coup au cas où la supercherie eût été dévoilée.

Hardin fut condamné au bagne à perpétuité, interjeta appel et fut poignardé à mort au pénitencier par un vieil ennemi avant que son appel vînt devant les tribunaux.

Dan récupéra son emploi. Le journal retrouva son tirage antérieur.

Dan était devenu sobre, mais il dut abandonner pour soigner une attaque de tuberculose qui le minait depuis longtemps. Dans l'intervalle, j'étais passé rédacteur aux nouvelles locales. J'accompagnai Dan à la gare quand il prit le train pour l'Arizona.

— Vous allez nous manquer, lui dis-je. Je n'oublierai jamais comment vous avez réussi à démasquer Hardin à partir d'un bouton.

— Ce n'était pas difficile. Il sourit. Étant donné que c'est moi qui avais déposé ce bouton là-bas.

Je le regardai avec surprise.

— J'ai cambriolé la maison de Hardin et volé le vêtement dans son placard. J'ai arraché le bouton et enterré le smoking. J'ai mis le bouton dans la boue. C'était un vieux costume et j'espérais bien que Hardin ne remarquerait rien. Sachant qui possédait le smoking d'où provenait le bouton, il était simple de retrouver le tailleur qui l'avait fait exécuter surtout que son nom était à l'intérieur de la doublure.

Il toussa et s'essuya les lèvres avant de continuer.

— Ensuite, j'ai réussi à placer de la boue sous une des voitures de Hardin. Sans le bouton, le smoking enterré et la boue, sans cette publicité progressive et le jargon scientifique, nous n'aurions jamais réussi à faire condamner Hardin. A la vérité, il n'a jamais mis les pieds dans le terrain vague. Il s'est battu avec Polly et il l'a tuée quand elle a résisté en le griffant, oui, mais il a chargé un de ses hommes de main de l'en débarrasser. Il était resté chez lui à jouer au poker presque toute la soirée.

— Pour quelle raison avez-vous voulu vous en mêler ? C'était une combine de McGill ?

— Non. Voyez-vous, Joe, il fallait que je mène cette affaire à bonne fin. Et pas pour qu'on me rende ma place.

Il toussa encore, avec agacement.

— Vous savez que j'ai logé chez Polly il y a quelques années. Eh bien, j'étais tombé amoureux d'elle. Elle représentait tout ce à quoi un journaliste raté ne croit plus : elle était la jeunesse, l'innocence, la beauté. A l'époque, j'avais l'âge d'être son père, mais je n'ai pu m'empêcher de faire le grand monsieur. Je l'ai emmenée dans les boîtes de nuit et aux courses. Je l'ai présentée à des gens importants. C'est ainsi qu'elle a eu sa première place.

C'est ainsi qu'elle est devenue danseuse... de celles qui finissent avec une balle dans le cœur. Donc, en quelque sorte, j'ai vraiment contribué à la tuer.

Il parut soudain très vieux et très las. Je me torturais l'esprit pour trouver quelque chose à répondre.

— Mais si vous avez enterré vous-même le bouton, dis-je finalement, vous n'aviez aucun indice sur quoi vous appuyer ?

— Vous vous trompez, répliqua-t-il avec un sourire à peine esquissé. J'avais un indice. L'ennui c'est qu'il ne valait rien comme preuve. Polly elle-même m'a dit qu'Emil Hardin avait tiré sur elle.

— Elle vous *l'a dit* ?

— En revenant à l'entrepôt après avoir été prendre un bock à la brasserie ce soir-là, j'ai entendu les gémissements de Polly. Elle est morte dans mes bras. Avant d'expirer, elle m'a dit ce qui s'était passé. Mais je savais que mon seul témoignage ne le ferait jamais condamner. Le témoignage d'un ivrogne de journaliste mis à la porte pour avoir fait de chic un article.

« Il fallait des preuves. C'est la seule chose qui compte pour la loi, les preuves. J'ai donc fourni des preuves. Et échafaudé l'histoire qui a amené tout le monde à croire aux preuves. Ainsi justice a été faite.

Le train s'ébranla et je sautai vivement sur le quai. Dan se pencha pour me faire un signe d'adieu.

— De toute façon, c'était une affaire très scientifique, me cria-t-il, étant donné le peu d'éléments dont je disposais.

Button in the mud.
Traduction d'Arlette Rosenblum.

TOUT RETOURNE A LA CENDRE

par DE FORBES

Le rêve était toujours le même. Elle était redevenue petite fille. Debout dans le jardin, elle observait son père. Un bel homme, son père, avec une touche de gris aux tempes et un grand corps vigoureux de jeune homme vêtu d'un short de tennis. Il se dirigeait vers la gloriette et elle regardait ses longues jambes minces descendre rapidement le sentier. Elle souriait au début du rêve, heureuse d'évoquer son père, mais tout changeait rapidement : son sourire se décomposait et lorsque son père tendait la main vers la porte de la gloriette et l'ouvrait, elle se mettait à hurler. Son père se tournait vers elle.

Mais ce n'était pas son père. C'était Greg avec les mêmes tempes grisonnantes, le même corps fier. Et toute la terreur du monde s'abattait sur elle. Elle tentait de courir vers lui, mais ne le pouvait pas. Elle tentait de hurler, mais ne le pouvait pas. Et puis, lui martelant le crâne, il y avait des mots :

« Non, père ! Non, Greg ! » A ce moment-là elle s'éveillait et se souvenait.

Tout était fini. Greg avait disparu, elle était veuve et devait s'y faire. C'est à cause de cela qu'elle se trouvait à l'hôpital. Elle n'allait pas tarder à en sortir, à se rétablir, à être libre de courir se cacher pour panser ses blessures. Tout était fini.

C'est ainsi que se passaient ses nuits, et ses journées étaient vides. « Pas de visites », avait-elle dit. Elle n'attendait rien de personne. Qu'avait-elle à gagner de quiconque ? Elle ne voulait rien que du temps, du temps pour guérir ses blessures.

Des secondes, des minutes, des heures, des jours... Du temps.

Le jour où elle quitta l'hôpital avait quelque chose d'irréel. Le ciel était trop bleu, le soleil trop doré. Elle se sentait faible, sans couleur et sans force auprès de tout cet éclat. Elle chercha vaguement Greg du regard avant de se rappeler que Greg ne serait pas là. C'est Frank Townsend qui l'attendait.

En revoyant le bon visage de l'homme de loi, ses honnêtes yeux bleus, elle fut capable de lui sourire, de lui tendre la main, de ressentir même... une sorte de plaisir.

— Jena.

Il tenait dans les bras un bouquet de roses rouges. Ça ressemblait tellement à Frank. Tellement attentionné. Tellement dépourvu d'imagination. Tellement rouges, les roses. Elle les lui prit des mains, les tenant maladroitement de crainte de se piquer.

— Merci, Frank, murmura-t-elle. Elles sont jolies.

— On m'a permis d'amener la voiture devant la sortie de secours, fit-il avec son doux sourire timide. Il y a un comité d'accueil qui vous attend à la porte principale.

Le regard de Jena était tout entier attiré par les roses ; il en détaillait chaque pétale, chaque feuille.

Depuis peu, ses yeux étaient incapables de se détacher des objets sur lesquels ils se posaient. Mais elle avait enregistré les paroles de Frank et quelque chose en elle s'était déclenché comme un signal d'alarme.

— Des reporters ?

Qu'espéraient-ils d'elle ? Des larmes ? Elle ne pleurerait pas — pas devant eux.

— Ils attendent depuis un bon bout de temps, dit Frank en prenant le sac et la veste de Jena. J'ai pensé qu'il serait préférable que je vous ramène d'abord chez vous, pour vous donner le temps de mettre de l'ordre dans vos idées. Après, vous pourrez voir les journalistes — quand vous vous serez reprise.

Frank poussa Jena devant lui dans un des couloirs de l'hôpital qui conduisait à la sortie de secours.

— Je ne veux pas les voir du tout.

Jena entendit, sentit Frank s'arrêter derrière elle.

— Oh ! mais je crains bien que vous ne puissiez pas faire autrement. C'est plus que de l'intérêt morbide. Pendant que vous vous trouviez à l'hôpital, Greg Grant est devenu une figure de légende.

Jena hésita. Le soleil faisait resplendir la porte devant elle. Il lui fallait sortir de cette lumière, se laisser éblouir par elle. A ce moment-là, Jena eut envie de battre en retraite vers l'univers plein d'ombre de sa chambre d'hôpital. Mais Frank marchait derrière elle et elle fut obligée de poursuivre son chemin.

— Nous serons obligés de vous faire entrer subrepticement dans la maison, disait Frank. Les journalistes doivent vous attendre là-bas aussi.

— Je ne peux pas, dit Jena en s'arrêtant brusquement. Je n'y suis pas encore préparée.

— C'est exactement ce que je vous disais, Jena, répondit Frank en produisant un de ces sourires qui donnaient de l'éclat à ses yeux. J'ai tout combiné — pour vous donner du temps.

— Combien de temps ? Combien de temps va-t-on me laisser tranquille ?

— Eh bien... (Le sourire de Frank s'était fait incertain.) J'ai pensé... au moins jusqu'à cet après-midi...

— Cet après-midi ? répéta Jena en secouant impatiemment la tête. Je ne peux pas les voir aujourd'hui. Ni demain. Ni ces jours-ci.

Elle s'entendit hausser le ton ; comme une infirmière passait et la regardait d'un air inquisiteur, elle se remit à parler plus bas.

— Ne comprennent-ils donc pas ? Je n'ai pas eu le temps de... m'adapter... d'accepter...

Frank posa une main légère sur l'épaule de Jena qui s'écarta un peu de lui :

— Il faut prendre sur vous, Jena, dit-il doucement. Il vaudrait peut-être mieux que vous affrontiez les journalistes, que vous regardiez les choses en face, aujourd'hui...

— Non !

Jena n'avait pas eu l'intention de s'exprimer avec une telle violence. Son homme de loi — l'homme de loi de Greg, la dévisagea avec de petits yeux.

— Très bien, dit-il enfin. Que voulez-vous faire ?

— La maison sur la plage, dit-elle. Le refuge de Greg, notre refuge. Jamais il n'en a parlé à personne — à personne qui aurait pu l'y déranger. Je peux y aller et y rester aussi longtemps que je voudrai. Jamais ils ne m'y découvriront.

— Mais la maison a été fermée. Nous n'avons pas le temps de la faire mettre en état. Tous vos domestiques sont chez vous, en ville, objecta Frank en fronçant ses minces sourcils.

Frank, se dit Jena, n'avait jamais été homme à suivre une impulsion.

— Ça ne fait rien, dit-elle, je me débrouillerai... Ça m'occupera.

Frank hésita avant d'ouvrir la porte (la porte qui ouvrait sur la rue, sur le monde — un monde sans Greg).

— Très bien, dit-il en tournant le bouton. D'accord. Un petit moment. Mais pas trop longtemps. Le docteur m'a parlé, Jena. Il m'a dit...

Frank la fit monter en voiture et sa voix se perdit dans le lointain. Il fit le tour de la voiture et se glissa derrière le volant : « Pas trop longtemps. »

Le docteur a dit... Comme la voiture démarrait, Jena ferma les yeux ; elle revit le visage large et haut en couleur du spécialiste qui l'avait soignée. « Nous avons guéri vos maux physiques, Mrs. Grant. Mais... » Elle avait posé les yeux sur lui, en lui, à travers lui, et s'en était félicité en voyant la fugitive expression de malaise qui passait sur son visage. « Si, à un moment quelconque, vous sentez que vous avez besoin qu'on vous aide, avait-il poursuivi, je crois que je connais l'homme qu'il vous faut. C'est un remarquable psychiatre. Je vais vous laisser son nom. »

Après le départ du spécialiste, elle avait déchiré en petits morceaux le papier sur lequel il avait noté le nom du psychiatre et avait posé les morceaux sur sa table. Elle n'avait pas voulu qu'on les enlève. Elle voulait être sûre que le spécialiste les vît. « Le docteur a dit... » Oui, elle pouvait sans peine imaginer ce que le docteur avait dit : « Madame Grant a subi un choc violent. Pour le moment, qu'elle n'essaie pas d'en faire trop, de s'attaquer à trop de problèmes. Il faut du temps pour se remettre d'un tel choc... »

Il faut du temps. Ces mots agirent comme un déclic et libérèrent spontanément chez elle son complexe de culpabilité. Une autre voix, une voix implorante — la sienne — les avait prononcés autrefois. Il faut du temps. Elle les avait répétés et répétés. Et l'homme à qui ils étaient adressés, Greg Grant, son mari, lui avait répondu : « Je comprends, Jena. Oh ! chérie, je comprends. J'essaierai d'être patient... » Et elle l'avait regardé, éprouvant tout à la fois devant lui de la fascination et de la répulsion, émotions qui la déchiraient.

« Mon Dieu, s'écria-t-elle intérieurement, que de choses sommes-nous obligés de nous cacher ! »

Comment pouvait-elle lui dire que, lorsqu'il la touchait, il cessait d'être son Greg ? Qu'il devenait un étranger, un parfait étranger ? Comment aurait-elle pu lui dire des choses qu'elle ne s'avouait pas à elle-même ? Il aurait dû comprendre. C'était rationnel, cela. S'il l'avait vraiment aimée, il aurait compris...

Pour la millième fois, Jena regretta amèrement de n'avoir pu aimer Greg comme il le souhaitait, et ses souvenirs la meurtrirent ; elle les balaya et s'efforça de se laver l'esprit, de le régénérer. Elle évoqua d'autres choses, de jolies choses, des edelweiss dans la neige (mais les fleurs, au soleil, se changèrent en flammes sous ses yeux) ; l'arôme, la chaleur d'un verre de sherry (mais le vin s'assombrit et se troubla) ; son père, beau, viril dans ses vêtements de tennis, debout dans la gloriette (mais une corde s'était resserrée autour de son cou et elle eut l'horrible vision de son corps enflé, noirci). Tous les rêves éveillés qu'elle avait faits à l'hôpital se mêlaient à ses rêves plus anciens : sa mère hurlant dans la pièce voisine, au cours de la nuit, des paroles qui n'étaient pas destinées à la petite Jena : « Ne me touche pas encore une fois ! Ne me touche pas ! » Ou bien sa mère, toujours pendant la nuit, lui murmurant angoissée : « Aide-moi, Jena. Aide-moi à couper la corde et à le descendre. Personne ne doit savoir pour ton père. »

L'homme près de Jena — Frank, mais oui, c'était

Frank — parlait, et elle acceptait sa voix mais non ses paroles ; elle se laissait bercer par le son de cette voix jusqu'à ne plus penser.

Ils prirent la route côtière, et au début Jena regarda, regarda avec espoir, dans l'attente de quelque apaisement que lui procurerait la mer, la mer toujours en mouvement. Mais une fois de plus le monde lui parut trop brillant et les reflets du soleil sur les vagues ressemblaient parfois à de petites flammes dansantes. Jena ferma les yeux, les garda clos, écouta la voix de Frank jusqu'à ne plus pouvoir supporter ses modulations.

Des chaînes barraient l'entrée de la maison. Personne n'était revenu là depuis l'automne dernier — depuis ce jour d'automne rouge et doré où Greg avait lui-même fixé les chaînes au portail. Frank descendit de voiture et les détacha. Contrairement aux mains de Greg, les siennes étaient minces et blanches, presque des mains de femme. Jena joignit ses doigts autour du bouquet de roses, les noua, étouffa les fleurs de ses mains.

La maison attendait — volets clos, assoupie dans l'ombre des pins, elle attendait. Pour la première fois de la journée, Jena pouvait regarder quelque chose sans détourner le regard. La maison était bien. Cela irait. Du moment qu'on lui laissait le temps...

Presque avant même que Frank eût stoppé la voiture, Jena descendit et courut vers la porte. La maison était blanche mais l'air marin l'avait patinée et cette blancheur n'était plus aveuglante. Cela fit plaisir à Jena et c'est avec un sourire que, debout sur la véranda, elle fouilla dans son sac à la recherche de sa clef. Dans son dos, elle entendait Frank ouvrir la portière de la voiture, en sortir sa petite valise, s'approcher d'elle.

Elle trouva la clef, l'introduisit dans la serrure, la tourna, entra.

Les rideaux étaient tirés. Le grand living-room à loggia était plongé dans la pénombre. Le dessus des tables cirées était terni, presque gris sous la couche de poussière. La cheminée contenait de vieilles cendres. Jena s'en détourna, posa les roses sur la table poussiéreuse. Quand Frank apparut dans l'encadrement lumineux de la porte ouverte, elle l'attendait.

— Merci, Frank, dit-elle. Merci pour tout. Je vais me débrouiller maintenant.

— Mais... commença Frank en déposant lentement la valise à terre, ne voulez-vous pas que je vous aide ? Que j'ouvre les fenêtres ? Que je m'occupe du téléphone, des choses de ce genre ?

Jena posa sur son bras une main douce et se servit de cette douceur même pour faire reculer Frank vers la porte.

— Pas de téléphone, dit-elle. L'eau est branchée. Nous n'avions pas fermé le compteur en cas de... (elle prit son souffle) d'incendie. Vous pourrez vous arrêter en ville et vous occuper de l'électricité. Faites ça pour moi et tout ira bien.

Il était sur le seuil mais hésitait encore. Ne partirait-il jamais ?

— Mais... les provisions ? Ne voulez-vous pas que je vous apporte des provisions ?

— Nous avons rempli le placard de conserves l'automne dernier, fit-elle en secouant la tête. Ça ira très bien.

Frank se retourna. Jena pensa qu'il allait enfin partir ; au lieu de quoi il s'avança d'un pas.

— Jena, ça ne me plaît pas. Ce n'est pas bien.

Contrôle-toi, Jena, se dit-elle. Ne l'alarme pas.

— Ne vous en faites pas, Frank, dit-elle en souriant. Quelques jours seulement. C'est tout ce que je demande. Vous pourrez revenir — dans quelques jours.

— Mais vous allez être seule. Sans téléphone. Sans auto.

Il la suppliait du regard et soudain, elle lut autre chose dans ses yeux : la dévotion muette — pourrait-elle un jour prendre flamme ? Il fit deux autres pas, décidés cette fois.

— Non. Ce n'est pas possible. Je ne vous laisserai pas seule ici.

— Mais ne voyez-vous pas que je... je veux rester seule ? Sortez d'ici !

Elle perçut ses propres paroles tandis qu'elle les hurlait, mais comme quelqu'un qui surprend une discussion, avec un mélange de regret, de peur et de joie. Pendant un instant, elle vit la silhouette de Frank obstruer la porte, empêcher la lumière d'entrer, puis disparaître. Elle ferma les yeux et prêta l'oreille au bruit de la voiture qui démarrait, partait, s'éloignait.

Lorsqu'elle rouvrit les yeux, l'entrée était de nouveau plongée dans l'ombre. Jena cligna tout en se demandant si son cerveau avait conservé de Frank une image telle qu'on en voit sur un écran trop sombre de télévision. Mais non — un autre corps s'encadrait dans la porte, plus grand, plus vigoureux. Un autre homme. Un inconnu.

— Je vous ai suivie, dit l'homme. Je vous ai suivie tout le chemin.

Sans savoir pourquoi, Jena avait reculé ; elle se trouvait maintenant au fond de la pièce, près d'un divan recouvert de chintz. Elle appuya, pour se soutenir, ses doigts glacés sur le dossier du meuble.

— Qui êtes-vous ? demanda-t-elle.

Il s'avança vers elle et elle se sentit se recroqueviller au fur et à mesure qu'il approchait.

Il passa près d'elle, se dirigea vers les fenêtres et, tirant d'un coup sec sur le cordon, ouvrit tout grand les rideaux.

Le soleil entra à flots dans la pièce, rampa sur le

sol poussiéreux pour se tasser enfin au milieu du tapis d'orient. Jena pouvait clairement voir l'homme maintenant, son visage blanc légèrement ombré par une barbe naissante, ses grands yeux noirs, sa bouche mince, ses dents luisantes. Elle essaya de déchiffrer ce visage, de le situer quelque part dans la collection de ceux dont elle se souvenait, mais il lui parut nouveau. Tout à fait nouveau. A moins que... maintenant qu'il souriait, n'y avait-il pas... quelque chose... qui lui rappelât... (elle prit une profonde aspiration ; c'était presque un sanglot)... Greg ?

— Je ne pense pas que vous vous souveniez de moi, dit l'homme. Je suppose que lorsque vous m'avez rencontré, vous ne m'avez pas vraiment vu.

— Qui êtes-vous ? répéta-t-elle.

— Mon nom ne vous dirait rien, répondit-il en s'éloignant des fenêtres et en retraversant la pièce. Pas plus que ma tête. Ce qui compte, c'est l'endroit où vous m'avez vu. C'est cela qui m'a amené ici.

Jena sentit de nouveau la faiblesse l'envahir. Elle sentit des larmes sourdre sous ses paupières et tenta de les retenir, de les lui cacher.

— Je ne sais pas ce que vous voulez, dit-elle d'une voix tremblante, mais vous feriez mieux de partir. L'homme qui était ici à l'instant est mon homme de loi. Il est allé en ville faire une course, et ne va pas tarder à revenir.

— Vous avez dit que le placard était bien rempli, fit l'homme en souriant de toutes ses dents luisantes. Y a-t-il aussi de l'alcool ? Je pense qu'un verre amical ne nous ferait pas de mal.

Jena se laissa choir, tomba plus ou moins sur le divan. L'homme l'avait entendue parler avec Frank. Naturellement, il l'avait entendue ordonner à Frank de partir. Elle sut que l'homme était sorti de la pièce, avait trouvé la cuisine. Elle l'entendit fouiller dans les placards, perçut son exclamation de plaisir lorsqu'il trouva les liqueurs. Puis il y eut le tintement de la cuiller contre le verre et des bruits d'eau. Finalement, il revint, deux verres dans les mains :

— Vous excuserez le manque de glace, dit-il en lui tendant un verre qu'elle prit de ses doigts sans nerfs, le compteur électrique n'est pas branché.

L'homme s'assit, déroula gracieusement son long corps dans le siège en face du sien et dit :

— Maintenant, je me présente : je suis musicien. Pianiste. Je jouais du piano aux *Quarante-Neuf Palmiers*.

Le verre tomba des mains de Jena. Elle ne le sentit pas tomber, mais entendit plutôt le bruit qu'il fit en heurtant le tapis. L'homme baissa les yeux vers le verre avec un gloussement.

— Eh bien, vrai, dit-il d'un ton mesuré, on peut dire que vous avez les nerfs à fleur de peau. Je vais vous en chercher un autre.

— Que voulez-vous de moi ?

L'homme se pencha en arrière, fouilla dans la poche de sa veste de sport. Quand il en ressortit la main, celle-ci serrait une liasse de coupures de journaux. Il sourit à Jena et se mit à lire :

— Greg Grant meurt dans l'incendie d'un night-club. Cent personnes périssent carbonisées.

Il leva les yeux sur Jena.

— Les manchettes sont brutales, n'est-ce pas ?

Bien qu'assise au soleil, Jena avait froid. Elle frissonnait : assise là, dans la chaleur, elle frissonnait.

— L'acteur de cinéma vétéran, poursuivit l'homme, celui qui était depuis vingt ans le *Roi de l'Écran*, a trouvé la mort hier soir dans un incendie éclair au night-club *Quarante-Neuf Palmiers*, et une centaine d'autres joyeux convives ont péri avec lui. Pour Greg Grant, surtout célèbre pour ses rôles d'amoureux fort et dur, cette mort couronne une carrière de bravoure qui, en son temps, a fait de lui un héros de légende. Greg Grant est mort en portant secours à sa femme, l'ex-jolie débutante Jena Thorp.

« Le feu, que l'on croit avoir été causé par un fumeur négligent, a embrasé le club tout entier en quelques minutes. *Les Quarante-Neuf Palmiers* était décoré, comme le nom l'indique, de palmiers artificiels, montant du sol jusqu'au plafond. Sur ce plafond se trouvaient d'autres décorations en papier : des feuilles de palmiers, de cocotiers et même des singes en papier y formaient des festons qui se sont transformés, une fois allumés, en une véritable mer de flammes. De nombreuses personnes ont été piétinées dans la ruée vers les portes et les fenêtres. Parmi ceux qui réussirent à s'échapper, certains retournèrent sur leurs pas pour se porter au secours d'amis ou de parents et trouvèrent ainsi la mort. »

L'homme leva la tête : « Dois-je continuer ? »

Jena ressentait dans tout son corps une douleur presque intolérable. Elle essaya de parler ; ses lèvres de bois, douloureuses, finirent par formuler des mots :

— Non. Non. Arrêtez. Je vous en prie.

L'homme déposa soigneusement les coupures sur une petite table et prit son verre.

— Non seulement ces articles sont brutaux, dit-il, mais ils sont aussi pittoresques et colorés. Ne trouvez-vous pas ? Celui-ci n'est que le premier. Les autres sont encore plus intéressants. Ils relatent l'histoire de la vie du regretté Greg Grant. Et ils parlent longuement de Mme Grant — voyons, comment disent-ils ? — l'ex-jolie débutante Jena Thorp. Il y a un reporter qui a gaffé là. Il aurait dû dire la jolie ex-débutante. Parce que vous êtes toujours jolie, Madame Grant. La plus jolie femme, je crois, que j'aie jamais vue.

— Je... (Sa voix était rauque et dure.) Je vais prendre ce verre maintenant.

— Bien sûr.

Et cette fois, Jena ne prêta pas l'oreille aux mouvements de l'homme, mais son regard s'attacha à la pile de coupures de journaux, dévorée qu'elle était par une impulsion presque irrésistible de les prendre et de les jeter dans la cheminée. Mais — oh ! mon Dieu — elle serait incapable d'en approcher une allumette.

L'homme parlait de nouveau :

— Ne gâchons pas celui-ci.

Elle baissa les yeux sur le liquide ambré, porta le verre à ses lèvres. Le goût en était amer. Elle but tout. L'homme continuait de parler.

— Mais ils décrivent Mme Grant plutôt poétiquement, je crois. Voyons — je dois pouvoir m'en souvenir par cœur. (Il rejeta la tête en arrière, dans une attitude de penseur.) Cheveux comme de l'or tissé. Immenses yeux bleus. Visage en forme de cœur. Une silhouette de Vénus... On s'attendrait à ce qu'ils fassent preuve de plus d'originalité.

— Qu'est-ce que vous voulez ?

— Beaucoup plus jeune que son célèbre mari, reprit-il, sans paraître l'avoir entendue. Une idylle entre mai et décembre, en quelque sorte. Seulement, avec Greg Grant, il n'y avait pas de décembre. Si ?

Jena aurait bien voulu prendre un autre verre, mais elle n'osa pas.

— Mon mari, fit-elle d'une voix vibrante de sincérité, était l'homme le plus passionnant du monde.

— Oh ! je vous crois, dit l'homme en riant, je vous crois sans peine. Une combinaison rare de qualités physiques et intellectuelles. Un homme qui jamais ne semblait vieillir. Même avec ses cheveux argentés, il plaisait aux femmes, les attirait comme une idole.

— Qu'est-ce que vous voulez ?

— Oh ! pas grand-chose. Rien qui justifie le ton

que vous adoptez. Mais il est vrai que vous avez encore les nerfs à vif, je suppose. Il faut du temps pour se remettre d'une histoire pareille.

Les larmes revenaient. Il ne fallait pas que Jena se mît à pleurer devant l'homme. Il ne le fallait pas.

— Les journaux ont fait un vrai héros de votre mari, poursuivit-il. Ils l'ont décoré de cette étiquette, carrément. Courageux, vaillant. Affrontant la mort avec un sourire pour la femme qu'il aimait. Ça fait une belle épitaphe.

Jena ne pouvait plus se retenir. Elle détourna le visage. L'homme la laissa pleurer. Finalement, il s'approcha d'elle, avec un mouchoir. Elle le prit et s'en tamponna les yeux.

— Je ne vous blâme pas, dit-il doucement. Peut-être que vos larmes me donneraient des remords si je n'étais pas convaincu qu'elles vous font du bien.

— Voudriez-vous... voudriez-vous aller me chercher un autre verre, s'il vous plaît ?

Qu'est-ce qu'il veut ? pensait Jena. Et en même temps elle savait...

Le verre lui parut meilleur. L'homme continuait de parler. Cette fois, Jena eut moins de mal à l'écouter.

— Comme je vous le disais, une vraie épitaphe. Seulement, il y a un petit ennui, elle ne colle pas. Toute cette magnifique histoire n'est qu'un tissu de mensonges. Seules deux personnes le savent : vous et moi.

Jena ne disait rien, se contentait de regarder l'homme.

— Nous savons, dit-il lentement en la fixant avec insistance, que Greg Grant n'a pas fait la moindre tentative pour sauver sa femme. Nous savons que dès l'instant où quelqu'un a crié au feu, le grand héros a pris la fuite. Oubliant sa femme, oubliant tout le monde sauf le grand amour de sa vie : Greg Grant lui-même.

Il se leva rapidement et s'avança vers Jena.

— Nous le savons, n'est-ce pas ?

— Il n'y pouvait rien, murmura-t-elle, le mouchoir sur les yeux. Je ne lui en veux pas. Il n'était qu'un enfant au fond. Un jeune garçon. Et comme tous les jeunes garçons il avait peur.

L'homme la dominait de toute sa taille et elle sentait sur elle la chaleur de son regard.

— Il s'est enfui en proie à la panique. Et parce qu'il s'est enfui, il est mort. Je suis resté debout près de mon piano, longtemps, comme si j'étais pétrifié. Je vous observais depuis que vous étiez arrivée. Parce que, je suppose, parce que vous êtes si jolie. Chaque fois que je pouvais lever les yeux de mon piano, c'est sur vous que je les posais. Aussi, tandis que je restais là, dans l'impossibilité de bouger, instinctivement, c'est vous que j'ai regardée. Je vous ai vue le chercher du regard. J'ai vu l'expression de votre visage. Il était facile de deviner ce que vous pensiez. Vous n'aviez pas peur. Vous n'étiez pas en proie à la panique. Greg Grant vous dégoûtait.

— Vous vous trompez, fit calmement Jena en écartant le mouchoir de ses yeux. Je ne sais pas ce que j'éprouvais à ce moment-là, mais ce n'était pas du dégoût. Je réfléchissais à ce qu'il me fallait faire, à la façon dont je pourrais m'échapper.

— Oh ! oui, fit l'homme en hochant la tête, j'ai remarqué cela aussi. J'ai vu que vous ne prêtiez pas attention à cette ruée folle ; je vous ai vue vous diriger vers les toilettes des femmes. J'ai compris alors que vous aviez raison. Il y avait là une fenêtre. Une fenêtre très pratique et facile d'accès. Très peu de personnes y avaient pensé. Vous ne risquiez rien. Alors, j'ai pu bouger à mon tour. Alors, j'ai pu m'occuper de moi. J'ai suivi votre exemple. Je suis sorti — par le même chemin. Vous vous en seriez fort bien tirée si vous n'aviez pas essayé de revenir ensuite. Si vous n'aviez pas essayé de pénétrer par la porte d'entrée, à travers la fumée. On vous a découverte près de lui, inconsciente. Asphyxiée. Mais les journaux ont tout interprété de travers. Ce n'est pas Greg Grant qui a essayé de sauver sa femme. C'est vous qui avez essayé de sauver Greg Grant.

— C'était mon mari, dit-elle. Je ne nierai pas ce que vous dites, mais j'ignore pourquoi vous le dites. Donc, vous et moi partageons un secret. Et que vous proposez-vous d'en faire ?

— Ce que je me propose d'en faire ? fit-il en souriant et en s'asseyant auprès d'elle. Mais, rien. Rien du tout.

Jena observa l'homme. Elle tenta de lire en lui, mais son visage demeurait indéchiffrable.

— C'est seulement, dit-il en souriant, qu'il existe une sorte de lien entre nous. Parce que, comme vous le dites, nous partageons un secret. Je pourrais, si je le voulais, aller trouver un des journaux à gros tirage avec mon histoire de témoin oculaire. Ça ferait un excellent article. Vraiment excellent. J'imagine qu'on me le paierait un bon prix.

— Je vois, dit Jena avec un soupir. Vous voulez de l'argent. Vous voulez que je paie pour sauver la réputation de mon mari.

L'homme leva les mains dans un geste d'horreur feinte. C'était de grandes mains, vigoureuses, avec de minuscules poils noirs sur le dos.

— Grand Dieu, non. Je ne veux pas d'argent. Pour qui me prenez-vous ? Pour un vulgaire maître-chanteur ?

— Alors, qu'est-ce que vous... ?

— Seulement que nous soyons amis, dit-il en posant sa main sur celle de la jeune femme. Après tout, ce n'est pas si souvent qu'un petit pianiste a la possibilité d'être — dirons-nous en bons termes ? — avec Jena Grant. L'ex-débutante. La veuve du grand Greg Grant. J'imagine sans peine que, n'était ce petit secret que nous partageons, vous n'auriez pas trouvé une minute à me consacrer.

Il souriait de nouveau et se tenait très près d'elle. Elle sentait sa main sur la sienne et décelait en cette main une certaine fièvre qui laissait présager une autre excitation. Elle ne pouvait pas lui parler des nombreuses déceptions de son mariage, des nuits et des jours au cours desquels Greg et elle-même s'étaient trouvés séparés par une barrière psychique infranchissable. Mais peut-être le savait-il. Peut-être.

Plus tard, ils décidèrent d'aller nager. Il y avait des costumes de bain pour chacun d'eux. Ils marchèrent sur le sable blanc et chaud sans se toucher. Mais Jena savait, à le regarder, à voir son corps pâle et musclé, qu'ils se toucheraient.

Ensuite, ils s'installèrent dans l'ombre claire d'une dune hérissée de rochers et elle pensa à lui, à la façon dont cela se passerait avec lui. Il parlait et elle écoutait — la musique, son enfance, ses ambitions, le monde. Elle observait ses mains, ses mains vigoureuses qui laissaient couler le sable en un flot blanc.

Et plus tard dans l'après-midi doré, couché dans le sable éblouissant, il posa ses mains sur elle, l'attira contre la paroi rocheuse, et elle leva les mains bien haut au-dessus de sa tête contre le rempart de pierres, attendant que ses lèvres s'approchent, plus près, plus près... Instinctivement, elle remua ses bras tendus, ses mains. Et sans qu'elle l'eût voulu, une de ses mains trouva la pierre — la bonne pierre acérée, ni trop grande, ni trop petite — la souleva et l'abattit encore et encore et encore...

Quand tout fut terminé, elle se lava les mains dans la mer et regarda le corps qui s'éloignait, emporté par les vagues. Alors elle sut au plus profond d'elle-même qu'elle n'avait pas voulu faire ça.

Pas plus qu'elle n'avait voulu allumer l'allumette et l'approcher du palmier.

A mind burns slowly.
Traduction de Nicolète et Pierre Darcis.

UNE LEÇON DE MORALE

par DONALD MARTIN

Comme tous les jours, Mme Grady lisait son journal en prenant son petit déjeuner. Et comme tous les jours, elle sauta les nouvelles nationales et internationales (tout cela était devenu trop sérieux et trop complexe pour qu'elle pût le comprendre) et se mit à lire les nouvelles locales. Poussée par une curiosité morbide, elle y chercha les inévitables histoires de meurtre. Mayhem était célèbre pour ses crimes chaque jour plus horribles. Elle tremblait et frissonnait intérieurement tout en sirotant son café et en lisant les détails cyniques du dernier meurtre ou du dernier hold-up.

« C'est bien ce qu'Oliver disait toujours », dit-elle à voix haute. Depuis vingt ans que son mari Oliver était mort, elle ne cessait de se référer à lui, car il avait, dans sa vie, prononcé des paroles mémorables. Oliver avait dit un jour, et Mme Grady s'en souvenait maintenant : « Je te le dis, Myrt, au lieu d'avancer, la civilisation est en régression. Le seul fait que malgré le progrès intellectuel et scientifique, des individus restent des brutes dépourvues de sensibilité, montre bien qu'ils reculent au lieu de progresser. » Oliver, mécanicien au métro, s'était trouvé de ce fait, quotidiennement en contact avec des milliers de personnes. Ses remarques étaient donc fondées sur l'expérience. Selon Oliver, les hommes devenaient moins patients, moins compréhensifs, plus froids, plus égoïstes. Il pouvait prouver ses théories désabusées par des incidents dont il avait été témoin tous les jours. Oliver était peut-être un homme trop sensible pour la profession qu'il exerçait, mais ses récits prouvant la brutalité irréfléchie de l'humanité avaient toujours fait frissonner Myrt. Elle en frissonnait encore maintenant en voyant les journaux corroborer les paroles de son défunt mari.

Mme Grady finit son petit déjeuner, replia le journal (elle prenait toujours soin d'en garder la moitié pour lire au cours du déjeuner) et elle se prépara à descendre pour aller faire ses courses. Elle mit son chapeau, enfila son manteau et sortit. De l'escalier elle remarqua quelqu'un penché sur la boîte aux lettres. C'était un jeune homme. Il avait l'air absorbé par sa besogne qui consistait à enfoncer ses doigts dans une des petites boîtes accrochées au mur.

Mme Grady s'arrêta sur les marches pour observer le jeune homme : elle aurait voulu devenir invisible, et pouvoir ainsi continuer à l'observer tout à loisir. Les doigts du jeune homme fouillaient dans la boîte aux lettres, quand tout à coup il se retourna et son regard croisa celui de la dame pétrifiée. Mme Grady tressaillit comme si elle s'était sentie, un instant, coupable d'une curiosité déplacée ; le jeune homme eut un geste de recul, lança à Mme Grady un regard réprobateur puis tourna les talons pour filer. Une voiture d'enfant stationnait près de la porte. Dans sa fuite, il ne remarqua pas l'obstacle, heurta brutalement le landau et s'étala sur le trottoir en poussant un grognement de colère, tandis que le léger véhicule se mettait à se dandiner drôlement sur ses ressorts haut perchés avec l'air de s'amuser beaucoup. L'homme se tordait sur le sol. Il chercha à se remettre sur pied mais retomba aussitôt sur le dos en geignant.

Mme Grady passa de l'inquiétude à la peur. A présent elle éprouvait une sorte de pitié tempérée de prudence pour le jeune homme étendu par terre. Elle ne savait que faire. Quand le landau eut enfin cessé d'osciller, elle commença à descendre prudemment les dernières marches de l'escalier, se tenant d'une main à la rampe, les yeux fixés sur le jeune voyou.

En passant devant sa boîte aux lettres, elle y jeta un regard rapide. Elle nota la présence de l'enveloppe brune avec sa fenêtre de cellophane, qui contenait son chèque mensuel. C'était donc cela qu'il cherchait. Elle abaissa les yeux sur le jeune homme, savourant la supériorité que ne manque pas de ressentir celui qui est debout en face d'un adversaire abattu à ses pieds.

— Seriez-vous blessé ? demanda-t-elle.

Il répondit par un grognement causé moins par la douleur que par l'absurdité de la question.

— Qu'avez-vous ? insista-t-elle. C'est votre jambe ?

Il répondit d'un signe de tête, en grimaçant. Il avait réussi maintenant à s'asseoir à demi, appuyé sur les mains. Il contemplait d'un air piteux sa cheville où battait une douleur lancinante. Ses traits étaient marqués par l'effort qu'il s'imposait pour ne pas hurler. Pendant qu'il contemplait son pied, elle l'examina. Il n'avait pas plus de vingt ans. Ses longs cheveux noirs n'avaient pas subi depuis longtemps les ciseaux d'un coiffeur. Son blouson de cuir noir portait des boucles argentées et s'ouvrait sur un maillot de corps. Un blue-jean serrait ses hanches étroites. Tout à coup l'expression de son visage changea et refléta un mécontentement intense. Visiblement, il était furieux contre lui-même. Il leva les yeux vers Mme Grady.

— Alors quoi, dit-elle, êtes-vous fou ? Vous devriez faire attention. Vous auriez pu vous blesser sérieusement.

— Ça va, la petite dame, dit-il. Je suis fait.

Sa voix dénotait sa résignation à constater sa stupide défaite.

— Pouvez-vous marcher ? demanda-t-elle.

— Bien sûr que non, je ne peux pas. Ah ! si seulement je pouvais...

— Mon Dieu ! dit Mme Grady en se mordant la lèvre inférieure. C'est votre cheville, n'est-ce pas ?

— Je me la suis tordue, répondit le jeune homme.

Ils se regardèrent. Le jeune homme semblait attendre une question qui ne l'embarrasserait guère. Son visage reflétait déjà la hargne qu'il s'apprêtait à mettre dans sa réponse.

— Vous vous êtes probablement fait une entorse, dit Mme Grady. Bon, on ne peut tout de même pas vous laisser étendu là. Venez (elle lui tendit la main), laissez-moi vous aider à vous relever. Doucement.

Le jeune homme tendit la main et serra la sienne. Pesant assez maladroitement de tout son poids sur sa bonne cheville, il réussit enfin à se relever et se tint debout, le pied blessé, à distance respectueuse du sol, s'appuyant d'une main au mur pour tenir en équilibre.

« Vous les jeunes... » commença-t-elle avec un hochement de tête désolé et une note de pessimisme attristé dans sa voix douce comme si elle prévoyait bien des malheurs. « Je ne sais vraiment pas ce que vous allez devenir plus tard. »

Elle l'aida à gravir l'escalier. Ce fut une ascension fort pénible. Finalement, ils atteignirent le palier et le jeune homme put se reposer adossé au mur. Mme Grady ouvrit sa porte, la poussa et le jeune homme entra en boitant, posant avec une prudence infinie le poids de son corps sur son pied blessé. Elle le conduisit à un grand fauteuil. Il s'y laissa tomber avec un soupir de soulagement et regarda son hôtesse attentive glisser vers lui un petit tabouret. Il y posa doucement son pied endolori.

Mme Grady retira son manteau.

— Nous allons regarder ça maintenant, dit-elle.

Elle s'agenouilla, délaça sa grosse chaussure et la retira avec précaution. Puis elle enleva la chaussette et inspecta attentivement la cheville en hochant la tête avec un air grave.

— C'est très enflé, annonça-t-elle. Il faut prendre un bain pour la décongestionner.

— Attention, la petite dame... commença le garçon.

Mais il dut s'incliner.

— Ça va, laissez-moi faire, jeune homme, coupa-t-elle, vous avez là une entorse très douloureuse et qui vous immobilise complètement. Mais je vais m'en occuper. Ne vous inquiétez pas, je sais comment m'y prendre. Je vais vous préparer un bain et puis je vous banderai la cheville. Bientôt vous pourrez marcher.

— Et après ? Vous allez sans doute me livrer à la police ?

Mme Grady se releva.

— Vous livrer à la police ? dit-elle avec une hésitation.

Elle n'avait pas encore osé envisager cette question. Elle ne se posait jusqu'alors que dans son subconscient, comme une tentation impérieuse. Elle luttait pour la repousser.

— Nous en reparlerons plus tard. Il faut d'abord soigner cette entorse. C'est cela l'essentiel pour le moment.

Et elle alla s'activer dans la cuisine en murmurant des paroles inintelligibles.

Le visage du jeune homme reflétait l'embarras et l'incrédulité. Il avait l'air d'un homme soudain mis en présence d'une chose dont il a entendu parler mais dont il doute.

Il regarda Mme Grady faisant chauffer de l'eau chaude dans une grande cuvette où elle vida une boîte de sels d'Espsom et une vapeur légère se dégagea avec un chuintement. Elle apporta la cuvette et la déposa devant le jeune homme. Il souleva son pied du tabouret et l'approcha avec précaution du liquide fumant, puis le recula vivement.

— C'est brûlant ! gémit-il.

— Allons, un grand garçon comme vous, dit Mme Grady d'un ton de reproche. Allez-y, voyons, ajouta-t-elle câline. C'est tout à fait le remède qu'il vous faut. Allez, plongez votre pied dedans.

Le jeune homme obéit avec une grimace.

— A propos, comment vous appelez-vous ? demanda-t-elle.

— Tobin, répondit le jeune homme avec mauvaise grâce.

— Eh bien, Monsieur Tobin, que faisiez-vous donc autour de ma boîte aux lettres ?

— C'est facile à deviner.

— Vous essayiez de me voler mon chèque. Ce n'est pas très beau.

— Vous n'aviez qu'à ne pas l'y laisser traîner.

— Je descendais justement pour le prendre. Allons, donnez-moi votre blouson, dit Mme Grady, en se levant de la chaise qu'elle avait placée en face de lui.

Le jeune homme avança un peu le buste et retira péniblement le vêtement. Mme Grady le lui prit des mains et alla l'accrocher derrière la porte quand tout à coup elle sentit un objet dans la poche. Elle fouilla et en sortit un couteau à cran d'arrêt.

— Oh ! mon Dieu, dit-elle, en élevant le couteau devant ses yeux.

Elle pressa le bouton de sûreté. La lame jaillit avec un claquement sec et s'immobilisa. Mme Grady frissonna d'horreur comme si elle tenait un serpent.

— Quel objet affreux, articula-t-elle.

— J'en ai besoin, dit Tobin, embarrassé. C'est pour me protéger.

— Vous protéger ? Contre quoi ?

Tobin haussa les épaules.

— C'est ça l'ennui avec vous, les jeunes d'aujourd'hui, dit Mme Grady. Couteaux à cran d'arrêt, gangs, violence, brutalité, que sais-je encore ? Tout ce qui vous passe par la tête... Il n'en était pas ainsi au temps de ma jeunesse. Certes, nous aussi, avons eu nos crimes, mais ce n'était jamais aussi brutal que de nos jours. Les voleurs ne portaient jamais des choses comme celles-ci, ajouta-t-elle en montrant le poignard.

Incapable de le refermer, elle le déposa par terre.

Tobin haussa de nouveau les épaules. Cela ne l'impressionnait guère. A son avis, Mme Grady ne faisait que constater le progrès. Cela lui paraissait normal.

— J'étais femme de ménage chez les Hascombs, dit Mme Grady. Savez-vous qui sont les Hascombs ?

— Non, répondit le jeune homme.

— Eh bien, ils sont parmi les gens les plus riches du monde. Voilà ce qu'ils sont. Ils possèdent à Long Island une propriété si grande qu'ils ont leur propre terrain de polo. A la fin de sa vie, M. Hascombs était juge. Il me parlait parfois des jeunes qui comparaissaient devant lui, des jeunes comme vous, Monsieur Tobin. Il était horrifié par la brutalité de leurs vols à main armée ; mais ce qui était pire, disait-il, c'est qu'il n'avait presque jamais décelé la plus petite ombre de remords ou le moindre signe montrant que ces jeunes accepteraient un meilleur genre de vie. C'était vraiment effrayant. Pourquoi de nos jours, je vous le demande, faut-il que vous tombiez à huit ou dix sur un vieillard pour le dévaliser et surtout pourquoi faut-il que vous l'assommiez après l'avoir délesté de son argent ?

Le jeune homme haussa les épaules une fois de plus.

— Tout le monde fait ça, dit-il.

— Vous l'avez fait vous aussi ? demanda Mme Grady.

Elle le regardait avec un air de désapprobation attristée.

— Vous devriez avoir honte, conclut-elle.

Tobin poussa un soupir. Il se mit à rogner l'ongle de son pouce. Il avait déjà entendu des paroles de ce genre et cela l'ennuyait à mourir. Mais cette fois il entendit d'autres paroles qui sollicitèrent son attention.

— Vous voudriez savoir si je vais vous dénoncer à la police, reprit Mme Grady. Supposez que je m'en abstienne. Dieu sait que je n'en ai aucune envie ! Mais si je vous laisse partir, comment puis-je être sûre que je n'offre pas une innocente victime à votre méchanceté ? Comment puis-je être sûre que ce soir ou demain vous ne vous attaquerez pas à d'autres gens ?

Le jeune homme réfléchissait. Il fixait son pied que l'eau trop chaude avait rougi. Cela lui rappelait trop bien son impuissance.

— Vous, les jeunes, vous êtes vraiment terribles, continua Mme Grady. Supposez que je m'arme d'un gourdin et que je me mette à vous battre, profitant de ce que vous êtes à ma merci. Est-ce que ce serait loyal ? Pourtant je pourrais me trouver une excuse, vous le savez bien, vous avez essayé de me voler l'argent dont j'ai besoin pour subsister. Et je suis veuve, seule au monde.

— Je n'y peux rien, Madame, dit Tobin, laissant tomber sa main dans un geste d'impuissance. C'est la vie. C'est comme ça.

— Est-ce une raison suffisante pour que vous suiviez le train ? Vous est-il jamais venu à l'esprit que vous pourriez essayer de construire un monde meilleur ?

— Ça fait longtemps que ça dure. Certains se font prendre, d'autres pas.

— Je sais bien que le vol est aussi vieux que le monde. Mais ce que je veux dire, c'est qu'il est devenu très brutal. C'est pourtant bien inutile. Cela n'a pas de sens. Quand j'étais jeune, les criminels n'étaient pas pareils. On comptait une foule d'hommes bien élevés parmi eux. On exerçait ce métier-là avec élégance et beaucoup moins de brutalité.

Le jeune homme continuait à réfléchir, rognant toujours l'ongle de son pouce. Combien de gens avaient essayé de l'amender depuis son enfance ? Cela avait commencé à l'école avec ses maîtres, puis ç'avaient été ses parents, son frère aîné, et enfin certains juges de sa ville natale. Il les avait toujours écoutés avec cynisme et scepticisme. Les mots leur venaient aux lèvres avec facilité. Certains les prononçaient avec si peu d'effort et d'un ton si détaché qu'ils semblaient n'y prêter qu'une attention très superficielle. Ils ne disaient tout ça que parce qu'ils s'y croyaient forcés, et ils étaient bien contents de pouvoir se taire quand Tobin était emmené loin d'eux. Il s'était toujours dit qu'ils auraient été bien surpris — en tout cas, ils ne l'auraient pas cru — si par hasard il leur avait promis de s'amender. Il ne l'avait jamais fait et s'était contenté d'écouter : il avait toujours eu conscience du manque de sincérité de leurs sermons.

— Si je vous livre à la police, dit gravement Mme Grady, ce sera une mauvaise affaire pour vous. J'imagine que vous avez déjà été condamné...

— J'ai déjà été jugé, répondit laconiquement Tobin.

— Voler le courrier... C'est un grave délit. Vous pourriez en avoir pour longtemps. Quel âge avez-vous ?

— Vingt ans.

Cela parut la frapper. Elle réfléchit. Vingt ans... Ça, c'était vraiment une tragédie.

— Mais pourtant, dit-elle, si je vous laisse partir, qui sait quel innocent en pâtira ?

— Personne peut-être, jeta soudain le jeune homme.

Mme Grady parut soulagée. Mais elle n'osa pas le laisser paraître. Elle observait Tobin, essayant de juger s'il était sincère. Elle tâcha de montrer de la désinvolture, de peur que son visage ne trahît ses pensées intérieures.

— Comment puis-je être sûre de votre sincérité ? demanda-t-elle.

— J'ai déjà tâté de la prison, répondit Tobin. Je serai franc avec vous. Je n'ai pas aimé ça. Je ne tiens pas à y retourner, jamais. Je suppose que j'y retournerai si je continue dans la même voie.

— Alors, vous commencez à comprendre, reprit Mme Grady.

Elle sentit en elle une légère excitation.

— Êtes-vous homme à me faire une promesse et à la tenir ?

— Oui.

— A promettre de changer de voie et de mener une vie honnête ?

— Oui, répondit de nouveau Tobin. Vous avez raison. Je suis persuadé que vous avez raison. Cela ne m'est jamais arrivé jusqu'à ce jour. Je sens que vous le désirez ardemment, que vous seriez fière de m'avoir remis sur la bonne voie.

— C'est exact, assura Mme Grady. Je ne puis

supporter l'idée que vous alliez assommer les braves gens.

— Je vais être franc avec vous... Ça ne me sera pas facile.

— Mais vous essaierez ?

Change de vie, mon vieux Tobin, se dit sardoniquement le jeune homme. Retrouve le bon chemin et suis-le. Une vie nouvelle. Ça l'amusait. Bien sûr, il n'y croyait pas.

— Oui, promit-il. J'essaierai.

Mme Grady ne savait que faire. De toute la force de ses facultés mentales, elle s'attaquait à ce problème. C'était devenu bizarrement complexe. Elle voyait le monde entier modifié. C'était comme si elle était amenée soudain à porter un jugement d'une portée universelle. Elle commençait à se demander si le destin ne se jouait pas d'elle, étant donné l'ampleur de ce problème. Et puis tout à coup elle se rendit compte que c'était son devoir et qu'elle devait enfin prendre une décision.

Son front devint grave et sévère comme celui d'un juge. Elle ne voulait pas envoyer ce jeune homme en prison. Sa destinée était entre ses mains. Puis elle se dit : que ferait Oliver ? Oliver avait été un mari assez terne, mais comme elle, plein de compassion. Il avait souvent affirmé que les hommes n'avaient pas assez de compréhension les uns pour les autres. Elle leva les yeux vers le portrait du vieil Oliver, dans son cadre en or. Mais ses traits sérieux restèrent immobiles. Mme Grady restait seule avec son problème.

Elle avait la parole du jeune homme. Et si c'était une promesse sincère ? Pouvait-elle l'envoyer en prison le jour même où il essayait de se racheter ? Si elle choisissait cette solution, un tel acte de sa part serait impardonnable.

Le jeune homme reprit la parole :

— Vous allez me livrer aux flics ?

La question troubla Mme Grady et la poussa à se prononcer avant qu'elle ait pu mûrir sa décision. Mme Grady savait très bien qu'il y a des gens qui sont entraînés irrésistiblement dans l'engrenage d'une vie de crimes. Elle savait aussi que certains trouvaient cette vie pleine d'attraits.

— Vous rendez-vous compte de la gravité de votre promesse ? demanda-t-elle.

— Naturellement.

— Vous promettez de changer de vie. C'est peut-être trop vous demander.

Tobin la regarda avec un air étonné.

— Promettez-moi au moins de ne plus assommer vos victimes, et de ne plus porter sur vous ces horribles couteaux et ces revolvers, ajouta-t-elle.

— D'accord, dit le jeune homme.

Mme Grady battit des mains. Elle était merveilleusement heureuse.

— Vous vous rendrez un grand service à vous-même, dit-elle. Oh ! mon Dieu, je dois avoir l'air d'un bon vieux prédicateur ou quelque chose de ce genre. L'eau est-elle refroidie ? Tenez, je vais la réchauffer. Restez assis et reposez-vous. Vous allez bientôt vous sentir mieux. Je vois déjà que vous allez un peu mieux.

Et elle emporta la cuvette.

Tobin la regarda s'éloigner. Quand elle fut dans la cuisine, il s'appuya des deux mains sur le fauteuil et se leva péniblement. Il repoussa d'un coup de pied le tabouret et se mit debout avec précaution. Il laissa peu à peu le poids de son corps peser sur son pied blessé. Avec un immense plaisir, il sentit qu'il pouvait reposer dessus sans trop souffrir. Il fit quelques pas. Rapidement il enfila sa chaussette et remit sa chaussure, qu'il laça avec la rapidité de l'éclair. Puis il se releva et se mit à inspecter la pièce. Avisant un secrétaire, il y alla et ouvrit le tiroir supérieur. Une boîte plate s'y trouvait dans un coin. Il l'ouvrit et une vague de plaisir le submergea quand il vit des bijoux délicatement posés sur une feuille de coton hydrophile. Il saisit un collier de diamants et le fit briller, les yeux grands ouverts d'admiration. Il le fourra dans sa poche. Le reste des bijoux suivit le même chemin.

Quand il se retourna, il vit Mme Grady debout dans l'encadrement de la porte. Elle l'observait, tenant à la main la cuvette d'eau chaude. Son regard était plein de désapprobation. L'espace d'un instant il se sentit honteux. Mais la honte s'évanouit très vite.

— Ça va, la mère, dit Tobin.

Il s'avança vers elle. Il boitait légèrement, mais il n'y pensait plus guère maintenant que les bijoux le brûlaient à travers sa poche comme une torche. Il ramassa le couteau ouvert.

— Je ne vais pas vous faire de mal, la petite mère, dit-il.

Le couteau reposait dans sa main et la lame lançait des éclats bleutés. Les yeux de Mme Grady s'emplissaient d'un reproche muet. Pourquoi vous faut-il emporter cette arme horrible ? Pourquoi donc ne la jetez-vous pas à terre ?

— Je m'en vais, dit le jeune homme. Et je tiens à ma sécurité. Je veux que vous la fermiez jusqu'à ce que je sois loin. Vous m'avez laissé ma chance, maintenant à moi de vous laisser la vôtre. Si vous parlez de moi aux flics, je reviendrai et je vous buterai.

Tout en proférant cette horrible menace, il recula vers la porte. Ils se regardaient comme des hommes qui vont se battre en duel, Mme Grady portant toujours sa cuvette devant elle comme une offrande. Puis il disparut. Elle l'entendit descendre l'escalier.

Mme Grady eut un sursaut, elle posa à terre sa cuvette et se précipita vers le secrétaire. Elle savait ce qui l'attendait. Elle regarda dans le tiroir du haut resté ouvert, puis dans la boîte vide, sur le coussin de coton hydrophile où avaient reposé les bijoux. Alors elle claqua des mains.

— Oh ! dit-elle à voix haute, Oh ! le vaurien.

Tobin sortit dans la rue en plein soleil. Il leva les yeux vers les fenêtres de la vieille dame. Il s'attendait à tout moment à l'entendre crier. Aussi se mit-il à courir. Il courut jusqu'au coin de la rue et tourna à droite. Il courait en boitant assez fort et ce spectacle ridicule attira l'attention de deux policiers en voiture. Ils stoppèrent brutalement sur le trottoir juste devant lui et bondirent des portières ouvertes avec violence. Tobin, surpris, s'arrêta pile en se maudissant lui-même.

Une heure après, il était effondré sur une chaise au poste de police.

— Nous avons trouvé ça sur lui, dit l'un des deux agents, en posant le couteau à cran d'arrêt sur le bureau de son chef.

Puis il ajouta ces mots, comme s'il les avait gardés pour produire son petit effet, car il les prononça avec emphase :

— *Et ceci.*

Et il mit triomphalement sous les yeux de son chef médusé, une poignée de bijoux de grande valeur.

Le chef crut tomber à la renverse.

— Ça alors ! Je veux bien être pendu, murmura-t-il dans un souffle.

— Ça vaut la peine, ajouta le policier qui avait déposé les bijoux, un large sourire sur les lèvres. Il y a là des bijoux volés chez les Hascombs. Et le reste semble bien être le butin des autres cambriolages de Long Island.

A ces mots, le jeune homme vacilla sur sa chaise. Il ne put que répondre.

— Je vous assure, ce n'est pas moi l'auteur de ces cambriolages.

En réponse, il n'entendit que des voix faussement paternelles.

— Bien sûr, petit. Bien sûr ! Quelle guigne ! Allez, mets-toi à table maintenant.

A reform movement.
D'après la traduction de Joseph Castel.

LE MORT ACCUSE

par O.H. Leslie

N'importe quel entrepreneur de pompes funèbres vous le dira : la plus grande difficulté, dans la profession, consiste à se procurer une main-d'œuvre compétente. Amos Duff, propriétaire et directeur des Pompes Funèbres « Aux Portes Éternelles », ne faisait pas exception à la règle. Le dernier employé qu'il avait engagé — un jeune homme d'une gaieté déprimante, nommé Bucky — était non seulement empoté, fainéant et indifférent à tout, mais il avait, en outre, la fâcheuse habitude de vaquer à ses occupations en sifflotant entre ses dents. Amos, lui, serrait les siennes et s'efforçait de se faire une raison : la modeste entreprise qu'il dirigeait réalisait de trop faibles bénéfices pour se permettre plus que le maigre salaire hebdomadaire de Bucky.

Ce mardi matin où il pénétra, pour faire l'inventaire, dans la pièce du fond servant de dépôt mortuaire, Amos Duff, petit homme propret, aux yeux tristes, semblait plus petit et plus triste encore qu'à l'ordinaire. Il n'y avait, pour le moment, qu'un seul « article » exposé : un cadavre jaunâtre à l'estomac protubérant, dont le visage était encore empreint d'une expression à la fois indignée et boudeuse. Le cadavre portait l'étiquette « cérémonie bon marché », correspondant, sur la liste des prix d'Amos, à un enterrement de cinquième classe. La personne qui s'était entendue avec Amos au sujet des obsèques — en l'espèce, l'associé du défunt — avait carrément refusé quoi que ce fût de supérieur à cette catégorie.

Amos se retourna, avec un léger tressaillement, au son aigu du sifflotement de Bucky.

— Eh, m'sieur Duff, dit gaiement le jeune homme, comment vous trouvez M. Kessler ? C'est un gros père, hein ?

— Un peu de respect ! ordonna Amos. Combien de fois faudra-t-il vous le répéter ?

— Dites, qu'est-ce qui lui est arrivé, à ce pauvre vieux ? La tête, ça va encore ; mais le corps est drôlement écrabouillé...

— Un accident d'auto. C'est une triste histoire.

— Fichtre ! Un beau gâchis, en effet ! dit Bucky en matière de conversation. Tous ces os démantibulés, et ce trou...

— Quel trou ?

— On dirait une sale perforation de la cage thoracique ; mais je me trompe peut-être... Dites, m'sieur Duff, est-ce que je pourrais prendre une demi-heure de liberté ? J'ai une course à faire pour ma mère.

— C'est bon, soupira Amos, mais une demi-heure seulement, vous m'entendez ?

— Bien sûr, m'sieur Duff.

Bucky sortit, les mains dans les poches. Son sifflotement sembla traîner derrière lui, flottant autour de la pièce comme une âme errante. Lorsque l'écho se tut — et alors seulement — Amos s'approcha du cadavre, souleva le drap qui le recouvrait et examina les dégâts.

Il y avait bien une perforation : Bucky avait

beaucoup de défauts, mais possédait de bons yeux. La perforation pouvait provenir de beaucoup de causes : il était difficile de déterminer laquelle était la véritable, après ce brutal accident. Mais Amos, par simple curiosité, se livra à un examen plus poussé. Puis il décida d'explorer la plaie à la sonde, pour voir si un corps étranger n'était pas resté dans la cage thoracique.

Au bout de quelques minutes, il fut renseigné : profondément logé dans la plaie, il y avait bel et bien un corps étranger.

Amos se redressa ; son visage exprimait à la fois l'intérêt et la perplexité. Ce n'était pas la première fois qu'il voyait ce genre de blessure ; seul, le grand nombre de lésions dont était recouvert le misérable corps de M. Kessler l'avait, jusqu'à présent, laissé passer inaperçue ; mais, maintenant, Amos savait que la blessure était là.

Elle avait été causée par une balle.

La première pensée d'Amos fut d'extraire la balle, mais il se ravisa. Le certificat de décès du malheureux M. Kessler attribuait la mort à des blessures reçues au cours d'un accident d'automobile. Or il y avait évidemment là beaucoup plus que ce qu'avait constaté le coroner. N'y avait-il pas lieu d'avertir la police ? Ou, du moins, M... M...

Il chercha à se rappeler le nom du client. Foley ! Oui, c'était bien ça ! Amos revit en pensée le visage desséché, aux lèvres minces. L'homme lui avait déplu dès l'abord, avant même qu'il connût le faible prix que Foley était décidé à payer pour dire à son associé un décent adieu.

— Bucky ! appela Amos. Puis, il se rappela que Bucky était sorti. Il se précipita dans son bureau et trouva le dossier Kessler sur sa table de travail. Le peu de détails qu'il lut ne lui donnèrent guère satisfaction.

Il était dans un état d'agitation assez agréable

lorsque son employé revint, une heure plus tard. Avant que Bucky ait eu le temps de lui présenter des excuses pour son retard, Amos ordonna :

— Allez aux bureaux du *Times*. Regardez les journaux du 9 et du 10 mars pour voir si vous trouvez le récit de l'accident dont M. Kessler a été victime.

— Pour quoi faire, m'sieur Duff ?

— Est-ce que je demande pourquoi vous respirez ? Prenez le *Times* ; trouvez l'article ; recopiez chaque mot et apportez-moi ça. Dépêchez-vous !

Bucky grimaça un sourire et salua :

— Oui, mon capitaine !

— Sortez ! cria Amos.

Bucky fit volte-face et quitta le bureau. Resté seul, Amos se carra plus profondément dans son fauteuil et se mit à mordiller un crayon, passant en revue, dans son esprit, toutes les éventualités.

Deux heures s'écoulèrent avant que Bucky lui apportât ce qu'il avait demandé. L'article de journal consacré à l'accident était bref, mais racontait les faits d'une manière qui les rendait plus clairs : Kessler — un veuf sans enfant — rentrait en voiture d'une partie de chasse avec son associé, Marvin Foley qui, comme lui, habitait Scarsdale. Foley, qui tenait le volant, soutenait avoir été ébloui par les phares d'un camion venant en sens inverse, et que sa voiture avait quitté la route. Heureusement pour lui, il avait été éjecté sur la chaussée, mais Kessler était resté dans l'auto tandis que celle-ci franchissait le parapet d'un pont.

Une série d'hypothèses, plus savoureuses les unes que les autres, se croisaient dans l'esprit d'Amos. Foley avait évidemment menti à la police : on ne tire pas sur un homme mort. L'« accident » s'était-il produit seulement après que Foley, dans un accès de colère, eut tué son associé d'un coup de revolver ? Foley avait-il « fabriqué » l'accident, de toutes pièces, pour dissimuler la véritable cause de la mort ? Ou bien avait-il soigneusement prémédité son acte ? Oui, pensa Amos, se rappelant l'attitude nerveuse de l'homme, les mots tombant de ses lèvres décolorées comme tombent d'un arbre des feuilles mortes... Oui : Foley avait dressé des plans à l'avance afin de profiter, seul, de la bonne réussite de ses affaires.

Amos Duff ne pensait plus du tout à prévenir la police : il préférait parler d'abord à M. Foley. Il alla consulter l'annuaire téléphonique et revint avec le renseignement cherché : « KESSLER ET FOLEY, *Fabricants de Jeux et Jouets.* » Lentement, il composa le numéro sur le cadran.

***

Un clown en matière plastique gardait l'entrée du bureau de M. Foley. Bien d'aplomb sur sa base alourdie d'un poids, il ne perdait pas l'équilibre lorsqu'on donnait un coup de poing sur son gros nez bleu épaté. Voyant le coup d'œil que lui jetait Amos, la secrétaire se mit à rire bêtement :

— C'était un de nos meilleurs numéros, hi, hi, hi ! M. Foley a donné l'ordre de vous faire entrer immédiatement, ajouta-t-elle, d'un ton plus digne.

Le bureau lui-même était moins gai ; il était même presque sévère, avec ses panneaux de bois décorés de scènes de chasse, et il y faisait une chaleur intenable. Foley, qui était assis dans son fauteuil de cuir à haut dossier, ne se leva pas pour accueillir son visiteur. Il portait une écharpe de laine autour du cou et semblait transi, malgré la température élevée qui régnait dans la pièce.

— Venons-en tout de suite au fait, je vous prie, dit-il. Je vous ai expliqué que M. Kessler n'avait aucune famille et que je ne voulais pas de cérémonie compliquée. Faites simplement ce que vous avez à faire et finissez-en.

— Oh ! mais je ne suis pas venu pour parler des obsèques, Monsieur Foley !

Amos prit son temps pour s'asseoir.

— Pas exactement, du moins. C'est seulement que... euh, j'ai découvert quelque chose d'insolite.

Les yeux de Foley étaient petits et enfoncés. En ce moment, ils disparaissaient complètement dans leurs orbites.

— Quelque chose d'insolite ? Que voulez-vous dire ?

— Eh bien, vous vous rappelez sans doute que vous m'avez recommandé de n'effectuer aucun... comment dirais-je ?... aucun « replâtrage » esthétique sur la personne du pauvre M. Kessler. Mais j'ai découvert une blessure que je qualifierais de vilaine à voir.

— Continuez, dit Foley en fronçant le sourcil.

— Peut-être n'ai-je pas besoin d'être explicite ?

— Je crois que si, au contraire.

Amos fut soudain pris d'un doute. Était-il possible que Foley ignorât l'existence de la balle logée dans le corps de son associé ? Il décida de risquer le tout pour le tout afin de découvrir la vérité. Il se leva.

— Je regrette. J'ai dû me tromper. Je vais faire à la police le rapport qu'exigent les circonstances et...

— Asseyez-vous !

La voix de Foley claqua tel un coup de fouet.

— Vous ne pouvez pas faire une pareille déclaration et en rester là ! Pourquoi un rapport à la police s'impose-t-il ?

— Simple formalité, Monsieur Foley. D'ailleurs, je peux me tromper au sujet de la blessure ; la police procédera à une autopsie et nous serons fixés sur ce point.

Foley fit alors une chose inattendue : il sourit.

— Asseyez-vous, répéta-t-il aimablement. Est-ce

que vous fumez ? Aimez-vous le cigare ? Je ne suis pas fumeur, mais j'ai toujours dans mon bureau d'excellents coronas que je réserve à mes meilleurs clients.

— J'apprécie un bon cigare, quand j'ai l'occasion d'en fumer un.

Foley souleva le couvercle d'un coffret, qu'il présenta à Amos. Celui-ci alluma un corona, dont il tira une bouffée en connaisseur, et dit :

— J'ai l'impression qu'il s'agit d'une balle provenant d'un fusil de chasse — probablement d'une balle blindée. J'en ai vu beaucoup de ce genre, mais je *peux* me tromper, bien entendu.

— On imagine mal comment elle aurait pu pénétrer dans le corps de Kessler, fit observer Foley. Il doit y avoir une explication logique.

— Certainement.

— Mais, étant dans les affaires, je ne puis tolérer aucun racontar, de quelque nature qu'il soit... Je suis sûr que vous me comprenez.

— Parfaitement.

— Ces cigares vous plaisent-ils ?

— Délicieux !

— Ils valent deux dollars pièce.

— Vraiment ?

— Je vous en enverrai une boîte, dit Foley d'un ton aimable.

Il se leva, la main tendue :

— J'ai été très heureux de vous voir, Monsieur Duff. Ne manquez pas de me faire savoir quand auront lieu les obsèques de ce pauvre George. Je n'y assisterai pas moi-même (je trouve cela morbide), mais je voudrais envoyer quelques fleurs.

— Monsieur Foley, je crains de m'être mal fait comprendre.

— Croyez-vous ?

— Oh ! ce n'est pas que je veuille propager des *racontars*, de quelque sorte que ce soit ! Mais... eh bien, pour dire les choses carrément, il me semble assez malséant qu'un homme du rang social de M. Kessler disparaisse ainsi, sans aucune cérémonie. C'est un peu une insulte à sa mémoire, vous ne trouvez pas ?

Foley s'assit et se croisa les mains :

— Et que préconisez-vous au juste ?

— Je suggérerais quelque chose de plus... approprié à la personne du défunt.

— M. Kessler était veuf, vous le savez, et ne laisse aucune famille.

— C'est le geste envers lui qui compte, Monsieur Foley.

— Et quel genre de... geste avez-vous en tête, Monsieur Duff ?

— Je verrais très bien quelque chose de... d'imposant. Un enterrement en grande pompe, avec tout le cérémonial possible. C'est ce que notre catalogue désigne sous le nom de « première classe ». Je suis certain que M. Kessler le mérite. Ce n'est pas votre avis ?

— Non, dit carrément Foley. Si vous voulez connaître la vérité, Kessler était un failli et un pauvre type... Et quelle est au juste la différence entre un enterrement de première classe et un enterrement ordinaire ?

— Eh bien, pour commencer, la dépouille mortelle...

— Je ne parle pas de cela. Je pense à la différence de prix.

— Ah ! bon.

— Le prix du service funèbre que j'avais choisi était de 350 dollars. Que me coûterait exactement la première classe ?

Amos regarda la cendre rougeoyante de son cigare :

— 1 800 dollars. Mais cela comprend...

— Peu importe ce que cela comprend.

Foley sortit du tiroir un carnet de chèques et se mit à faire grincer sa plume sur le papier :

— Voici, dit-il, un acompte de 600 dollars. Mon précédent versement était de 150 dollars, soit, au total, 750 dollars. Le complément vous sera payé dès que M. Kessler sera enterré en bonne et due forme. Et alors, je n'entendrai plus parler de vous, Monsieur Duff.

— Bien sûr, approuva Amos avec empressement.

Foley détacha le chèque et le lui tendit.

— Vous agissez en homme raisonnable, Monsieur Foley, reprit Amos. Il y a des choses qui ne peuvent s'évaluer en argent.

— Vraiment ? fit sèchement Foley. Par exemple ?...

***

Trois jours plus tard, la cérémonie funèbre terminée, Amos expédia par la poste sa facture, du solde de 1 050 dollars. N'ayant reçu aucun chèque à la fin de la semaine, il appela au téléphone la maison de Kessler et Foley, et s'entendit répondre que M. Foley avait dû s'absenter pour affaires. Il attendit patiemment jusqu'au jeudi suivant, mais aucune somme ne lui parvint. Le vendredi, il appela de nouveau le bureau de M. Foley. Celui-ci était là, mais présidait une conférence. Pourrait-il rappeler M. Duff ? demanda la secrétaire. Certainement, répondit Duff ; mais Foley ne lui téléphona pas.

La semaine suivante, Amos n'eut pas de nouveau client. Bucky avait quitté sa place le vendredi précédent, après avoir touché son salaire. Et toujours pas de chèque ! Un nouveau appel téléphonique amena de nouvelles excuses, et Amos commença à mettre en doute la sincérité des intentions de M. Foley.

Le mardi matin, il lui fut enfin permis de parler à Foley en personne.

— Dieu merci, je vous ai enfin au bout du fil, Monsieur Foley ! dit-il avec un rire qui sonnait faux. Je commençais à désespérer... Au sujet de la facture, je veux dire.

— Quelle facture ?

— Eh bien, la facture que je vous ai envoyée. Pour les obsèques.

Il y eut une pause, puis Foley dit :

— Je crois que vous avez fait une erreur. J'ai payé intégralement les frais de la cérémonie. Si vous en doutez, je vous conseille de consulter votre propre liste de prix.

— Mais, Monsieur Foley ?...

— Je suis très au courant de vos tarifs, Monsieur Duff. Je les ai soigneusement contrôlés. Vous n'avez *aucune* cérémonie au-dessus de 750 dollars, et j'ai ici des talons de chèques de ce montant.

— Mais les circonstances étaient différentes...

— L'étaient-elles vraiment ?

— Voyons, s'exclama Amos avec colère, vous savez qu'elles étaient différentes. Et vous savez peut-être aussi ce que je vais faire si vous ne me remettez pas ce chèque...

— Qu'allez-vous faire ? Prévenir la police ?

— Vous ne m'en croyez pas capable ?

Foley rit sous cape.

— Bien sûr que non ! Rappelez-vous : c'est *vous* qui avez enterré le pauvre M. Kessler, Monsieur Duff. Si vous demandez à la police de l'exhumer, il vous faudra expliquer pourquoi vous n'avez pas signalé plus tôt cette prétendue blessure par balle. Vous croyez pouvoir faire ça, Monsieur Duff ?

En guise de réponse, Amos n'émit qu'un bredouillement.

— C'est bien ce que je pensais ! reprit Foley, si sûr de lui qu'Amos aurait donné tout au monde pour l'avoir comme client. Vous ne pouvez *me* compromettre sans vous compromettre vous-même.

Et rien ne prouve que votre accusation sera retenue. Aussi, je crois que le mieux que vous ayez à faire est de laisser tomber, Monsieur Duff. Je sais très bien que si je paie aujourd'hui, je continuerai à payer éternellement. Je n'ai donc pas l'intention de commencer.

Il raccrocha.

***

Amos trouva au commissariat de police un aspect plus lugubre encore que celui de son entreprise de pompes funèbres. Assis dans le bureau du lieutenant Morgan, il attendait impatiemment qu'il se passât quelque chose. Enfin, le policier fit son entrée, précédé de M. Foley. Le visage de celui-ci était empreint d'une vive indignation, et ses joues étaient rouges comme si l'écharpe de laine qui lui entourait le cou le serrait trop.

— Je veux savoir ce que tout cela signifie, s'exclama-t-il en lançant à Amos un regard furieux. Vous n'avez pas le droit de m'amener ici...

— Asseyez-vous, je vous prie, dit le lieutenant Morgan. Il s'agit d'une accusation grave, Monsieur Foley, c'est pourquoi nous avons estimé être en droit de lancer un mandat d'amener.

— Qu'est-ce qu'il vous a raconté ? cria Foley, hors de lui. Cet homme est un menteur. Un menteur et un voleur. Si vous saviez comment il a essayé de me faire chanter...

— Monsieur Foley, nos agents ont découvert dans votre appartement un fusil de chasse — l'arme qui se trouvait dans votre voiture au moment de l'accident. Nous l'avons saisi, comme pièce à conviction, ainsi qu'une boîte de cartouches. M. Duff, que voici, semble croire que vous avez utilisé ce fusil pour vous débarrasser de votre ancien associé, George Kessler. Dans les circonstances actuelles, je ne vous conseille pas de dire quoi que ce soit que vous ne vouliez pas dire ; mais, d'un autre côté, je vous ferai remarquer que vous pouvez vous éviter beaucoup d'ennuis en étant franc avec nous.

— Tout ce qu'il dit n'est qu'un tissu de mensonges ! Kessler a été tué dans l'accident. J'ai le certificat de décès...

— Nous en possédons une photocopie, Monsieur Foley.

— Alors, comment pouvez-vous croire ce... cet entrepreneur de pompes funèbres sans le sou ?

Amos prit une mine chagrine.

— M. Duff semble avoir des preuves, Monsieur Foley, dit le lieutenant de police, c'est pourquoi nous vous avons amené ici.

— Des preuves ? Quelles preuves ? Kessler est mort et enterré ! Vous ne pouvez pas creuser maintenant pour aller le chercher...

— Nous le ferions si c'était nécessaire.

Foley se leva d'un bond :

— Demandez-lui comment il est au courant ! cria-t-il. Demandez-lui comment il sait qu'il y avait une balle !

— Nous le lui avons demandé, rétorqua le lieutenant en regardant Amos.

— Eh bien, déclara celui-ci en s'éclaircissant la voix, je ne le *savais* pas à proprement parler ; je ne l'ai su vraiment qu'*après* la cérémonie funèbre. A ce moment-là, c'est devenu parfaitement évident, non seulement pour moi, mais pour tous les assistants. Voyez-vous, la balle n'a pas voulu fondre...

— *Fondre* ? hurla Foley. Que voulez-vous dire ? Fondre ?

— C'est que... la cérémonie de première classe est une incinération, expliqua Amos. C'est l'idéal, à mon avis, surtout quand le défunt ne laisse pas de famille. Cependant, nous remettons une urne au plus proche parent ou à l'ami le plus intime, si ceux-ci le désirent.

Le lieutenant alla à son bureau, ouvrit le dernier tiroir et en sortit une urne en fine porcelaine, qu'il posa sur le bureau.

— Comprenez-vous ? demanda Amos d'un ton grave. Quand ils l'ont découverte, parmi les cendres, ils l'ont placée avec celles-ci dans l'urne. C'est pourquoi j'ai dû avertir la police.

Il prit l'urne dans sa main et la secoua doucement de côté et d'autre. On entendit comme un bruit de grelot...

Dead give away.
Traduction de Denise Hersant.

POINT DE RUPTURE

par J.M. Brooks

La voiture de patrouille roulait à toute vitesse sur la grande route, vers le désert au-delà de la ville. A l'intérieur, la radio de la police claironnait, noyant le bruit du moteur et du vent. L'homme seul, en uniforme de policier, penché en avant, écrasait l'accélérateur au plancher ; il serrait tellement le volant que la lune montrait ses phalanges blanchies. Ses traits étaient figés par l'attention.

Émergeant soudain du vacarme de la radio, une voix monotone et nasillarde forma enfin les mots qu'il attendait : « *Attention, toutes les voitures, attention ! Soyez sur vos gardes. Voiture de police volée, immatriculée EWF-548. Le conducteur est recherché pour meurtre. Peut être habillé en policier et armé d'un revolver d'ordonnance...* »

Il fouilla des yeux le tableau de bord. Il serra les dents, la mâchoire crispée : la jauge indiquait que le réservoir était aux trois quarts vide. Devant lui, après les falaises rocheuses qui se silhouettaient au clair de lune, il y avait cent milles de désert. Ses épaules se penchèrent un peu plus sur le volant...

***

Quelques lumières brillaient encore dans la grande maison aux abords de la ville. Dans une chambre d'en haut, les plis ivoirins d'une robe de mariée luisaient faiblement sur un cintre garni d'ouate accroché dans la penderie. Une jeune fille, debout près de la fenêtre, regardait dans la nuit, car elle ne voulait pas se retourner et revoir la robe.

Du jardin montaient les senteurs mêlées de fleur d'oranger et de jasmin. Un rayon de lune pénétrait par la fenêtre et s'arrêtait sur le tapis, quelque part derrière elle. Demain, elle porterait la robe. Il y aurait près de quatre cents invités pour l'admirer. Un frisson soudain la prit aux épaules. Elle serra son négligé contre sa chemise de nuit et se dirigea lentement vers son lit. La marque nette que sa tête avait laissée sur le mol oreiller lui montra la futilité de son geste ; inutile de se remettre au lit, son cou lui faisait mal d'être restée si longtemps à chercher le sommeil.

Elle leva la tête, l'oreille tendue, et entendit le pas lourd qui venait vers sa porte. Le coup qui y fut frappé un instant plus tard était ferme et péremptoire. Elle se raidit. « Père ? » appela-t-elle doucement.

Il entra dans la pièce, le sourcil froncé. Un homme massif. Il était en robe de chambre et en pantoufles.

— Pourquoi n'es-tu pas couchée, Theresa ? demanda-t-il d'un ton soucieux et légèrement désapprobateur.

— Je... je ne pouvais pas m'endormir.

Puis, brusquement, la voix pressante :

— Père... il faut que je vous parle...

Il eut un sourire compréhensif, indulgent.

— Le trac des mariées, dit-il sur un ton rassurant. Maladie classique, ça arrive à toutes. J'ai des comprimés de somnifère quelque part. Je vais voir si je les trouve.

En sortant de la chambre, il plaisanta avec affabilité :

— Une jeune mariée ne peut pas avoir l'air hagard le jour de ses noces.

— Père, attendez...

Cet appel suppliant le fit s'arrêter. Il se retourna vivement, l'observant avec intensité.

— Que se passe-t-il ? Tu es toute pâle... (Soudain alarmé.) Tu es malade, Theresa ?

Elle secoua la tête :

— Non, je ne suis pas malade. Ce n'est pas ça... Elle leva sur lui ses yeux sombres et implorants :

— Père, dit-elle d'une voix incertaine, je... je ne veux pas me marier demain. Je ne veux pas me marier du tout. Pas avec Richard...

Elle s'interrompit en voyant le soulagement se peindre sur le visage paternel et cacha derrière ses yeux fermés sa frustration sans espoir.

Il lui caressa l'épaule :

— Tu m'as fait peur !

Sa voix était de nouveau calme :

— Écoute, mon petit, je vais te le répéter, une fois de plus. Richard est un jeune homme très bien. Sa mère et la tienne ont été à l'école ensemble. Je connais son père depuis l'enfance. C'est une très bonne famille ; et il n'en reste plus beaucoup, tu sais.

Il retira sa main et embrassa sa fille légèrement sur la joue.

— Maintenant va au lit et oublie toutes ces bêtises. Tu sais bien que je ne te ferais jamais faire quelque chose qui ne soit pas bien pour toi. D'ailleurs aucune femme n'est capable de prendre ses décisions seule, ajouta-t-il à moitié pour lui. Il fit une petite pause, et montra de la tête la robe de noces :

— Tu vas être une mariée magnifique, dit-il avec douceur. Comme je voudrais que ta mère soit encore là. Elle serait fière de toi.

Il se retourna sur le seuil :

— Si tu as encore de la peine à t'endormir, n'hésite pas à me réveiller et je te trouverai un comprimé.

Puis il sortit en fermant doucement la porte derrière lui. Comme engourdie Theresa se glissa dans son lit. Le regard au plafond, elle sentit soudain ses yeux déborder de larmes brûlantes qui coulèrent lentement sur ses tempes.

Elle tourna la tête et vit sa robe de mariée de l'autre côté de sa chambre. C'est le trac, seulement le trac, se dit-elle. Elle la regarda fixement... Demain elle la porterait. Cette certitude finale lui serra péniblement le cœur.

Theresa n'était pas très sûre de ce qu'elle voulait faire quand elle se releva et ôta rapidement sa chemise de nuit pour revêtir une légère robe d'été. Elle savait seulement vouloir être seule un moment, loin de sa chambre, loin de ce parangon de pureté accroché sur un cintre dans la penderie...

Elle se glissa tranquillement hors de sa chambre, marchant à pas légers dans la maison endormie ; elle descendit le large escalier à révolution et s'arrêta dans le hall pour écouter. On n'entendait que les murmures légers de la nuit, le tic tac étouffé de la grosse horloge, les soupirs de la futaie. Elle sortit et referma doucement la porte.

Sa nouvelle voiture spéciale, cadeau de mariage de son père, brillait d'un sombre éclat dans l'allée, noir sur noir à l'ombre des ormes. Elle y monta, en prenant soin de laisser la portière entrouverte, desserra le frein et la voiture descendit sans bruit le chemin qui rejoignait la route au pied de la colline.

A cent mètres de la maison, elle claqua la portière

et chercha le contact ; elle se rappela soudain qu'il était assez bas sur le tableau de bord, à gauche du volant. A ce croisement, suivant consciencieusement les instructions paternelles, elle stoppa pour fixer sa ceinture de sécurité. Puis elle alluma les phares et tourna au nord, en direction du désert qui s'étendait au-delà de la ville.

Une fois sur la grande route, elle tâtonna sous le tableau à la recherche des commandes de la radio. Elle trouva le contact et un instant plus tard de la musique de danse sortit d'un haut-parleur invisible. Elle s'adossa à son siège de cuir, écoutant la musique, regardant le désert et les falaises rocheuses qui se dessinaient au loin. Ne plus penser à demain. Seulement à maintenant, à ce moment de l'espace et du temps. Tout était libre autour d'elle, le vent que laissait entrer les vitres baissées, le clair de lune en liberté dans ce grand espace vide.

Le long capot de la petite voiture de sport contourna la première falaise. Theresa tournait le volant doucement, sans secousses, le laissant se redresser de lui-même lorsque la voiture sortait du virage. Sur un des bas-côtés de la route un projecteur s'éclaira soudain. Elle tourna vivement la tête, clignant des yeux, un moment aveuglée par la lueur. Automatiquement, son pied trouva le frein. Elle vit alors la voiture de police noire et blanche rangée contre la falaise à quelques mètres de la route. Un homme en uniforme de la milice d'État s'avança en lui faisant signe de stopper.

Elle se pencha par la fenêtre ouverte :

— Oui, monsieur l'agent ? demanda-t-elle.

— Des ennuis de moteur, fit-il brièvement en montrant la voiture de patrouille derrière lui. Pouvez-vous me mener jusqu'à la prochaine ville ?

— Bien entendu, répondit-elle aussitôt, avec politesse.

— Attendez une seconde, que j'éteigne le projecteur...

Un instant plus tard, seule la lune baignait le paysage.

Il monta à côté d'elle et fit claquer la portière. La voiture repartit, puis roula à une vitesse bien inférieure à la limite légale.

— Vous conduisez toujours aussi doucement ? demanda-t-il avec un soupçon d'impatience.

Elle le regarda :

— Oh ! je m'excuse, monsieur l'agent. (Son pied pressa l'accélérateur avec précaution.) Vous êtes probablement pressé.

Ils roulaient un peu plus vite maintenant. Il y eut un long silence. Puis elle le regarda de nouveau, vit son profil et les lignes dures de sa mâchoire éclairés par la lune. Soudain, elle fronça les sourcils et demanda :

— Les voitures de police ne sont-elles pas équipées de radars, de téléphones, enfin de choses dans ce genre ?

— La batterie est morte, dit-il sans retourner la tête.

— Pourtant le projecteur...

— Batterie auxiliaire, compléta-t-il d'un ton sans réplique.

— Oh !...

Elle fixa son attention sur la route. Il n'était vraiment pas très communicatif. Elle se sentit vaguement inquiète. Il lui vint brusquement à l'esprit qu'après un certain temps elle retournerait chez elle — et qu'elle ne serait allée nulle part, qu'elle n'aurait échappé à rien.

A la radio, une voix douceâtre annonça une autre chanson. La musique avait l'air de s'enrouler autour de leurs jambes, de monter douce et claire...

— Vous pourriez rouler plus vite de 40 kilomètres à l'heure sans enfreindre la loi, dit-il.

— Je... je crains de n'avoir pas l'habitude de conduire très vite, murmura-t-elle sur un ton d'excuse. Elle hésita : Je roule à soixante-dix en ce moment...

— La limite est de cent dix.

— Ça, c'est drôle...

— Qu'est-ce qui est drôle ?

— Un policier qui dit à un conducteur de faire de l'excès de vitesse.

— La limite légale, ce n'est pas faire de l'excès de vitesse.

Elle secoua la tête :

— Ce n'est pas l'avis de mon père, déclara-t-elle sans gaieté.

— Qu'a-t-il à voir là-dedans, votre père ?

— Il se fixe sa propre limite de vitesse. C'est soixante-dix à l'heure. Au-dessus, c'est de l'excès de vitesse. Si je dépasse la limite, il me reprend la voiture. C'est la règle. J'ai perdu comme ça une fois une belle décapotable. Il me donne des autos de ce genre parce qu'il aime leur ligne. Elle haussa les épaules : J'y suis habituée maintenant au point de n'avoir même pas envie d'aller plus vite.

Il se pencha plus en arrière sur son siège et dit en lui tournant le dos :

— Ce n'est pas l'envie que vous avez perdue, jeune fille. C'est le culot. Vous avez la frousse de dépasser le quarante-cinq.

Elle resta silencieuse, sentant une rougeur brûlante lui envahir le visage.

— Je suis désolée, monsieur l'agent. Je sais que vous êtes pressé...

Elle leva le pied de l'accélérateur et il se redressa brusquement, l'air mécontent de voir la voiture perdre de sa vitesse.

— Voudriez-vous... Voulez-vous prendre le volant ? demanda-t-elle timidement.

Il se renversa de nouveau en arrière en secouant la tête :

— Non, ça va très bien.

Elle ressentit un élan de gratitude :

— Je vais essayer d'aller un peu plus vite.

Il la regardait maintenant, penchée sur le volant, le regard fixé sur la route, l'expression concentrée. Le compteur marquait un quarante-cinq régulier. Du plancher, les notes liquides d'un saxophone terminaient l'air. La voix douceâtre annonça le bulletin d'information.

L'homme plongea en avant, la main tendue, cherchant quelque chose sur le tableau de bord.

Elle sursauta :

— Qu'est-ce qu'il y a ? Que se passe-t-il ?

— Où est cette sacrée radio ?...

Sa main cherchait frénétiquement les boutons de contrôle.

Elle lui répondit d'une voix étonnée :

— Par là, vers moi... quelque part sous le tableau...

« *Le hold-up du motel a fait une seconde victime* », disait la voix de l'annonceur. « *On a découvert le cadavre du milicien Joe Kirby, à moitié déshabillé, dans le parking...* »

— Arrêtez ce nom de Dieu de truc !

Par réflexe elle cherchait le bouton, pendant que la voix impersonnelle continuait, claire et concise :

« *On croit que le tueur, portant l'uniforme de Kirby, a pris la fuite dans la voiture de police disparue...* » Finalement ses doigts trouvèrent le bouton de contact, et la voix de l'annonceur disparut avec le petit déclic.

— Je ne suis toujours pas habituée à ces boutons, murmura-t-elle sur le ton de la défensive. Je n'arrive jamais à le trouver.

Elle s'interrompit brusquement, crispant les doigts sur le volant. « *... Le tueur portant l'uniforme de Kirby...* » Ces mots prenaient une signification terrible. Elle sentit se tendre la peau de sa nuque. Lentement, comme un automate, elle se tourna vers l'homme, vit la tache blanche de son visage dans l'ombre et l'éclat poli du canon du revolver qu'il tenait à la main. Un cri de protestation s'éleva dans sa gorge, mais n'arriva pas à passer ses lèvres.

— Regardez la route !

Avec le mouvement saccadé d'une marionnette obéissant aux fils, elle ramena sa tête en avant. La route lui parut indistincte comme fondue dans le désert et le ciel. Elle accrocha son regard à la ligne blanche pour combattre son malaise et cette panique aveugle.

La voix de l'homme, semblant d'abord venir de loin, prenait petit à petit de la force, devenait plus distincte, et lui résonnait maintenant aux oreilles :

— A présent qu'on a fini de jouer aux petits jeux, la môme, tu peux appuyer sur le champignon.

Elle se sentit paralysée de terreur. Son pied, rigide sur la pédale, refusait de bouger.

Du coin de l'œil, elle le vit se pencher vers elle, aperçut la montée menaçante du revolver. Instinctivement elle tira les épaules en arrière pour s'éloigner de lui. Sa voix claqua comme un coup de fouet au-dessus du ronronnement du moteur et du doux sifflement du vent :

— J'ai dit : appuie !

Elle acquiesça de la tête, à petits coups rapides :

— Je... j'essaie...

Elle ne vit pas ses yeux s'étrécir :

— Ton vieux avec ses règles... marmonna-t-il.

Elle l'entendit prendre une forte inspiration à travers ses dents serrées, puis il cria à pleine gorge, menaçant :

— Moi aussi, j'ai des règles. Et mon pétard te dit que ce n'est pas simplement une bagnole que tu risques de perdre. Allez, bon Dieu, appuie sur le champignon !

L'aiguille du compteur monta insensiblement. Mais un tremblement saisit Theresa et se communiqua à son pied, si bien que l'allure de l'auto n'était pas régulière.

— Je... Vous avez raison, j'ai peur...

Les mots lui sortaient des lèvres avec un goût de poussière :

— Je vous en prie, conduisez !

— Avec cet uniforme ? Tu es folle ! Ils n'auraient pas besoin d'en voir plus : un type habillé en flic conduisant une bagnole de sport ! (Il secoua la tête.) Tu restes juste là où tu es.

Puis il ajouta d'un ton rusé :

— Et rappelle-toi que si je dois me glisser sous le tableau de bord pour m'y cacher, je peux te viser aussi facilement du plancher.

Raidie, elle fit signe qu'elle comprenait.

— Allons-y, ordonna-t-il. Monte à soixante-dix et restes-y. Je te demande pas de grimper à cent. Juste soixante-dix, tout ce qu'il y a de gentil et de légal. Et reprends-toi, bon Dieu, cette voiture n'avance que par saccades.

Elle roulait à quatre-vingt-dix... quatre-vingt-quinze... La terreur était maintenant une chose qui lui était propre, tout à fait à part de l'homme et de son arme. Elle faisait quelque chose qu'on lui avait défendu de faire. Elle n'avait jamais auparavant songé à enfreindre la règle ; maintenant pas davantage — mais elle était prise au piège.

Toute couleur avait disparu de sa chair ; sur le volant, ses mains crispées paraissaient sculptées dans de l'ivoire. Sous la voiture, la route lui semblait trembler en vibrations synchronisées avec celles de son corps.

— Mais nom de Dieu ! explosa-t-il si brusquement qu'elle sursauta, tu vas le tenir, ton pied sur la pédale !

Les larmes lui montèrent aux yeux.

— Je... je fais tout ce que je peux...

Les mots se muèrent en un sanglot enfantin.

— Écoute-moi bien, fit-il, les dents serrées. Tu es riche, tu es gâtée, et si tu as tenu debout jusqu'à maintenant c'est grâce aux dollars qui te soutenaient. Moi, je viens de descendre le directeur d'un motel de cambrousse et un flic qui était son copain. Alors c'est moi qui suis nerveux, tu saisis ? Redresse cette tire et conduis-la comme il faut avant que je décide que tu me causes plus d'ennuis que tu en vaux la peine !

— Vous... vous les avez réellement tués ?

Elle se sentait étouffer. Ce n'était pas vrai. Ça ne pouvait pas être vrai. Elle pria silencieusement qu'il démente la chose. Dès qu'il l'aurait fait, tout irait bien. Elle se réveillerait, le cauchemar serait fini. Elle attendait, sentant l'air s'échapper lentement de ses poumons, n'entendant qu'un silence de pierre. C'était bien vrai. L'homme était un tueur et elle était sa prisonnière. Cette certitude s'infiltra en elle, pesante, mortelle, glacée.

Les falaises avaient maintenant fait place à des plateaux moins hauts, s'élevant dans le désert à grande distance les uns des autres. De très loin derrière eux, la lumière d'un phare se refléta sur le pare-brise, devint plus brillante à mesure qu'elle se rapprochait. Un espoir douloureux lui poignit le cœur. Peut-être avait-on découvert la voiture de police abandonnée dans le désert...

***

— Tout va bien, dit-il en jetant de nouveau un regard au rétroviseur. Ils marchent à peu près à cent trente. Il nous auront rattrapés dans trois minutes. Laisse-les passer.

Il remonta lentement les genoux sous le tableau, tout en se glissant sur le siège comme quelqu'un qui s'apprête à dormir. L'autre voiture n'était plus qu'à quelques mètres, elle décrochait, commençait à les dépasser. Il étendit le bras et elle sentit contre ses côtes le canon du revolver :

— Pas de fantaisies ! Continue normalement.

Elle se rapprocha de l'accotement et se contracta au passage de l'autre voiture, en sentant le déplacement léger causé par le vide. Quelques particules de sable frappèrent les ailes :

— Regagne la route ! aboya-t-il.

Il se redressa sur son siège surveillant les feux rouges qui s'éloignaient :

— Pas étonnant que ton vieux te laisse pas conduire à plus de quarante-cinq ! Allez, maintenant, grimpe à cent dix et laisse le pied sur le champignon.

Au bout d'un moment, il lui dit :

— C'est mieux comme ça...

Elle inclina la tête, sentant elle-même que son tremblement avait cessé, que la voiture roulait à présent sans heurts.

— Que... qu'allez-vous faire de moi maintenant ? finit-elle par demander. Pas de réponse. Elle lui jeta un regard. Le corps de l'homme, tendu à se briser, était comme un pivot pour sa tête, qui passait par saccades brèves, rapides, d'elle au désert, puis au rétroviseur. Sa main, qui pointait toujours sur elle le canon du revolver, reposait sur son genou.

— Est-ce que vous allez me tuer ?

— Qu'est-ce que ça peut te faire ? De toute manière, tu n'y peux rien.

— Je peux essayer.

— Pas toi. Tu as rien dans le ventre. Tout ce que tu as, c'est une belle gueule et un père bourré. (Il marqua une courte pause.) J'ai réfléchi. Ton vieux, il va arriver juste à point.

Une nouvelle crainte l'assaillit. Elle lui jeta un regard plein d'appréhension.

Il poursuivit, sur un ton presque absent :

— On n'a pas plus chaud sur la chaise pour un kidnapping que pour un meurtre, après tout...

Tous les muscles de son visage se paralysèrent lorsqu'elle comprit la terrible menace. A voix basse, péniblement, elle parvint à dire :

— Ça doit être un soulagement d'avoir son premier meurtre derrière soi. Plus besoin de se retenir après...

— Ouais, c'est bien ça, murmura-t-il lentement. Il se redressa sur son siège : Le directeur m'a donné du tintouin ; j'ai été obligé... Le flic, lui, il a jamais su ce qui lui arrivait. Parce qu'à ce moment-là je me suis dit : qu'est-ce que j'en ai à foutre, ça sera plus facile comme ça...

— Maintenant c'est devenu si facile que rien ne peut vous arrêter. Et moi... je vous rends la chose encore plus aisée.

Elle se tut un instant, puis ajouta :

— Parce que je n'ai rien dans le ventre.

Ces derniers mots n'étaient qu'un souffle.

— Et tu seras toujours pareille, dit-il en haussant les épaules. C'est ce que j'aime chez vous autres, les gosses de riches. Même votre argent ne vous sert à rien. Vous l'avez pour rien. Vous le dépensez pour rien. Vous êtes tous des sangsues, tous.

— Et vous, demanda-t-elle d'une voix très basse, presque inaudible, qu'êtes-vous ?

— Fais pas la maligne avec moi, poupée. J'en bave assez pour ces cinq cents dollars...

— Cinq cents dollars... murmura-t-elle, la voix chargée d'incrédulité. Vous voulez dire que vous avez tué pour cinq cents dollars ?

— Ah ! c'est bien ça, vous les riches ! cracha-t-il. Je risque la chaise pour quelque chose qui ne vous ferait pas vous salir le bout des doigts. Tu me paieras ça avant que j'en aie fini avec toi.

— Je suis déjà en train de payer, monsieur, dit-elle d'une voix ténue.

Ils avaient petit à petit pris de la vitesse. L'aiguille du compteur marquait maintenant cent vingt... cent trente...

— Combien est-ce que ça coûte ? demanda-t-elle, tremblante.

— Combien coûte quoi ? Il regardait l'aiguille du compteur : cent quarante... cent cinquante...

— D'en avoir dans le ventre ! cria-t-elle pardessus le ronflement du vent.

— Ralentis. Tu conduis pas assez bien pour rouler à cette vitesse.

— Je ne peux pas ralentir. C'est la seule manière que j'ai de me défendre.

Elle était collée au volant, le cou très droit au-dessus des épaules. A la lumière de la lune, son visage était couleur de craie. L'homme se pencha, regarda le compteur.

— Tu es à cent soixante-dix maintenant ! Tu essaies quoi ? De nous tuer ?

— Non, mais je suis comme vous. On n'est pas plus froid quand on meurt dans un accident d'auto que d'une balle de revolver. Moi, je préfère l'accident.

Ses paroles, pleines de défi, étaient hachées par le vent.

— Écoute, petite. J'ai pas l'intention de te tuer...

Il s'interrompit :

— Cent soixante-quinze... mais ralentis, bon sang !

— Qu'y a-t-il donc ? Rien dans le ventre ?

— Écoute-moi bien, petite cinglée, lui cria-t-il dans l'oreille. Le canon de mon revolver est à dix centimètres de ta tête. Tu ralentis à cent trente, et tout de suite !

Il vit les lèvres de la jeune fille esquisser un pâle sourire :

— Ou sans ça vous me tirez dessus ? A quelle

allure roulons-nous maintenant ? Elle baissa les yeux sur le compteur.

— Regarde la route ! rugit l'homme.

— Cent quatre-vingts à l'heure ! s'écria-t-elle. Allez-y, tirez donc !

Il la fixa un moment, puis il rabaissa lentement le revolver.

— Tu ne sais pas conduire à plus de soixante-dix. Ton vieux n'aimerait pas ça...

Un rire aigu cascada des lèvres de Theresa :

— Il lui faudra édicter une nouvelle règle : ne jamais aller en voiture avec un tueur !... Ses épaules tressautèrent, à mesure que le rire s'emparait d'elle, comme un flot de bulles dansantes. Elle ressentait une sorte d'ivresse légère, un brin de folie. Le désert vide était maintenant tout plat, et la route un ruban sans fin. Seuls ses cheveux flottant sauvagement au vent, et le bruit, ce bruit incroyable du vent et du moteur la liaient étroitement à la vitesse. Et elle continuait de sentir ce rire, courir en elle et s'échapper de ses lèvres sans qu'elle puisse le contrôler.

— Espèce de folle ! cria-t-il. Tu vas t'arrêter de rire !

Ces mots la stoppèrent net. Le rire se tut aussi soudainement qu'il était né, ne laissant dans son sillage qu'un tremblement de terreur. Pas d'hystérie, se dit-elle avec désespoir. Pas maintenant. Seulement... du cœur au ventre...

Quelques lumières brillaient dans le lointain, une petite ville. Au mouvement de ses épaules, à l'expression de son visage, il devina son espoir soudain. Il regarda de nouveau les lumières. Lentement, presque imperceptiblement, il se rapprocha d'elle, laissant glisser son pied dans sa direction. Il avança avec précaution la main sur le levier de frein à main et le saisit fermement.

Les lumières se rapprochaient, il ne lui restait pas

beaucoup de temps. Brusquement, en même temps qu'il tirait à fond le levier, il lui frappa la cheville d'un violent coup de soulier qui arracha son pied de l'accélérateur. La voiture dérapa brusquement, plongeant vers le milieu de la route. Elle sentit la ceinture de sécurité lui scier le ventre, et entendit le choc de l'homme projeté contre sa portière.

Dans un hurlement de pneus, elle vit surgir devant elle l'accotement gauche de la route. Elle donna par réflexe un furieux coup de volant à droite. Par la vitre ouverte à côté de l'homme, le revolver, arraché de sa main, se silhouetta comme un oiseau avant d'être catapulté derrière eux dans le désert. Elle redonna un coup de volant contraire pour combattre le dérapage en sens inverse ; l'axe de transmission gémit, il se répandit une âcre odeur de caoutchouc brûlé. D'un coup de paume, elle desserra le levier de frein, pendant qu'elle remettait l'accélérateur au plancher. Comme un cheval furieux sous l'éperon, la voiture retrouva soudain son élan et replongea, mais cette fois tout droit.

Elle sentait ses poumons vidés, et ses doigts sur le volant comme de minces filets d'eau. Elle ouvrit des lèvres tremblantes, aspira le vent, la gorge contractée. A côté d'elle, l'homme remua, se redressa lentement :

— Saleté ! souffla-t-il. Si jamais je sors vivant d'ici je t'étrangle de mes mains nues...

Elle inclina la tête, sachant que c'était vrai, sentant des gouttes d'une sueur glacée rouler lentement de ses tempes, tout le long de son cou.

Devant eux, la route se rétrécissait pour passer entre les piliers bas d'un pont jeté sur le lit d'une rivière à sec, aux abords de la ville. De panique, elle ferma presque les yeux. Elle ne pourrait pas passer. Les petits piliers de ciment, en une géante illusion d'optique, semblaient s'élever jusqu'au ciel. Elle tenta de mouvoir le volant, le sentit sans vie entre ses mains. Puis, sous elle, la voiture parut de sa propre volonté s'écarter des piliers et voler par-delà le petit pont.

— Je ne peux pas supporter cela plus longtemps ! hurla-t-il.

Ils brûlèrent le premier feu rouge de la ville. Les doigts de Theresa trouvèrent sous le volant le cercle métallique de l'avertisseur.

— Rassurez-vous, ça ne durera pas ! lui cria-t-elle, les mots presque couverts par le bruit infernal de la corne de route. Ils n'étaient pas au milieu de la ville qu'à leur avertisseur répondit une sirène, puis une autre...

Il sauta avant qu'elle eût stoppé complètement, et bondit, la tête la première dans le pinceau d'un projecteur. Elle entendit les coups de feu, des voix d'hommes qui criaient, d'autres sirènes. Elle étendit lentement la main, coupa le contact et resta un moment assise sans bouger. Puis, avec un sanglot déchirant, elle s'effondra soudain, posa la tête sur le volant et pleura.

***

Le ciel se tachetait des premières lueurs de l'aube lorsqu'ils sortirent du petit poste de police. Tout était fini, les rapports terminés, l'homme à la morgue... Ils étaient les deux derniers à partir, se dirigeant rapidement vers les deux voitures qui restaient dans la rue. Elle regarda l'homme massif marchant à son côté, vit le souci peint sur son visage :

— Si cela doit vous faire du bien, père, venez en voiture avec moi. Le chauffeur ramènera bien la vôtre à la maison.

A contrecœur, il alla parler à son chauffeur, puis revint vers la petite voiture de sport et y monta gauchement. Elle mit le moteur en route, démarra en s'éloignant précautionneusement du trottoir, et roula lentement à travers la ville endormie. Après quelques kilomètres, dans le désert, elle vit le poteau avec le chiffre 110, avec au-dessous l'abréviation : km/h.

— A soixante-dix à l'heure, dit alors son père, nous serons à la maison dans cinquante-cinq minutes. Ça sera juste, Theresa, mais si tu te dépêches une fois que nous serons là-bas, je ne pense pas que nous aurons à retarder le mariage...

Elle lui jeta un bref regard, puis reporta les yeux sur la route lisse et droite.

— Père, dit-elle lentement, délibérément, de toute sa force nouvelle, il n'est pas nécessaire que je me dépêche car il n'y aura pas de mariage.

Avec détermination, son pied appuya progressivement sur l'accélérateur. L'aiguille du compteur quitta le chiffre soixante-dix, monta, monta, atteignit cent dix, vacilla un instant... s'y fixa...

The breaking point.
D'après la traduction de Marc Flury.

Table

Aubin Imprimeur
LIGUGÉ, POITIERS

Achevé d'imprimer en décembre 1990
N° d'édition ES 91006 / N° d'impression L 36529
Dépôt légal, janvier 1991
Imprimé en France

ISBN 2-73-52-0369/8
33-12-5369-01-5